시간으로 엮은 말과 글

시간으로 엮은 말과 글

초판 1쇄인쇄 2024년 3월 27일
초판 1쇄발행 2024년 3월 29일

저 자 박충훈
발행인 박지연
발행처 도서출판 도화
등 록 2013년 11월 19일 제2013 - 000124호
주 소 서울시 송파구 중대로34길 9-3
전 화 02) 3012 - 1030
팩 스 02) 3012 - 1031
전자우편 dohwa1030@daum.net
인 쇄 유진보라

ISBN | 979-11-92828-48-0 *03810
정가 15,000원

도화道化, fool는
고정적인 질서에 대한 익살맞은 비판자,
고정화된 사고의 틀을 해체한다는 뜻입니다.

시간으로 엮은 말과 글

박충훈 에세이

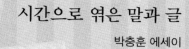

도화

차 례

책을 엮으며

    말을 글로 엮지 않으면 흔적 없이 사라진다. 말을 시간으로 엮은 것이 글이다. 사람에게는 누구나 주어진 삶과 그에 따른 시간이 있다. 그 삶과 시간의 길고 짧음이 다를 뿐이다. 시간은 저절로 흘러간다. 문학인이 말을 흐르는 시간으로 잡아 엮은 것이 문학예술이다. 세상에는 말도 많고 글도 많다. 그러나 '글 속에도 글 있고, 말 속에도 말 있다'는 속담에 글 엮는 손이 멈칫해짐은 어쩔 수 없다.

    세상을 살아가는 사람들의 삶은 천태만상千態萬象이다. 시간을 쓰고 엮는 방식이 사람마다 다르기 때문일 것이다. 내가 해야 할 일과, 하고 싶은 일은 다르다. 하고 싶은 일 한 가지를 하기 위해서는 해야만 하는 일을 더 많이 하는 것이 삶이다. 재미있고 가치 있는 일을 할 때 더 많은 기회와 행복이 찾아온다. 시간을 버리는 것과 알뜰히 활용하는 방법을 구분하고 아는 것이 자기 행복의 척도일 것이라고 나는 생각한다.

잘못된 선택일지라도 확신을 가지라. 확신 없이 하는 일은 결실도 없다는 것을 살면서 깨닫는다. 누군들 아닐까마는 그렇게 살다 보니 오늘에 이르렀고, 나이가 들면서 내가 아껴 쓴 시간과 버린 시간들을 찾아보겠다는 책임감을 느끼게 된다.

'소설가'라는 말을 빌려 35년간 말과 글을 세월로 엮으며 살았다. 내가 엮었던 글 중에서 버려야 할 것과 챙겨야 할 것들은 무엇이었을까? 내 글에 엮어진 세월에 부끄럽지 않은 말과 글이 있었던가? 모르겠다. 없었다면, 내 맘대로 잡아 엮어 놓은 세월에 그저 미안할 뿐이다.

「오늘은 내 인생에 있어서 살아온 날 중에 가장 늙은 날이다. 반면에 오늘은 내가 살아야 할 날들에서 가장 젊은 날이다.」

누가 엮어놓은 말인지는 모르지만, 세월의 냄새가 풍기는 참 아름다운 글이다.

甲辰年 新春을 맞이하며

朴忠勳

제1부

내 문학의 갈피

손말명

나는 습관처럼 매일 불암산에 오른다. 내가 3년째 오르는 등산로는 늘 같다. 오르막이 완만하고 발새가 편해 내 체력에 알맞기 때문이다. 오르는 길목 중간의 쉼터도 전망이 좋고 자리도 편해 매번 그곳에서 쉬게 된다. 등산로에서 오른쪽으로 빠져 가파른 비탈길을 20여 미터 올라가면 바위 능선이고 밑은 절벽이다. 의자처럼 생긴 바위에 앉으면 앞이 탁 트여 아파트가 빼곡한 마들벌이 한눈에 들어오고 멀리 남산과 도봉산, 삼각산이 그림처럼 보이는 명당 쉼터다.

오늘도 쉬어 가려고 돔처럼 생긴 큰 바위를 안고 돌아가 내 쉼터를 보니 여자 등산객이 앉아 있다. 자리를 빼앗겨 은근히 심술이 나지만 어쩔 수 없이 여남은 걸음 아래 바위에 걸터앉아 여자를 쳐다보았다. 분홍색 등산복에 베이지색 모자를 썼는데, 멍하니 남산 쪽을 보고 있다.

배낭에서 물병을 꺼내 마시고 다크 초콜릿을 잘라 입에 넣고 보니 여자가 어느새 일어나 말바위를 돌아 올라가고 있었다. 나는 불현듯 관심이 가서 얼른 일어나 배낭을 지고 뒤따라 올랐다.

말바위를 지나면 정상으로 올라가는 등산로이고 오른쪽은 중계동으로 내려가는 하산길이다. 어럽쇼! 금방 올라간 여자가 보이지 않는다. 위아래가 분홍색 등산복 차림의 여자를 분명 보았는데 없다. 오르막길은 앞이 확 트여 내리막길로 몇 걸음 내려가 보아도 안 보인다. 하도 이상하여 무르춤하니 서 있는데 정상에서 늙수그레한 남자 등산객이 내려온다.

정신이 멍한 상태로 물었다.

"영감님, 방금 올라가는 여자 보셨습니까?"

영감은 눈을 크게 뜨고 내 얼굴을 한참 바라보다가 대답했다.

"여자! 분홍색 등산복 입었지요?"

"예, 보셨습니까?"

영감은 묘하게도 삐뚜름하게 웃으며 말했다.

"못 봤죠."

"아니, 분홍색 등산복 여자라고 하셨잖아요?"

영감은 이상한 뉘앙스로 헛헛하게 웃으며 대꾸했다.

"허허허… 그 참, 이상하네. 당신도 보았구려."

영감이 하도 횡설수설하여 멍하니 마주 보다가 물었다.

"그게 무슨 말입니까? 이상하다니요."

영감은 더욱 얄궂은 표정으로 잠시 머뭇거리다가 대꾸했다.

"허허허… 그 참! 나한테만 보이는 줄 알았더니만…, 그 여자 손말명이라오."

나는 정신이 멍해졌다. '손말명?' 사람 이름인가 하다가 화들짝 놀랐다.

"손말명이라면, 처녀 귀신이란 말입니까?"

"허허허, 손말명을 아시오?"

영감이 섬뜩해졌다. 벌건 대낮에 처녀 귀신이라니! 허허거리는 헛웃음 하며 정신 나간 영감이 분명하여 가던 길을 가려는데 영감이 정색으로 말했다.

"눈으로 본 손말명이 궁금하지 않아요?"

퍼뜩 정신이 들었다. 분명 6, 7미터 앞서가던 여자가 바람처럼 사라졌다. 그런데 영감은 그 여자를 알고 있다.

"영감님, 대체 무슨 말씀이세요? 벌건 대낮에 처녀 귀신이라니요?"

"오늘은 못 보았지만, 난 분홍색 등산복 입은 그 여자를 두 번 보았답니다. 그 여자는 귀신입니다. 궁금하면 날 따라오시오."

난 정말 귀신에 홀린 기분이었다. 금방 생각이 나서 영감 주변을 살펴보았다. 그림자가 오른쪽에 내 그림자와 나란히 있다. 영감이 또 소름 돋게 웃으며 말했다.

"허허허⋯. 내가 귀신인가 그림자로 확인한 거요? 걱정 마시오. 난 생사람이니까."

귀신은 그림자가 없다. 그림자를 보니 사람은 분명하지만 말하는 것은 귀신이다. 영감은 뒤도 안 돌아보고 방금 내가 쉬던 곳으로 내려간다. 따라가지 않으면 내가 귀신이 될 것 같아 비척지척 따라갔다. 영감은 놀랍게도 그 여자가 앉았던 자리에 턱하니 앉아 있다. 나도 배낭을 진 채 그 옆에 앉았다.

영감이 멍하니 앞을 보며 말했다.

"그 여자, 바로 여기서 죽었어요."

나는 깜짝 놀랐다. 여기서 죽다니! 멍해진 나를 히죽이 웃으며 바라보던 영감이 말을 이었다.

"이제 생각났소. 당신이 여기서 쉬는 것을 내가 몇 번 보았지. 나도 2년 전부터 늘 쉬는 자리였는데 당신이 앉아 있으면 비켜 가곤 했지."

그건 나도 생각난다. 내가 앉아 있으면 영감은 구시렁거리며 내 등 뒤로 난 길로 올라가곤 했었다.

"그리고 보니, 저도 영감님이 생각납니다. 저 지금 정신이 산만합니다. 좀 자세히 말씀해 주세요."

"그럽시다. 지난 3월 초순이었으니까 석 달 전이네요. 난 그날도 11시경에 여기 왔는데 바로 이 자리에 앉으려다 보니 앞에 소나무 가지에 빨랫줄이 팽팽하게 늘어져 있어요. 섬뜩한 생각으로 내려다보니 분홍색 등산복 차림의 여자가 매달려 있더군요. 기함을 해서 저위 말바위에 올라가 112에 신고를 했지요. 경찰이 와서 시신을 수습하는 것까지 보고 산행할 기분이 아니라서 내려갔어요. 그 뒤부터 여기를 피해 등산로로 곧장 올라가곤 했었는데, 한 달 전 궁금하기도 해서 11시경에 올라와 보니 분홍색 등산복 여자가 앉아 있더군요. 깜짝 놀라 멍하니 바라보았지만, 여자는 앞만 보고 있어요. 설마 하고 저 밑에 앉았지요."

영감이 가리키는 곳은 바로 아까 내가 앉아 여자를 보았던 자리였다.

"물을 한 모금 마시고 보니 여자가 말바위를 돌아 올라가요. 그래서 뒤를 따랐지요. 그런데 바로 아까 당신이 섰던 곳에서 여자가 사라졌어요. 머리가 쭈뼛하고 소름이 확 돋았지만 올라가 보았지. 그런데 없어요. 그리고 열흘 전에 또 여기서 똑같은 광경을 보았어요. 그러니까 나는 두 번, 당신은 한 번 그 여자를 본 겁니다."

으스스 몸서리가 쳐졌다. 대체 대낮에 처녀 귀신이라니! 바로 앞에 사람 팔뚝만 한 가지가 잘린 소나무가 있다. 언젠가 앉아 쉬는데 소나무 가지가 잘려져서 일부러 일어나 밑을 내려다보았더니 잘린 가지가 5, 6미터 바위 밑에 떨어져 있어 이상하게 생각했었다.

내 눈으로도 보았으니 영감 말을 믿을 수밖에 없다. 그렇다면 그 손말명은 왜 우리 두 사람 눈에 띄는 것일까? 다른 사람도 보았을까? 나는 몸도 마음도 불편해서 말했다.

"영감님, 우리 가십시다. 여기서 더 얘기하기는 좀 그렇군요."

영감도 기다리던 말인 듯 벌떡 일어나며 받았다.

"그럽시다."

우리는 아까 만났던 곳으로 올라갔다. 영감이 말했다.

"우리 내려가 점심이나 먹읍시다. 할 얘기도 남아있구…."

이건 내가 기다리던 말이다. 혼자 산행할 기분도 아니다.

"그러지요, 내려갑시다."

우리는 12시에 추어탕집에서 마주 앉았다. 영감이 물었다.

"술 좀 하십니까?"

선글라스와 모자를 벗은 모습을 보니 여든은 넘어 보인다. 나보다 열 살 이상 더 먹어 보였다.

"예, 전 소주를 좀 마십니다."

"아, 그래요? 나도 소주만 먹는데 잘 됐군요."

미꾸라지 튀김과 소주를 시키고 물었다.

"근데, 그 손말명이 우리 눈에만 보이는 걸까요? 다른 사람 눈에도 보일까요? 저는 지금 꿈을 꾸고 있는 기분입니다. 이게 현실이라는 게 말이 됩니까?"

"현실임은 분명하지만, 아마 다른 사람 눈에는 보이지 않을 겁니다."

"아니, 그걸 어떻게 아세요?"

노인의 대꾸가 하도 같잖아 은근히 부아가 치미는데, 불쑥 물었다.

"혹시 경인생 범띠 아닙니까?"

나는 깜짝 놀라 대들었다.

"예? 그걸 어떻게 아셨습니까?"

"역시 그렇군요. 나는 무인생이고, 그 여자는 병인생 범띠였어요. 그러니 우리 셋이 모두 범띠잖아요. 그런 인연도 있을 것 같고, 당신이나 나나 그 자리가 좋아 쉼터로 정했잖아요. 그런 공통점이 있을 것 같군요. 범은 원래 사냥을 해서 배가 부르면 앞이 탁 트인 그런 곳에서 쉰다고 합니다."

무인생이면 올해 82세, 병인생은 34세, 나는 경인생 70이다. 그렇더라도 이 대명천지에 어찌하여 귀신이 보인단 말인가? 나는 아무래도 영감이 이상하고 믿기지 않아 물었다.

"영감님은 그 여자가 병인생이라는 걸 어떻게 아셨습니까?"

"여자 귀신을 처음 본 날 아무래도 이상하고 궁금해서 경찰서에 알아보았지요. 신고를 내가 했으니까요. 난 육군 중령으로 예편해서 경찰서장을 하던 사람입니다. 신분을 밝히고 알아보았지요. 그 여자 처녀였어요."

듣고 보니 의문이 좀 풀린다.

"그러셨군요. 근데, 우리가 뭘 헛것을 본 것은 아닐까요? 대체 벌건 대낮에 귀신을 본다는 게 말이 됩니까?"

"그러게 말입니다. 한데, 당신도 나도 분명 보았잖아요. 나도 참 답답해서 미치겠습니다. 살 만치 살기는 했지만 이러다 죽을 수도 있겠다는 생각도 듭니다."

지금 내 마음도 그렇다. 어디다 대고 말도 못 하겠고, 참 미치고 환장할 노릇이다. 혼자 겪었다면 헛것을 보았다고 체념이나 하지, 영감 말마따나 둘이 겪고 보았으니 사실이 분명하지 않은가.

"저하고 띠동갑이시니 형님으로 부르겠습니다. 저는 초등학교 교장으로 퇴임한 정유일이라고 합니다."

"아, 정유일 선생. 난 박태영이오."

손을 잡아 흔들고 내가 물었다.

"형님, 앞으로 어떻게 하시겠습니까?"

"뭘 어떻게 해요. 지금 세상에 귀신 보았다고 하면 미친놈 취급당하지. 그냥 우리 둘이 가끔 만나 소주나 마시면서 가짜뉴스 들은 셈 칩시다."

"가짜뉴스요? 아니죠. 우리는 들은 것이 아니라 보았잖아요. 하긴 그렇군요. 귀신을 보았다고 하면, 저놈 가짜뉴스 퍼트린다고 하겠군요."

"그럼요. 지금까지도 천안함 폭침을 좌초니 침몰이니 우기고, 미국 잠수함이 어뢰를 쏘았다는 가짜뉴스를 진짜로 아는 사람 많잖아요. 처녀 귀신 보았다는 우리말을 진짜로 아는 사람도 있을 것이니 구태여 속 끓이며 살지 말고 귀신 보았다고 외치며 삽니다. 또 알아요. 불암산 처녀 귀신 보겠다고 등산객이 몰려올 수도 있어요."

"과연 형님다우신 말입니다. 요즘 사람들 구경거리라면 목숨 내놓고 달려들잖아요. 남대문에 호랑이 내려왔다구 열 사람이 말하면 진짜가 되잖아요."

"그건 참 그렇구먼. 우리도 불암산에 처녀 귀신 나온다구 나발 불며 다닙시다."

그래도 나는 영 찜찜하여 건의했다.

"그건 그렇고, 형님. 우리가 구천을 떠도는 그 손말명 천도제를 지내줍시다. 혹시 알아요. 그러면 고마워서 우리 앞에 나타나지 않을지도 모르잖아요."

"천도제! 그거 좋은 생각이네요. 근데 그걸 어떻게 하지?"

"뭐 그냥, 그 자리에 가서 주과포에 막걸리 한 잔 부어놓고 부디 극락으로 가시라고 빌어 주면 되지요."

영감은 무릎을 치며 반겼다.

"참 좋은 생각이네요. 당장 내일 합시다."

말로만 듣고 글자로만 보았던 범띠 손말명을 본 우리 두 범띠 무인생과 병인생은 친구가 되기로 약속하며 귀신에 홀린 듯이 아득히 취했다.

콩엿

바보 태식이 맏아들 개똥이는 일곱 살에 콩엿을 먹고 죽었다.
엄태식이는 우리 큰댁 머슴이었다. 그는 좀 어리숙하고 말을 주
책없이 함부로 해서 '바보'라는 별명이 붙었지, 제 앞가림도 못
하는 명청한 바보는 아니었다. 게다가 체구도 큼직하고 힘이 장
사여서 못하는 농사일이 없을 정도로 우직했다. 콩엿을 너무 많
이 먹고 배가 터져 죽은 태식이 아들을 말하기 전에 그가 장가를
들게 된 동기부터 말하는 것이 순서일 것이다.

태식이는 큰아버지 친구의 아들이었다. 우리 이웃 마을에 살
던 태식이 아버지 엄석운과 큰아버지는 왜정 때 소학교를 함께
다닌 동창이었다. 밥술깨나 먹던 집안의 외아들이던 엄석운은 좀
배웠다고 거들먹거리는 반건달에 주정뱅이에다 노름꾼이었다.
그가 쉰세 살이던 해에 홀어머니가 죽고 이듬해 아내마저 죽자

그는 완전히 타락한 주정뱅이가 되어서 2년 뒤에 길거리에 쓰러져 객사했다. 그가 죽을 때는 많은 농토를 모조리 팔아먹고 사는 집이 남은 재산 전부였다. 그때 태식이가 열 살, 누나 태순이가 열다섯 살이었다. 그 두 남매를 우리 큰아버지가 거두었다. 이듬해 태순이는 열여섯에 큰아버지 친구 아들에게 시집을 보내고 태식이는 열한 살에 큰댁 머슴이 되었다.

태식이가 장가를 들던 1953년 10월 나는 아홉 살이어서 기억이 또렷하다. 당시는 6·25전쟁이 휴전된 직후라서 세상이 어수선하고 사람들 삶이 말이 아니었다. 전쟁에 과부가 된 여자들도 많았다. 그런 여자들은 가족들을 먹여 살리기 위하여 생필품을 이고 지고 시골 오지를 걸어 다니며 장사를 하는 여자들이 많았는데, 여자들 생필품 바늘, 실, 머리빗, 버선, 동동구리무 등을 파는 장사치를 방물장수라고 했다.

추경 추수가 끝난 늦가을 어느 날 우리 동네에 방물장수 아낙이 들어왔다. 당시 방물장수들은 주로 곡식으로 물물교환을 했는데, 추수가 끝난 늦가을과 초겨울이 전성기였다. 우리 큰어머니는 좀 젊은 방물장수를 보면 일부러 잡아 사랑방에 재우고는 했다. 그 이유가 바로 방물장수 여자를 꾀여서 태식이와 짝을 맺어 주려는 의도였다.

그날 큰댁에서 하루를 묵게 된 방물장수 아낙은 여자다운 곱살미라고는 눈곱만치도 없이 너부데데한 얼굴에다 코가 뭉툭한 들창코에 눈이 치 째진 남상 지른 얼굴이었다. 게다가 몸피 역시 얼굴에 못지않게 두루뭉술하니 튼실했는데 나이가 서른 살이라고 했다. 그때 태식이는 스물여섯 살이었으니 네 살이 위였다. 큰어머니와 우리 어머니는 태식이가 서른 살 동갑이라 속이고 태식이를 안방에 불러들여 맞선을 보게 했다.

장가들고 싶어 환장을 하던 태식이는 입이 함지박만큼 벌어져 무작정 좋다고 하였고, 여자는 뜨악했으나 집이 있고 끼니 걱정 없다는 큰어머니 말에 솔깃했다. 그날 밤 당장 방물장수 여자는 큰댁 행랑채 태식이 방에서 합방을 하였다. 이런 날을 위하여 큰어머니는 새 이부자리를 마련해 두었었는데, 두 남녀는 포근한 이부자리 속에서 밤새도록 사랑을 나누더라는 말을 나중에 들었다.

한 이레가 지난 뒤에 이름이 김옥분이라는 여자는 전라도 인월에 있다는 집에 다녀오겠다며 갔는데 열흘이 넘도록 종무소식이었다. 남편이 전쟁에 나가서 죽고 여섯 살배기 딸이 있다던 과부였으니 영영 오지 않을 수도 있는 여자였다. 안절부절못하던 태식이가 털어놓았는데, 여자에게 꿍쳐두었던 돈 오천 원을 주었다고 했다. 오천 원은 당시 쌀 세 가마 값이었고, 태식이 일년 치

새경이었으니 큰돈이었다.

추경 추수 마무리로 한창 바쁜 농사철에 태식이는 일손을 놓고 멀거니 행길만 내다보곤 하여 큰아버지 속을 뒤집어놓았다. 그렇게 보름째 되던 날 여자가 돌아왔다. 큰댁은 새 며느리라도 본 듯이 경사가 났다. 큰아버지는 이웃 마을에 있던 태식이 집을 팔아 큰댁 옆집을 사주고 그 집 마당에서 혼례를 치뤘다.

엄태식이와 김옥분이는 찰떡궁합이었다. 여자는 시원스레 일도 잘하여 부부가 우리 큰댁 일꾼이었다. 그 이듬해 10월에 이들 부부에게서 아들이 태어났는데 이름이 개똥이었다. 제 아비가 '개똥이'는 명이 길고 복이 많다고 해서 붙인 이름이지만 호적 이름은 큰아버지가 지어준 '엄상문'이었다.

태식이 색시는 전라도 여자라서 음식 맛이 강원도와는 특이하게 달라 나는 그 맛에 반해 저녁은 매일 태식이네 집에서 얻어먹었던 기억이 생생하다. 같은 푸성귀 재료라도 데쳐 무치거나 볶는 솜씨에 따라 얼마든지 맛을 달리할 수 있다는 것을 나는 그때 알았다.

태식이 역시 오랜 머슴살이에서 독립하여 아내에게서 밥상을 받게 되자, 자랑삼아 나를 밥상머리에 불러 앉히고는 했을 것이다. 남상 지른 얼굴에다 서른이 넘은 중썰한 태식이 색시는 나를 '되련님'이라고 부르며 극진하게 대했다. 그에 따라 나는 그 색시에게 대충 얼버무려 '아주머이'라고 부르곤 했었다.

이들 부부는 큰댁의 불안과 걱정과는 달리 화목하게 잘살았다. 태식이는 더 부지런하게 일을 하였고, 그 아낙도 잠만 자기들 집에서 잘 뿐 매일 큰댁과 우리 집 일을 거들고는 했었다.

태어날 때부터 그야말로 떡두꺼비 같던 개똥이는 무럭무럭 잘자라 아이가 없던 큰댁과 우리 집안의 귀염둥이 손자였다. 개똥이는 자랄수록 부모의 좋은 점만 빼닮았는지 사내답게 튼튼하고 훤하게 잘생겼고, 아비를 닮아 바보가 아닐까 했던 우려를 말끔히 지울 만큼 똑똑했다. 상문이가 두 돌이 되었을 때, 태식이는 또 아들을 보았다.

내가 어려서부터 태식이를 졸졸 따라다녔듯이, 상문이도 영락없는 그때의 나처럼 내 뒤를 졸졸 따라다니며, '성아, 성아'하고 귀찮게 했지만, 동생이 없던 나는 동생처럼 귀여워하고 돌봐주었다. 그 상문이가 지금부터 꼭 60년 전이 되는 1961년 음력 섣달 스무아흐렛날 새벽에 죽었다. 나는 지금도 일곱 살이던 상문이가 숨을 거두던 끔찍한 광경을 생생이 기억한다.

그러니까 그날이 섣달 스무여드레였다. 종갓집이던 우리 큰댁은 명절 준비가 유난하고 대단했다. 마침 그날은 엿을 고는 날이었다. 강원도는 엿을 옥수수로 고는데, 유난히 시커메서 '갱엿'이라고 한다. 엿물이 갱엿으로 고아지기 전의 걸쭉한 상태일 때, 제사에 쓰는 편청과 떡을 찍어 먹는 조청을 뜨고, 좀 더 꾸덕하고 알맞게 고아졌을 때 그릇에 퍼담아 식히면 갱엿이 된다. 엿을 푸고 나면 엿 누룽지가 솥 바닥에 남게 마련이다. 그 엿 누룽지를 알뜰히 긁어내는 방법으로 콩엿을 만든다. 서리태를 볶아 솥에 넣고 엿 누룽지와 버무리면 곧 콩엿이 된다. 콩엿은 아이들에게 한 해 한번 먹을 수 있는 최고의 주전부리였다.

그날 나는 어머니가 콩엿을 버무릴 때, 나이가 이미 열여섯이었으면서도 상문이와 둘이 옆에 붙어 있다가 상문이 주먹만 한 따끈한 콩엿을 한 덩이씩 얻어먹었다. 어머니는 동글동글하게 콩엿을 뭉쳐 버들 소쿠리에 담아 나에게 주며 큰댁 대청 뒤주 위에 얹어 놓으라고 했다. 나는 콩엿 두 덩이를 슬쩍 주머니에 넣고는 엿 소쿠리를 뒤주 위에 올려놓고 집으로 돌아가며 상문이에게 한 덩이를 주었다.

그 뒤에 집안이 발칵 뒤집힌 것은 자정이 가까웠을 무렵이었다. 큰댁에서 설음식 장만을 끝내고 집으로 갔던 아이 엄마가 큰댁으로 헐레벌떡 뛰어와 상문이가 죽어간다고 아우성을 쳤다. 중학생이던 나는 공부를 끝내고 막 잠자리에 들었다가, 소란의 내

막을 들고는 어른들 뒤를 따라 태식이네 집으로 달려갔다.

상문이는 안방 아랫목에 누워있었는데, 배가 말들이 바가지를 엎어 놓은 듯이 툭 불거져 있었다. 아이는 거친 숨을 이따금 색색 몰아쉴 뿐 이미 의식이 없었다. 어른들은 발만 동동 구르며, 초저녁까지 멀쩡하던 아이가 왜 저 지경이 되었냐고 탄식만 할 뿐이었다. 그때, 이웃 동네에 한의원을 부르러 갔던 태식이가 의원을 대동하고 들이닥쳐 곡지통을 쏟았다.

한의원은 아이를 진맥하고 눈알을 까뒤집어보고는 고개를 절레절레 흔들었다. 그때, 내 뇌리를 스친 것이 콩엿이었다. 나는 방에서 뛰쳐나가 큰댁으로 뛰었다. 조금 전까지 낱개 눈발이 흩날리던 날씨는 그새 함박눈이 되어 펑펑 쏟아지고 있었다. 정신없이 뛰어가 큰댁 대청으로 올라갔다. 아니나 다를까, 콩엿 소쿠리가 없었다. 집을 지키던 큰어머니에게 콩엿 소쿠리를 치웠느냐고 물었더니, 그게 대체 어디 있었더냐고 되물었다.

나는 큰어머니가 챙겨주는 왕소금과 엿길금 가루 봉지를 들고 태식이네 집으로 뛰었다. 아이 엄마에게 소금물과 엿길금 물을 풀게 하고는 콩엿 소쿠리를 찾아보았다. 안방 벽장 위에 소쿠리가 있었는데, 반말들이 소쿠리에 그들먹하던 콩엿이 여남은 덩이만 남아있었다. 그제서 상황을 판단한 어른들이 정신을 잃은 아이 입을 벌리고 엿길금 물을 먹였지만, 이미 먹이는 것이 아니라

들이붓는 격이었고. 한 모금도 넘어가지 않았다.

음식을 삭히는 엿길금 물과 짠 소금물을 마시면 토하게 마련이지만, 아이는 이미 마시고 토하는 기능을 잃은 뒤였다. 이따금 거친 숨을 쌕쌕 몰아쉬던 아이는 새로 두 시가 넘으면서 끝내 숨을 거두었다. 나는 일곱 살배기 상문이의 죽음을 지켜보며 태어나서 처음으로 목이 쉬고 눈이 붓도록 울었다.

숨을 끊어진 아이의 수족을 거둔 뒤에 눈물 콧물을 훌쩍이며 태식이가 털어놓는 푸념은 이러했다. 아내가 주인댁의 설음식 장만에 갔으므로 둘째 아들 상연이는 아비 차지였다. 태식이는 저녁을 먹은 뒤에 아이를 업고 구장네 집으로 라디오를 들으러 갔다. 그때는 라디오도 귀해서 밥술이나 먹는 집만 있었는데, 정부에서 동네마다 구장네 집에 한 대씩 주어 공동으로 듣게 해서 겨울밤이면 구장네 사랑방이 미어터질 지경이 되곤 했었다.

태식이가 라디오를 듣다가 집에 와보니, 상문이는 아랫목에서 색색 잠들어 있더라고 했다. 등에서 잠든 상연이를 내려 큰아이 옆에 눕히자. 자는 줄 알았던 상문이가 눈을 감은 채, '아부지 물.' 하더란다. 자다가 목이 마른 가보다, 하고 물 한 대접을 떠다 반을 마시고 주었더니, 벌컥 마시고는 또, '아부지 물' 해서 떠다 주었는데, 그제서 보니 벽에 기대앉아 물 대접을 받는 아이의 배가 남산만 하더란다. 오랜만에 떡이며 부침개 쪼가리를 너무 많이 먹어 갈증이 나서 물을 커나보다 하고 지켜보았더니, 벽에 기대앉았던 아이가 옆으로 픽 쓰러져 이내 색색 잠이 들더라고 했다.

그제서 안심을 하고 아이들 옆에 누웠는데, 녀석이 가느다란 목소리로 또 물을 찾더란다. 울컥 짜증이 나서 누운 채로, '이눔 시키야, 자다가 물 키면 오줌 싸!' 했더니, 녀석이 부스스 일어나 엉금엉금 기어나가는데, 어쩌나 보려고 따라 일어나 보았더니, 부엌까지 강아지처럼 기어간 아이가 부뚜막에 놓인 물동이에 머리를 처박고는 벌컥벌컥 물을 들이켜더라고 했다. 질겁을 하고는 아이를 안고 들어와 눕히고 보니 배가 점점 불러 북통이 되었더란다.

그 얘기를 들으며 어른들은 모두 탄식했다. 아이 아비는 역시 바보라고! 그때만 큰댁으로 달려와 알렸더라면 상문이는 살렸을 것이다. 그저 미련한 생각으로, 짠 것을 너무 많이 먹어 물을 켜는 줄만 알고는 정신을 잃어가는 아이를 일으켜 오줌을 싸라고 볼기짝을 때렸다는 것이다.

태식이의 바보 같은 말을 들으며 나는 발을 동동 굴렀다. 일곱 살 먹은 아이가 달달 볶아 엿에 버무린 고소하고 달콤한 콩엿을 한 되 분량을 먹은 턱이어서 콩만으로도 이미 배가 터질 지경이었을 터였다. 그런 데다 엿에 버무린 볶은 콩엿이었으니 그 갈증이 오죽했으랴! 물은 한없이 먹히고, 뱃속의 볶은 콩은 물을 먹는 대로 불어나고, 갈증은 한없이 계속되었을 것이다. 여린 위장은 늘어나고 부풀어 오장육부를 조일대로 조이다가 끝내 숨통을 막았는지 위장이 터졌는지 아이는 죽고 말았다.

바보 태식이의 맏아들 엄상문이는 그렇게 죽었고, 나는 아이의 죽음이 내 탓이라고 자책하며 청년기를 보냈다. 그 뒤부터 나는 60년이 지난 지금까지 콩엿을 먹지 않는다. 지금도 눈에 선하다. 상문이는 내가 주는 콩엿 한 덩이를 받아들고 뒤를 힐금힐금 돌아보며 집 쪽으로 갔었다.

큰댁 대문에서 왼쪽으로 옆 옆집이 태식이네 집이었고, 우리 집은 오른쪽으로 돌아가야 했다. 꾀가 말짱한 상문이는 내가 간 것을 확인하고 되돌아가서, 큰댁 대청 뒤주 위에 있던 콩엿 소쿠리를 통째로 내려 들고 집으로 갔을 것이다. 아비가 없는 빈방에서 콩엿 소쿠리를 끼고 앉아, 정신없게 맛있는 고소하고 달콤한 콩엿을 정신없이 먹었을 터였다.

배가 부르도록 먹은 녀석은 남은 콩엿을 감춰두고 먹으려 했던 듯이 삼베 밥보자기를 덮어 벽장 귀퉁이에 숨겨 두었다. 나는 아이의 발치에 있던 개다리 밥상을 보고는 키 작은 아이가 밥상을 놓고 벽장에 올라간 것을 알았다.

생때같은 첫아들을 어이없이 잃은 태식이는 이듬해부터 연년
생으로 자식을 낳기 시작하여 내가 고등학교를 졸업하고 대학에
갈 때까지 사 남매를 낳았다. 그 뒤에도 자식 셋을 더 낳아 칠 남
매를 두었다는 소문은 들었다. 그 뒤부터 바보 태식이를 보지 못
했지만, 그의 맏아들 일곱 살 엄상문이는 아직도 내 가슴에 있다.

불알친구 증손자

택배로 주문한 옥수수 20통이 와서 껍질을 벗기는데, 옆에 둔 전화기가 방정을 떤다. 열어보니 입력되지 않은 번호다. 같잖은 전화가 하도 많아서 뜨악하게 받았는데, 보리 탁배기 같은 걸쭉한 목소리에 외양간 두엄 냄새가 확 풍기는 말투가 들렸다.

"니, 장준우나?"

나는 잠시 정신이 멍했다. 성인이 된 뒤에 내 이름을 이렇게 부른 사람은 없었다. 전화기를 들여다보다가 얼결에 그런 말투로 대꾸했다.

"근데, 넌 누구나?"

"낄낄낄…!"

귀에 거슬리는 웃음소리가 좀체 끝날 것 같지 않아 전화기를 멀거니 들여다보는데, 낄낄낄은 계속되었다. 낄낄은 남의 웃음을 비하하여 이르는 말이지만 이 웃음은 보태고 뺄 것도 없는 글자 그대로 '낄낄'이었다. 전화기를 귀에 대자 텁텁한 말이 들렸다.

"준우야, 내다. 목식이, 조목식이다."

꿈에도 생각지 않았던 엉뚱한 사람이라 저절로 목청이 높아졌다.

"뭐, 옥시기! 니가 옥시기라 이말이나?"

"그래, 옥시기. 옥시기 맞다 야."

이런 옥시기라니! 까다 만 옥시기를 눈앞에 치켜들고 말했다. 나는 늘그막에 임플란트로 치아를 보강하고 옥수수 옛맛을 되살려 매일 한 통씩 먹는다.

"니, 시방 거 어디나?"

"내, 시방 여 면목동에 와있다."

"뭐라, 면목동?"

"그래, 증손주눔 첫돌 해먹을라구 오늘 올라왔다, 야."

이런, 갈수록 태산이라더니, '증손주'란 도드라진 말이 솜방망이처럼 내 머리를 툭 쳤다. 나이 일흔일곱에 증손자라! 55년 만에 전화로 만난 불알친구와 30여 분간 많은 얘기를 나누고 증손자 첫돌잔치에 초대를 받았다.

조목식이는 어려서부터 옥수수를 하도 잘 먹는 데다 이름이

'목식'이어서 별명이 '옥시기' 였다. 우리는 늘 놀려먹었다. '목시기 옥시기 억시기(게) 먹네' 우리 어릴 때는 찰옥수수가 없었다. 하얀 메옥수수 알이 손톱만큼 굵은데, 옥수수통 크기가 아이들 팔뚝만 했다. 제 팔뚝만 한 옥수수를 옥시기는 서너 입만 훑으면 빈 통이 된다. 말이 빈 통이지, 겉만 뜯어먹은 옥수수통에는 씨눈이 그대로 있어서 마당에 휙 던지면, 닭들이 달려들어 다투어 쪼아먹는다. 요새 말로 하면 옥시기는 탄수화물만 뜯어먹고 단백질인 씨눈은 버리는 것이다. 하기는 노란 씨눈을 먹은 암탉은 노른자가 샛노란 알을 낳으니 아까울 것은 없을 터였다.

조목식이는 별명이 또 하나 있다. 너부데데한 네모진 얼굴에 입이 하도 커서 '미기(메기)'였다. 그는 어릴 때부터 주먹을 입에 넣고 빨아서 오른쪽 주먹이 늘 허옇게 팅팅 불어 있어 우리는 놀려먹었다.

"미기야, 주먹 맛있니?"

"말이라구? 손구락 보담 열 배나 맛있지."

그 큰 입으로 옥수수통을 아구아구 훑는 모습이 눈에 선하다. 내륙 지방인 우리 고향은 옥수수와 감자의 고장이다. 흙살이 좋은 평지 밭에는 감자나 콩, 조와 수수를 심고, 비탈밭이나 자갈밭에는 옥수수를 심는다. 삼복더위 한낮이면 메마른 밭의 옥수숫대는 수분을 빼앗기지 않으려고 잎이 대롱처럼 도르르 말린다. 그에 따라 자갈밭은 그늘이 없어져 따가운 볕에 자갈이 따끈따끈하게 달궈진다. 그때 소나기가 쏟아지면 따끈하게 달궈진 자갈이 빗방울을 퉁기며 '피식피식' 오줌을 싼다. 그 알칼리성 자갈 오줌이 옥수수에 딱 좋은 거름이 된다. 조목식이네는 종손이라 그런지 산이 많아 비탈밭 자갈밭에 옥수수 농사가 주농이었다.

나보다 한 살 더 먹은 목식이는 내가 열아홉 살 고등학교 3학년 되던 해 봄에 장가를 들었는데, 처가가 평창군 둔내면 하늘 아래 첫 동네였다. 1964년 그 무렵 결혼은 신부집 마당에서 혼례식을 했었다. 혼인날이 되면 신랑은 도락구(트럭)를 대절해서 타고 가는데, 우인友人 대표라 하여 신랑 친구들 예닐곱 명이 도락구 적재함에 타고 함께 간다. 벌목 목재를 운반하던 험한 산판 비탈 길로 아슬아슬하게 한 시간 올라간 곳에 대여섯 집 마을이 있었다. 우리 마을도 왜정 때부터 신작로가 나기는 했지만 산골인데, 나는 그런 산중에 마을이 있다는 것을 처음 알았다.

그때 혼례식에는 으레 우인 대표 중의 대표가 축사를 읽었는데, 축사를 내가 쓰고 읽었다. 우리 마을 처녀 총각 혼인에는 늘 내가 축사를 써주었고, 때로는 초대되어 가 축사를 읽고는 했었다. 혼인 사흘 뒤, 신랑이 첫 신행을 다녀 온 뒤에 새신랑을 달아 먹는 맛과 재미가 꽤 쏠쏠했었다.

입쌀밥을 제삿날 보기는 했어도 먹어보지는 못했고, 초등학교 문턱에도 못 가보았다는 그 산골 처녀에게 장가를 든 목식이는 이듬해 외가가 있는 이웃 마을 용정리로 이사 갔었다. 외동딸이던 목식이 어머니의 노모가 죽어 홀아버지를 모시기 위해서였다. 그 뒤로 나는 조목식을 만난 적이 없었다. 외할아버지 재산이 모두 목식이 것이 되어서, 근방 3동네에서 가장 부자라는 소문은 들었다.

이들 부부는 몸이 튼튼하고 금슬도 좋아서 3남 2녀를 두었다고 했다. 장남과 첫딸이 내가 졸업한 강릉 K대학 교수라고 했다. 막내아들이 아버지 뒤를 이어 농사를 짓는데, 2만여 평 농지에 최신식 농법과 장비로 농사를 지어 힘도 들지 않는다고 자랑을 늘어놓았다.

내일이 첫돌이라는 증손자를 낳은 손자는 친구 장남의 장남인데, 스물여덟 살이라고 했다. 그는 증손자까지 손자 손녀가 열셋이라고 했다. 우리가 미기, 옥시기라고 놀려먹던 조목식이는 시골 초등학교 출신이지만 농사에 성공하였고, 자식 농사도 대성공하여 부러울 게 없다고 했다. 그는 거짓말을 할 사람이 아니고 허풍은 더더구나 아니다.

우리 마을에서 세 번째 대학생으로 부러움의 대상이었고, 첫 번째 대학교수가 되었던 내가 지금 조목식이 만큼 행복한가? 아니다. 그가 부러워지니 아닐 것이다. 나는 3년 전에 상처喪妻를 하였고, 외국 유학을 보냈던 큰딸은 그 나라 남자와 결혼하여 잘 살기는 한다. 둘째 딸은 결혼하여 잘살지만, 10년 전에 딸 하나 낳고 단산하였다. 나는 외국의 외손자까지 손자가 셋이기는 하지 만, 한 달에 한두 번 보는 열 살인 외손녀 하나가 고작이다. 하여 나는 증손자는 언감생심 꿈도 꿀 수 없다.

하늘 아래 첫 동네 처녀였던 동갑내기 그의 처도 산중의 정기 를 받고 자라서였는지, 아직 건강하여 트랙터를 모는 등 막내아 들에 버금가는 농사꾼이라고 한다. 꽤 예쁜 얼굴에 연지, 곤지 찍 고 족두리 쓰고 다소곳이 앉았던 새색시가 아직도 눈에 선하다. 이 또한 홀아비인 내게는 머나먼 나라 사람 이야기다.

행복이란 누가 주지도 팔지도 않는다. 형체도 없고 냄새도 없 다. 모름지기 자신이 찾아내어 다듬고 가꾸어야 한다. 그러나 인 위적으로 행복이 만들어지는 것은 아닐 터이다. 열심히 살다 보 면 행복이 되고, 가족 간 이웃 간에 서로 보듬어 안고 사랑하며 살다 보면 그게 행복이라는 걸 느끼게 될 것이다. 불알친구 조목 식이는 그렇게 살다 보니 저절로 행복해졌을 것이다.

그는 소나무 밑에서 이른 아침 이슬을 머금고 살며시 머리를 내미는 보얀 송이버섯 같은 순진무구한 사람이다. 오랜만에 듣는 친구 목소리가 너무 반가워 숨도 못 쉬고 낄낄거리며 반기는 진정한 친구다. 대학을 나와 대학교수를 한 나와 초등학교 출신인 조목식이는 늙어온 과정은 다르지만, 불알을 잡으며 자란 70년 지기 친구다.

오늘 밤은 초등학교 때, 소풍 가기 전날 밤처럼 고향 생각 유년의 추억으로 잠을 이루지 못할 것 같다. 내일 불알친구 옥시기를 만나면 와락 그러안고 등을 두드려주고는 물어볼 것이다.

"옥식아, 시방도 옥시기 억시기 먹니?"

연거푸 놀려먹을 것이다.

"미기야, 주먹 한 번 빨아봐."

그리고 불알친구 증손자 고사리 같은 예쁜 손가락에 반 돈짜리 금반지를 끼워주고 오랜만에 배릿한 아기 냄새를 맡으며 꼬ㅡ옥 안아줄 것이다. 내 품에 안겨 방실방실 웃는 친구 증손자가 눈에 선하다.

나의 인생 나의 문학

문학은 내 운명이었다

사업을 정리하던 92년 7월 소설가협회 회원 14명이 중국여행을 했다.
압록강. 뒤에 보이는 산이 북한 땅이다

나는 不惑之年을 넘긴 마흔다섯 살에 『월간문학』을 통해 문단 말석에 앉았다. 불혹이란 부질없이 망설이거나 무엇에 마음이 홀리거나 하지 아니함을 뜻한다. 하여 나는 애오라지 문학에만 매달려 34년을 살았다. 지금은 일흔이 넘어 등단하는 사람들도 흔하지만, 당시만 해도 마흔 중반에 소설로 등단한 경우는 드물었다.

게다가 나는 종업원 70여 명을 거느리는 중소기업 대표였으므로 주위 사람들로부터 따갑거나 경멸하거나 야유의 눈길을 받지 않을 수 없었다. 개중에는 놀라워하거나 부러워하는 사람들도 있었지만 그런 사람들일수록 '취미 삼아 하다 말 것'이라고 대놓고 빈정거리기도 했다.

그럴수록 나는 속으로 '不惑之年'을 뇌며 결심을 굳혔다. 내가 서른 살이나 쉰 살에 등단했더라면 문학을 접었을지도 모른다. 서른 살에는 사업이 정상궤도 이르지 못했기에 사업도 문학도 망쳤을 것이고, 쉰 살이었다면 사업이 너무 커져서 글을 쓸 여력이 없었거나, 사업이 쫄딱 망해 폐인이 되었을지도 모르기 때문이다.

등단한 지 이태가 되던 1992년 3월, 나는 22년간 경영하던 사업을 과감하게 미련 없이 정리하고 전업 작가를 선언했다. 등단 작품 외에 단편소설 한 편을 발표하고는 소설을 써서 먹고 살겠다고 나섰으니, 일을 저지른 내가 생각해도 참 한심하고 무모한

미친 짓거리였다. 당시 우리 세 딸이 중 고등학생이었는데, 아내를 비롯한 일가친척들은 완전히 미친놈 취급을 했다.

게다가 당시 내 사업은 외관상으로 한창 전성기에 접어들던 시기였다. 1987년 경기도 양주에 대지 1천 평을 사서 공장건물 200평을 신축하고 공장 2층에 30여 명을 수용하는 기숙사를 지었다. 또한 결혼을 한 직원들의 사택 8가구를 2층으로 신축하였다. 종업원이 많을 때는 7, 80여 명에 이르던 기업을, 공장 이전 5년 만에 종로5가와 신설동에 있던 직영점까지 한꺼번에 완전히 정리했었다. 기업이 주식회사였다면 그리 쉽게 마음대로 폐업할 수 없다. 언젠가는 사업을 정리할 생각으로 나는 세금을 더 내고 불이익을 받으면서도 개인기업으로 유지했었다.

사업을 폐업한 뒤에도 나는 망설이지 않았다. 92년 4월에 모든 정리를 끝내고 5월에 경기도 포천에 땅을 사서 35평짜리 집필실을 지었다. 4개월에 걸친 공사 끝에 책과 컴퓨터를 싸들고 입주했다. 나는 나를 믿었다. 너는 할 수 있다고 채찍질하며 작업을 시작했다. 작업을 시작한 지 20개월만인 94년 7월 장편소설 2400매를 써서 10월 20일 상·하권으로 출간했다. 『강물은 모두 바다로 흐르지 않는다』내가 18개월간 참전했던 월남전과 고엽제 후유증으로 죽어가는 참전용사의 처절한 삶을 그린 소설이었다.

중국 여행단. 앞줄 빨간 조끼 김지연 선생님과 왼쪽 허정수 선생님도 이때는 꽃띠였다. 김희갑 양인자 선생님 부부도 동행이었고, 고인이 된 나명순, 오성찬, 서혜림 선생님도 함께 했었다.

94년 당시 월남전 참전 전우들의 고엽제 문제로 전국이 들썩거리던 시기였다. 원인도 병명도 모른 채 시름시름 앓다가 죽어가는 월남전 참전자들의 병이 고엽제가 원인이라는 것이 밝혀진 것이다. 전국의 참전 전우들과 고엽제 후유증 전우들이 관광버스로 또는 기차로 여의도 국회의사당과 서울광장에 집결하여 연일시위를 하고, 탄원서와 진정서를 대통령과 국회, 관계기관에 접수하고 투서하는 등 열기가 하늘을 찌르던 시기였다.

67년 파월 초기 일등병 시절. 중대본부 행정 요원들.
중대본부 사무실이 천막이었다. 앞에 앉은 왼쪽이 필자

　나는 당연히 시위대 앞장에 서서 월남전 참전자와 고엽제 후
유증 환자를 국가유공자로 인정하고 포상하라는 주장을 했다. 그
에 따라 첫 장편소설 『강물은 모두 바다로 흐르지 않는다』는 출
판사에서 신문광고를 치기도 했지만 널리 알려지고, 우리 부부는
손바닥에 물집이 잡히도록 인지를 찍었다. 그 바람에 나는 비로
소 주위 사람들로부터 소설가로 인정을 받았다. 등단 이후 4년간
단편소설 「돼지꿈」 「그 계곡의 소리」 「맹꽁이 타령」 「몫의 밥」
「무너지는 성」 등을 문예지에 발표했지만, 주변 사람들은 알 턱
이 없었다.

68년 병장 시절. 사무실에서 C 레이션과 맥주로 회식

68년 6월 귀국 무렵. 손을 잡은 아이가 여섯 살이라고 했다.

내 문학은 외롭지 않았다

소설낭송 출연진들

나는 1985년부터 본격적으로 문학을 배웠다. 대학을 나온 문인들이 업신여기는 신문사 문화센터에서 5년간 소설을 배우고 『월간문학』으로 등단했지만 나는 지금까지 기죽지 않고 떳떳했다. 그뿐만 아니라 문화센터 출신이라는 것을 어디서나 숨김없이 말한다. 남들이 대학에서 4년간 문학을 배웠듯이 나도 5년간 문학 창작을 배웠으니까 꿀릴 게 없다고 자신했다.

1988년 동인지 『서울소나무』 제3집 출판기념회.
오른쪽 내 옆의 스님은 세월호 진상 규명에 항의하며 분신한 용현 스님이다.

내가 글쓰기에 자신감을 가진 것은 문학을 공부하던 1988년이
었다. 당시 신문 중앙일보를 보고 있었는데, 『월간중앙』 복간 기
념으로 논픽션을 공모한다는 광고를 보았다. 논픽션이 뭔지도 모
르던 터였는데, 단편소설로 쓰려고 준비해두었던 자료에서 우리
고향의 3·1 독립운동 사실을 논픽션으로 쓰기로 하고 작업을 시
작했다. 마감 날짜가 임박하여 기를 쓰고 한 달 만에 200여 매를
써서 〈金馬里 3·1운동 秘史〉라는 제목으로 응모했는데 당선이
되었다. 상금이 2백만 원이었는데, 당시 우리 공장장 월급이 40
만 원이었으니 꽤 큰돈이었다고 기억한다.

89년에는 국방부에서 공모하는 호국문예에 단편소설을 응모하여 당선되었으나, 군대에서 내가 참전했던 대간첩작전 내용이 보안에 걸려 취소되고 상금 3백만 원도 날아가 버렸다. 당시 최종 심사위원이었던 유재용 선생님을 수소문 끝에 찾아가서 구제방법을 물었으나 국방부 주관이라 어쩔 수 없다는 대답을 들었다.

마흔일곱에 전업 작가가 된 나는 늘 조급했다. 중견작가 소리를 들어야 할 나이에 초보 작가였으니 초조할 수밖에 없었다. 따라서 있는 것이라곤 시간밖에 없으니 괴발개발 죽어라고 썼다. 첫 장편 '강물은…'에 용기를 얻어 두 번째 장편소설 『그대에게 못다 한 말이 있다』를 97년에 출간하였으나 첫 장편만큼 재미를 보지는 못했다.

그러나 전 년에 월간문학에 발표한 중편소설 「남아있는 사람들」이 올해의 우수소설에 선정되어 단행본으로 출간되었다. 그 바람에 EBS 교육방송 [문학기행]에 '남아있는 사람들'이 선정되었다. 촬영에 들어가기 전에 제작진과 출연진을 상의하여 논술교사였던 맏딸과 함께 출연하여 3일간의 촬영 끝에 1997년 2월 17일 9시에 방영되었다. 이에 다시 용기를 얻어 작품 쓰기에 전력했다.

해군 순항훈련 당시 블라디보스토크 군항 함상에서. 내 왼쪽 옆이 사령관 최기
출 제독. 모두 중령 이상의 지휘관이었다. 맨 오른쪽은 모함인 대청함 함장 함원용
대령인데 함정임 작가가 친동생이라고 했다.

탐방국 부르나이 왕국 바다에서 제53기 해사 생도들.
이들 모두 지금은 대령이 되었거나 장군이 되었거나 예편했을 것이다.

98년 10월에는 해군사관학교 제53기 [순항훈련]에 종군작가로 참관하여 80일간 동남아 9개국을 순방하며 취재하여 국방일보에 기사를 제공하였고, 작가로서의 견문을 넓히는 계기가 되었다.

이듬해 99년 그동안 발표했던 중단편을 모아 단편집 『그들의 축제』와 중편집 『동강』을 동시에 출간하였고, 2000년에 세 번째 작품집 『남아있는 사람들』을 출간했으나 빛을 보지 못했다.

자신만만했던 소설에 한계를 느낀 나는 당황해서 연일 폭음으로 몇 달간 자신을 학대하며, 꼴같잖게 전업 작가가 된 것을 후회하기도 했다. 견디다 못해 매일 산에 올라 걷고 또 걸으며 그동안 쓴 작품을 되씹어 보았다. 그러나 뚜렷한 앞길이 보이지 않았고, 더이상 소설을 쓸 용기도 나지 않았다.

절망하던 나는 마침내 산에서 한 줄기 빛을 보았다. 굳이 팔리지 않는 소설만 고집할 것이 아니다. 내가 아는 모든 것을 글로 써보자! 때가 마침 초가을이었으므로 이튿날부터 카메라를 들고 산에 올라, 알고 있던 머루 다래를 비롯한 야생 과일과 약초를 찾아다니며 사진을 찍었다. 그리고 밤이면 사진 찍은 야생 과일과 약초를 식물도감과 관련 서적을 뒤지며 글을 썼다.

이듬해 봄에는 새싹으로 돋아나는 산나물과 들나물 약초를 찾아다니며 사진을 찍고, 뜯어다가 내 손으로 조리를 해서 먹어보며 그 맛과 약효 성분을 내 몸으로 생체실험을 했다. 그 과정에서 독초를 먹고 아래위로 쏟으며 병원에 실려 가기도 했다. 그러면 서도 각종 들나물 산나물 조리법과 보관법 저장요령을 연구하여 마침내 단행본 한 권 분량의 산행 에세이 원고를 탈고하여 출판 사에 보냈다. 책은 2001년 6월 20일에 출간되었는데, 제목은 '소 설가가 쓴 산나물채취 산행기' 『밥상 위의 보약 산야초를 찾아서』 였다. '우리나라 자연산 먹거리 60선'이란 부제가 붙은 책은 때마 침 일기 시작한 웰빙 건강법 바람을 타고 그런대로 팔려 우리 부 부는 다시 손바닥에 물집이 잡히도록 인지를 찍었다.

다시 글쓰기에 용기를 얻어 2002년 3월에 자연식 술이 있는 에 세이 『야생 생약재로 보약주 만들기』를 출간하였고, 10월에 장편 소설 『우리는 사랑의 그림자를 보았네』를 출간하였다. 2003년 2 월에는 茶가 있는 에세이집 『박충훈의 건강茶 35선』을 출간하 였고, 6월에 문예진흥원 창작지원금을 받아 네 번째 작품집 『못 다그린 그림 하나』를 출간하여 2년간 연이어 1년에 두 권씩 책을 출간하였다. 그해 겨울에는 창작스토리 공모에 〈충정공 박심문 전기〉를 응모하여 최우수상을 받았다. 전업작가를 선언한 지 10 년 만에 비로소 글쓰기에 자신이 생겼고 나름대로 문리가 트이는 듯싶어 글을 쓰지 않으면 못 견디는 지경에 이르렀다.

2012년 제37회 한국소설문학상을 수상했다. 이동하 소설가협회 이사장

　2005년 2월에는 네 번째 건강실용서『잘 먹고 잘 누고 잘 자는 법』을 출간하였고, 10월에는 서울문화재단 창작지원금을 받아 다섯 번째 작품집『남녘형님 북녘형님』을 출간하였다. 나는 군대에 입대하기 전에 공병우식 한글타자를 배워 1분에 110자를 쳐서 1급자격증을 받았다. 그래서 군에 입대하여 병참학교에 들어갔고, 보급행정병으로 3년간 타자를 쳤다. 하여 나는 습작 시기에도 타자로 글을 썼고, 전동타자기에서 워드프로세서, 컴퓨터에 이르게 되어 글쓰기가 빠르다. 지금 생각하면 군입대 전인 스무 살에 한글 타자를 배운 것이 소설 쓰기의 운명적이었다고 생각한다.

그 무렵 각 방송과 언론매체에서 자연산 산나물이 좋다는 것이 속속 밝혀지며 5년 전에 출간한『밥상 위의 보약 산야초를 찾아서』가 다시 빛을 보게 되었다. 이에 따라 KBS와 MBC에서 방송출연 요청이 들어왔고, 경인방송에서는 '야생 생약재로 보약주 만드는 법'이 일주일에 5분씩 3개월간 방영되었다. 또한 KBS 제1방송 여성공감에 산나물을 주제로 1시간 출연하였고, KBS 제1방송 '한국인의 밥상'에 출연하며 '밥상위의 보약…' 덕을 톡톡히 본 셈이었다.

2006년 7월에는 순천 김씨 절재공파 종친회에서 세종조의 명장 절재공 김종서 장군의 영정과 친필 등 자료를 받아 2년간 쓴 장편소설『세종&김종서 君臣』을 출간하였는데, 절재공파 종친회에서 500권을 팔아주는 등 좋은 반응을 보았다.

역사소설 '君臣'을 쓰면서 수집한 자료를 바탕으로 조선조의 성군 세종대왕 일대기를 소설로 써보고 싶은 욕망으로『세종장헌대왕실록』36권과『단종실록』3권을 권당 2만 원씩에 사서 읽으며 소설을 썼다. 지금은 조선왕조실록이 인터넷에 개방되었지만, 당시는 책으로 읽어야 했다. 3년에 걸쳐 2008년 1월 마침내 3800매 3권 분량의 원고를 써서 제목을『대왕세종』전3권으로 출간했다. 책이 출간되자마자 KBS 제1방송에서 대하드라마 '대왕세종'이 방영되며 책이 그런대로 팔려 재미를 좀 보았다.

역사소설에 재미를 붙인 나는 우리나라 태극기의 역사를 조명하는 소설을 쓰기로 작정하고 자료를 수집하여 쓰기 시작했는데, 마침 조선일보에서 장편논픽션을 공모한다는 기사를 보고는 쓰던 소설을 논픽션으로 개작하여 응모했다. 우리나라 태극기의 역사가 정립되지 않았기에 나는 당선을 자신하고 기다렸는데, 아니나 다를까 우수작 당선통보를 받았다. 작품을 써서 출판사에 넘기고 기다리는 것도 그렇거니와 작품 공모에 응모하든 창작지원금 신청을 하든 기다리는 시간은 초조하지만 즐겁다. 나는 그런 즐거움을 여남은 번 만끽했다.

동인들이 환갑상을 차려주었다.
이호철 선생님 부부와 최성배, 이흥복, 강천식 작가도 보인다

2009년 12월에는 역사소설 『대왕세종』으로 서울시문학상을 수상하였고, 한 달 뒤인 2010년 1월 조선일보 장편논픽션 당선작 『태극기의 탄생』이 21세기북스에서 단행본으로 출간되었다. 그해 8월에 여섯 번째 작품집 『동티』를 출간하였다. 2011년 5월에는 '산야초…' 개정판 『뜯고 따고 캐고 맛보고 즐기는 산야초 기행』이 출간되어 인세의 맛을 보았다. 2012년에는 소설가라면 누구나 갈망하는 제37회 '소설문학상'을 수상하며 한 가지 소원을 풀었다. 12월에는 일곱 번째로 한국소설문학상 수상작품집 『거울의 이면』을 출간하였다.

2014년 1월에 여섯 번째 건강실용서 『반신욕 삼백초 건강법』을 출간하였고, 2016년 6월에 여덟 번째 작품집 『흐르는 강물처럼』을 출간하였다. 2018년에는 1년간 썼던 장편소설 『르네상스, 그 화려한 부활』을 출간하여 좋은 평을 받았다. 2019년 1월에는 역사소설 『태극기』를 출간하였다. 2021년 4월에는 아홉 번째 작품집 『사랑, 행복을 읽는 시간』을 출간하며 스스로, 시나브로 많이 늙어가고 있음을 깨달았다.

2022년 겨울 KBS제1 방송국에서 방영하는 대하드라마 〈태종이방원〉에 맞춰 그동안 틈틈이 쓰던 장편역사소설 『이방원』을 3월에 출간하여 재미를 좀 보았다. 나는 34년간 소설을 쓰면서 어린이와 아이들 청소년들에 관심이 많아 이들을 소재로 한 단편을 많이 썼다. 최근에 각박해지는 세태 탓인지 어린이와 아이들에 대한 학대와 폭력이 무자비하게 일어나고 있음에 충격을 받았다. 하여 그동안 썼던 어린이와 아이들에 관한 작품을 묶어보기로 하고 출판사와 상의하여 단행본으로 출간하기로 하였다. 이에 제목을 『어른이 동화, 어린이와 아이들』이라고 정하여 열 번째 작품집을 출간하며 2022년에 2권의 단행본을 출간하였다.

돌아보면 나는 참 많은 작품을 써왔다고 생각한다. 등단 2년 만에 22년간 경영하던 사업을 정리하고 전업작가를 선언한 것이 결실이라고 여기며, 몇 번이나 사업 정리를 후회했던 지난날들을 되돌아보며 참 잘한 결단이었다고 생각했다.

나는 전쟁고아였다

돌아보면 내 문학은 외롭지 않았다. 6·25 전쟁고아로 비참한 유년을 보내면서도 책이 있어 외롭거나 슬프지 않았다. 나는 1945년 8월 19일, 일본 니가타현에서 태어나 그해 11월 30일 귀국하는 선박에서 어머니 품에 안겨 100일을 맞이하며 귀국했다. 일본에서 고등학교 1학년과 중학교 2학년에 다니던 형님과 누님이 있어 우리 집에는 책이 많았었다.

아홉 살에 삼국지를 읽은 나는 속이 꽉 찬 애 어른이 되어 닥치는 대로 책을 읽었다. 책을 읽다 보니 슬프거나 외로움을 느낄 새도 없이 어느새 성인이 되어 있었다. 시인 서정주는 '나를 키운 것은 팔할이 바람'이라고 했다. 그렇다면 '나를 키운 것은 팔할이 외로움'이었다. 전쟁고아였던 내 유년의 상처기는 가슴 속에 지울 수 없는 흉터로 남아 나로 하여금 소설을 쓰게 하는 계기가 되었다.

맏형이 스무 살에 월북하여 하루아침에 쑥대밭이 된 집안의 넷째였던 나는 소설가를 꿈꾸면서부터 우리 집안 일대기를 소설로 쓰겠다고 다짐했다. 그러나 소설가가 된지 30년이 넘도록 쓰지 못하고 있다. 아니, 쓰지 않을 것이다. 쓸 수가 없다. 2012년 문예지에 발표한 단편소설 「아버지의 땅」은 우리 가족사의 일부분이다. 전쟁이 휴전되던 1953년, 형님이 북한 인민군 장교가 되었다는 풍문을 들은 뒤로 지금까지 소식이 없고, 이산가족신청을 해놓은 상태다.

우리 집안에는 5대째 내려오는 은가락지 한 쌍이 있다. 오색실로 짠 두툼하고 예쁜 매듭으로 묶은 은가락지는 한 짝이 한 냥쭝인데, 모란꽃 두 송이가 새겨져 있다. 형님이 월북할 때, 어머니가 형님 허리춤에 은가락지 한 짝을 달아주며 당부했다.

"어디에 있든 집안의 장손임을 잊지 말고, 혼인을 하면 아내에게 주었다가 데리고 와서 어미의 것과 짝을 맞추어 장손 집안의 며느리가 되게 하라!"

집안의 가보인 그 은가락지 나머지 한 짝은 지금 내가 간직하고 있다. 형님까지 5대째 내려오는 은가락지가 짝이 맞춰질 날이 오기를 나는 눈이 빠지게 기다리고 있다. 그 가락지 한 짝이 소설 '아버지의 땅'에서처럼 어느 산하에 묻혀있을지, 북녘땅 어느 여인의 허리춤에 달려 있을지도 모를 일이다. 4대 조상의 손때가 묻은 은가락지가 내 생전에 짝을 찾지 못한다면, 나는 죽을 때 손가락에 끼고 죽어야 한다. 저승에 가서라도 장손인 형님께 짝을 맞춰 드려야 하니까. 그때까지 내 문학은 외롭거나 두렵거나 슬프지 않을 것이다. 기다림은 초조하지만, 희망이 있어 즐겁다. 내 인생은 여섯 살부터 기다림이었고 곧 문학이었다.

곰취의 추억

산나물 중의 으뜸인 곰취는 엉거싯과에 딸린 산나물이다. 곰취를 한자로는 웅소雄蔬라고 쓴다. 곰 웅熊자 나물 소蔬자를 보면 곰이 먹는 나물이라는 뜻인지 어떤지 모르지만, 아무튼 곰이 살 법한 높고 깊은 산에만 자생하는 귀한 나물임에는 틀림이 없다. 곰취를 한방에서는 호로칠葫蘆七 대구가大救駕 또는 산자완山紫菀이라 하여 약제로 쓴다. 최근에는 곰취에 강력한 항암 성분이 있다는 말이 퍼지면서부터 자연산 곰취가 수난을 당하고 있다.

40여 년 전만 해도 강원도 정선 장이나 평창 장에 가야 제철에 곰취를 더러 볼 수 있었지만, 그나마 알려지지도 않은 나물이라 찾는 이도 없어 한 귀퉁이에서 그냥 말라비틀어지곤 했었다. 참취는 없어 못 팔아도 곰취는 시골 사람들까지도 천대를 하던 산나물이었는데, 지금은 참취보다 대여섯 곱절이나 더 비싸도 자연산은 살 수가 없는 귀한 나물이 되어버렸다.

값이 좋고 맛과 효능이 좋아서 그런지 요즈음은 청정지역 산골에 가면 비닐하우스에서 개량종 곰취를 재배하여 비교적 싼 값에 먹을 수 있는 산나물이 되었다. 그러나 자연산 곰취를 먹어본 사람은 그 향과 맛이 다른 종의 나물처럼 다르다는 것을 알게 된다. 그 성분이 자연산과는 어떤지 모르지만, 재배라도 많이 해서 몸에 좋다는 곰취를 많은 사람들이 즐겨 먹을 수 있게 되었으니 다행이다.

우리나라에는 취나물 20여 종류가 자생하는데, 맛이 거의 엇비슷하다. 하지만 곰취는 생김새부터 맛까지 판이 다르다. 곰취는 맛도 좋을뿐더러 생으로 먹든 데쳐서 먹든 참취보다 훨씬 부드럽다. 특히 생으로 쌈을 싸 먹으면 혀에 닿는 감촉이 상추보다 부드럽다는 것을 느낄 수 있다.

자연산 곰취는 묘하게도 자생지의 생육환경에 따라 맛이 각기 다르다. 하지만 처음 몇 번 먹는 사람들은 그 맛을 구분하지 못한다. 나는 곰취 모양과 맛을 보면 어느 산 곰취인지, 해발 몇 미터 지역에서 자생하는 곰취인지를 거의 안다.

우리 고향에는 높은 산이 없어 곰취라는 나물을 듣도 보도 못했는데, 내가 곰취를 알게 된 것이 1984년 5월 28일이었다. 해마다 5월 말경에 소백산에는 철쭉제가 벌어지는데, 그해에는 그때가 절정기라고 해서 철쭉을 보러 갔었다. 소백산 철쭉꽃은 우리나라에서 한라산, 지리산과 함께 세 손가락 안에 꼽힐 만큼 장관을 이루기 때문에 철쭉제도 그에 걸맞게 요란하다.

새벽 다섯 시에 희방사에서부터 산행을 시작하여 열 시쯤 비로봉 정상에 도착했는데, 산꼭대기에 난데없는 산나물시장판이 벌어져 있었다. 산 아랫동네 아낙네들이 참취를 비롯하여 참나물이며 갖가지 산나물을 뜯어다 무더기로 쌓아놓고 등산객을 상대로 팔고 있었다. 참취와 참나물은 전부터 알고 있었지만, 이상한 나물이 있어 물어보았더니, 곰이 먹는 곰취라고 했다. 산나물을 두 모숨 정도씩 묶어 팔고 있었는데, 참나물은 한 묶음에 3천 원이었고, 곰취는 2천 원이었다.

우리 일행 몇몇은 처음 보는 곰취를 여남은 묶음씩 사서 배낭에 넣고는 구인사 쪽으로 하산을 했다. 얼마쯤 가다 배가 고파 점심을 먹으려고 등산로를 벗어나 숲속으로 들어가자, 산비탈에 난데없는 머위밭이 펼쳐져 있었다. 개울가나 논두렁에 퍼드레하게 자라는 머위밭을 본 사람들은 그 광경을 이해할 것이다. 일삼아 가꾸어 놓은 것 같이 온 산비탈이 온통 머위밭이었다. 나는 비로봉에서 샀던 나물이 생각나서 배낭을 열고 꺼내 보았다. 이런 세상에, 아낙네들이 곰취라고 하던 바로 그 산나물이 산비탈에 지천으로 널려 있었다. 머위와 너무 비슷해서 그래도 못 미더워 한 잎 뜯어 씹어보니 과연 머위와 다른 맛이었다.

우리 일행 넷은 배고픈 것도 잊고 곰취라는 산나물을 뜯기 시작했는데, 채 반 시간도 안 되어 배낭이 찼다. 곰취뿐만 아니었다. 비로봉에서 한 묶음에 3천 원씩이나 주고 산 참나물이 늘비했고, 곰취 잎 하나가 양쪽 손바닥을 합친것 보다 크고 줄기도 손가락만큼씩이나 실했으니, 한 배낭 채우는 것은 일도 아니었다. 84년 5월 28일, 바로 그날 곰취를 알게 되어서 나는 지금까지도 그날을 기억한다.

그날 소백산 산행을 같이했던 우리 일행 넷은 그 이듬해부터 산나물 뜯기를 주목표로 하는 산행을 시작했다. 그때는 소백산뿐만 아니라 높은 산에서는 등산로만 벗어나 비탈이나 계곡으로 들어가면 곰취와 참취, 참나물이 그대로 밭이었다. 그러나 언제부터인가 산나물이 몸에 좋다는 소문이 퍼지면서, 동네마다 사람들이 본격적으로 산나물을 뜯어다 팔기 시작했고, 등산객들까지 가세하여 이제는 산나물이 점점 귀해지고 있는 형편이다.

곰취를 생각하면 또 한 가지 잊지 못할 추억이 있다. 1992년에 소설가 열네 명이 중국여행을 갔었다. 관광 여드레째 되는 날 통화通化에서 전세버스를 타고 즙안集安으로 가는데 통화령이라는 고개를 넘게 되었다. 관광 가이드의 말에 의하면 통화령의 이름이 둘이다. 정상을 가운데 두고 통화에서 넘으면 통화령이고, 줍 안 쪽에서 넘으면 줍안령이라는 것이다. 얼마나 높은 고개인지는 모르겠으되 제법 가파른 비포장 도로였는데, 15인승 버스가 고개 초입부터 빌빌거리기 시작했다. 가다 서다를 반복하던 버스가 웬 걸, 고개 중턱쯤에서 밭은 숨이나마 헐떡이더니 그예 딸깍 끊어 지고 말았다.

바특한 관광 일정에 몇 시간씩 차질이 생기면, 결국 하루 관광 은 포기해야 하는 것이 당시 중국의 교통 실정임을 경험한 우리 는 난감했다. 에어컨도 없는 차 안이 너무 더워 어쩔 수 없이 차 에서 내린 우리는 도로 가의 나무그늘 밑으로 들어갔는데, 놀랍 게도 숲속이 온통 곰취밭이었다.

나는 그만 입이 저절로 벌어져 다물 수 없었지만, 곰취를 아는 사람은 아무도 없었다. 우리 일행들은 그 퍼들퍼들하게 널린 풀 이 산나물이라는 내 말에도 그저 그러려니 별 관심을 보이지 않 았다. 그때가 8월 초였지만, 우리나라와는 기후가 다른 탓인지 곰취가 꽃이 피기 전이어서 늦게 나온 잎은 충분히 먹을 만했다. 나는 연한 잎만 골라 네댓 모숨 뜯어 가방에 넣었다.

버스 기사가 보니트를 열고 어딘가를 한참 주물럭거리더니 용 케도 숨넘어간 차를 살려내긴 했는데, 기력이 쇠잔하여 사람을 태울 수가 없다고 했다. 하는 수없이 여자들과 나이 든 분들만 차에 타고 예닐곱은 걸어서 고갯마루까지 올라가야 할 처지였다. 그날은 유난히도 더워 푹푹 찌는 더위를 무릅쓰고 반 시간쯤 걸어 올라가자 고개 정상이 나타났다. 등산으로 단련된 나도 헉헉거렸으니, 다른 사람들이야 말할 나위도 없다. 천만다행으로 내리막길에서는 버스가 저절로 잘 굴러가서 좀 늦기는 했지만, 무사히 즙안까지 도착할 수 있었다.

즙안에 도착한 우리는 예약된 조선족 식당에서 늦은 점심을 먹게 되었다. 나는 통화령에서 뜯은 곰취를 꺼내 들고는 식당 종업원인 조선족 청년을 불러서 좀 씻어 달라고 부탁했다. 청년이 곰취를 받아들고는 눈을 동그랗게 뜨고 물었다.

"이게 북조선과 중국 동북 삼성에만 있다는 곰취라는 산나물인데, 남조선 사람이 이걸 어떻게 압네까?"

나는 귀에 선 북한 억양과 북조선이라는 말에 섬뜩했지만, 순간적으로 반가워 청년의 어깨를 와락 그러안고는 등을 두드리며 혼잣말 비슷하게 중얼거렸다.

"역시 우리 과갈이구나!"

청년이 눈을 회동그레 홉뜨고 나를 보더니 손을 덥석 잡으며 언성 높여 말했다.

"그럼, 남조선 작가선생도 박가란 말입네까?"

너무나 엉뚱한 말에 놀라 나도 청년처럼 눈을 지릅뜨고 마주

보다가 잡힌 손을 냅다 흔들며 대꾸했다.

"그럼, 그대도 박가란 말이오?"

청년이 홉떴던 눈을 내리깔고는 순간적으로 얼굴을 짱당그리며 되 받았다.

"아니 그럼, 내가 박간 줄도 모르고서리 과갈 간이라 했단 말이오?"

청년의 행위에서 돌연 찬바람이 느껴졌지만, 나는 외려 마음이 흐뭇해서 청년의 등을 다독거리며 대꾸했다.

"과갈이 어디 따로 있겠소. 그대나 내나 같은 단군 자손 배달 민족인데, 외국에 나오면 우리 모두가 과갈간이 되는 게 아니오?"

청년도 그제서 껄껄 웃으며 말했다.

"듣고 보니까니 작가선생 말씀이 참 맞기는 맞습네다."

얼결에 튀어나온 내 혼잣말을 알아들은 조선족 청년이 대견스러워 작달막한 키에 가무잡잡하고 오종종한 얼굴을 한참 들여다보았다. 잘해야 스물 대여섯 먹었을 조선족 3세쯤 돼 보이는 청년이 과갈瓜葛을 알다니! 나는 배가 고프면서도 점심 먹는 것도 잊은 채 청년을 잡고는 많은 것을 물었는데 아니나 다를까, 청년은 나와 진짜 과갈 간인 밀양 박가에다 규정공파였다. 게다가 청년의 할아버지가 개성에서 서당 훈장을 했었고, 연변에 와서도 훈장질을 했다고 말했다.

우리는 청년이 씻어다 준 곰취로 돼지고기 수육 쌈을 싸 먹었는데, 외국에 나와서 생각지도 않았던 곰취를 먹으니 감회가 새로웠다. 곰취를 처음 먹어보는 일행들은 맛이 있다느니, 쓰다느니 말들이 많았지만, 나는 늘 먹었던 맛이기에 그야말로 꿀맛이었다. 그러나 우리나라 곰취 맛에 비하면, 쓰기는 더 쓰고 향기는 훨씬 덜한 것 같았다.

　우리 과갈 청년이 곰취를 씻어다 주며 말했다. 이곳 사람들도 곰취가 연할 때는 생으로 쌈을 먹기도 하지만, 너무 써서 주로 데쳐서 쌈으로 먹거나 말렸다가 겨울에 묵나물로 먹는다고 했다.

　배달민족의 식성과 먹거리는 세상 어딜 가나 매한가지구나 싶어 청년이 더욱 사랑스러워졌고, 내가 해 줄 수 있는 능력만큼 무엇이든 해주고 싶은 마음이 불쑥 들었다. 그때만 해도 중국이 개방된 지 불과 2년이었고, 북한은 더욱 아득히 먼 나라였고, 중국의 조선족은 우리나라의 6·25전쟁 직후와 흡사한 생활환경이었다.

　우리는 즙안에서 하룻밤을 묵게 되었다. 나는 작가적인 정신이 발동하여 밤에 빼주(배갈) 두 병과 만두 한 상자를 사 들고 과갈 간인 청년의 집을 방문했다. 즙안 변두리의 옥수수밭 가에 있는 나지막한 집이었는데, 비록 지붕에 기와는 얹었을망정 방 두 칸에 부엌이 딸린 오두막이었다.

나는 방에 들어서면서, 예닐곱 살 적의 어린 시절로 되돌아간
듯한 착각에 빠져 한동안 정신을 차릴 수 없었다. 사방 일곱 자도
안 될 옹색한 방 안은 30촉도 안 될 성싶은 흐릿한 전깃불이 밝히
고 있었는데, 꽃무늬 벽지로 도배를 한 바람벽은 군데군데 찢어
졌고, 천장은 쥐 오줌으로 얼룩져 있었다

　뒷벽 귀퉁이에 걸린 횃대에 빛바랜 옷이 마구 뒤엉긴 채 걸려
있고, 횃대 옆의 반닫이장 위에는 이불깃에 때가 꼬지레한 무명
이불 두 채가 개켜져 있었다. 베갯모에 격자무늬가 수놓아진 동
그란 베개가 내 개 얹혀 있었고, 방안은 비교적 정갈했다. 내가
온다는 것을 알고 미리 방 안 정돈을 했음을 한눈에 알아볼 수 있
었다.

　수인사를 나눈 청년의 아버지는 내 또래였지만, 십 년은 더 늙
어 보였다. 어머니는 그보다도 더 늙어 보여 물었더니 아버지 보
다 세 살이나 위라고 했다. 청년의 밑으로 고만고만한 동생이 셋
이나 있었는데, 막내가 딸이었다.

　나는 여벌로 갖고 갔던 T셔츠와 바지를 포함 두 벌을 주고, 청
년의 두서너 달 치 월급에 해당하는 달러도 손에 쥐어주었다. 청
년과 어머니는 눈물을 글썽이며 몇 번이나 머리를 조아려 나는
몸 둘 바를 몰라 쩔쩔매다가 갖고 간 빼주도 못 마시고 그냥 돌아
왔다.

통화령의 곰취가 아니었으면 나는 청년을 만나지 못했을 것이다. 곰취가 아니었으면 약차한 달러도 축나지 않았을 것이고, 아끼던 T셔츠와 바지 두 벌도 지금까지 입을 것이다. 그러나 나는 지금도 이미 쉰 살이 넘었을 박진욱이라는 그 청년을 잊을 수 없다. 그리고 해마다 곰취만 보면 청년과 그 가족들이 떠오르곤 한다. 병색이 짙던 청년의 아버지는 아마 죽었을 것이다.

곰취는 해발 1천 미터 이상의 높은 산에 주로 자생하지만, 그리 높지 않아도 사람의 발길이 미치지 않는 깊고 외진 골짜기나 계곡에서도 가끔 눈에 띈다. 메마른 모래땅이나 급경사면에는 더러 있어도 잘 자라지 못하고 빈약하다. 소나무나 잣나무 숲에서도 자라지 못하고, 참나무를 비롯한 잡목 숲의 습한 지역에 주로 자생한다.

흙살이 좋은 습지대에는 왕곰취가 자생하는데, 잎 하나가 거짓말 좀 보태서 우산만 하다. 그런 곰취 잎 하나면 밥 한 그릇을 쌈 싸 먹고도 남는다. 손가락만 한 줄기를 꺾어 씹으면 갈증을 면할 만큼 수분이 많다. 쌉쌀한 맛도 진하고, 화약 냄새 비슷한 향기가 코를 톡쏜다.

곰취는 5월 중순경부터 6월 초까지, 아주 높은 산의 음지에서는 6월 중순까지 뜯을 수 있다. 곰취를 뜯으러 갈 때는 일삼아 마음먹고 가야 한다. 산이 높고 험할뿐더러 곰취 자생지역은 발세도 험해서 힘도 들고 시간도 많이 걸린다. 우리는 새벽 네다섯 시쯤에 출발하거나, 길이 멀다면 산 밑 민박집에서 하룻밤을 묵고 이른 아침에 곰취산행을 시작하기도 한다.

높은 산의 곰취가 잎도 실할 뿐만 아니라 맛과 향도 훨씬 진하다. 곰취는 생 쌈을 먹어야 제맛을 느낄 수 있다. 쌉싸름하면서도 부드러운 화약 냄새 비슷한 향기가 온통 정신을 황홀하게 한다. 특히 등심이나 삼겹살을 싸 먹으면 한 쌈 두 쌈 먹을수록 그 맛에 푹 빠져든다. 처음 먹어보는 사람도 삼겹살을 몇 쌈만 먹어보면, 점점 맛이 난다며 참 희한한 나물이라고 고개를 갸웃거리게 마련이다. 따라서 자연히 고기도 많이 먹게 될뿐더러 소화도 잘된다. 점심때 곰취 쌈으로 점심을 먹으면, 먹고 돌아서서 또 밥을 찾을 만큼 소화가 잘된다.

그 귀한 자연산 곰취를 이제는 먹을 수 없게 되었다. 내 다리가 해발 1천 미터 이상 되는 산을 네댓 시간씩 탈 수 없을뿐더러 곰취도 개체 수가 줄어 찾기 어려워졌기 때문이다. 세월에 장사 없다는 것을 깨달으며 봄이면 재배 곰취를 사서 쌈으로 먹고 장아찌를 담아 먹으며 향수를 달랜다.

고사리 유래

우리나라 사람들이 가장 많이 먹는 산나물이 고사리일 것이다. 제사상에도 빠질 수 없는 나물이 고사리고, 육개장, 생선 매운탕에도 고사리가 들어가야 제맛이 난다. 고사리를 제사에 쓰기 때문에 옛날부터 값이 비쌌는데, 요즈음은 시장에 나도는 고사리가 거의 중국산이라니 사다 먹기에는 맛도 기분도 씁쓸하다.

고사리는 아득한 옛날부터 인간이 먹었고 그에 관한 고사도 많지만, 대표적인 것이 백이伯夷와 숙제叔齊의 이야기일 것이다. 우리나라 제사상에 고사리가 올라가게 된 유래가 바로 백이와 숙제의 고사에서 비롯되었다고 한다.

백이와 숙제는 고대 중국 상나라 말기 영주 가문의 형제로, 끝까지 군주에 대한 충성을 지킨 의인으로 알려져 있다. 백이와 숙제는 원래 상나라 서쪽 변방에 살던 변방의 작은 영지인 고죽군의 후계자였다. 고죽군의 영주인 아버지가 죽자, 두 형제는 서로에게 자리를 양보하며 끝까지 영주의 자리에 나서지 않으려 했다. 이때 상나라 서쪽에 있는 서주西周의 왕이 군대를 모아 상나라에 반역하려 했다. 무왕의 재상 강태공은 뜻을 같이하는 제후들을 모아 전쟁 준비를 시작했다. 이때 백이와 숙제는 무왕을 찾아와 간언했다.

"아버님이 돌아가신 후 아직 장사도 지내지 않았는데 전쟁을 할 수는 없다. 그것은 효가 아니기 때문이다. 주나라는 상나라의 신하 국가이다. 어찌 신하가 임금을 주살하려는 것을 인이라 할 수 있겠는가."

이에 서주 왕은 크게 노하여 백이와 숙제를 죽이려 했으나, 강태공이 이들은 의로운 사람들이라 하여 살아나게 된다. 이후 왕은 상나라를 토벌하고 동주와 서주를 통일하여 주나라의 무왕이 되었다.

백이와 숙제는 상나라가 망한 뒤에도 상나라에 대한 충성을 버릴 수 없으며, 고죽군 영주로 받는 녹봉 역시 받을 수 없다며 수양산으로 들어가 고사리를 캐 먹으며 연명했다. 이때 왕미자라는 사람이 수양산에 찾아와 백이와 숙제를 탓하며 말했다.

"그대들은 주나라의 녹을 받을 수 없다더니, 주나라의 산에서 나는 고사리를 먹는 일은 어찌 된 일인가?"

왕지미가 책망하며 주나라 충신이 될 것을 권했다. 이에 두 형제는 고사리마저 먹지 않았고, 마침내 굶어 죽었다. 그 뒤부터 고사리는 충신을 상징하는 산채山菜로 제사상에 오르게 되었다지만, 과연 중국에서도 제사상에 고사리가 오르는지는 모르겠다.

고사리와 나란히 제사상에 오르는 나물 중에 숙주나물이 있다. 숙주나물은 녹두채綠豆菜라 하여 녹두를 콩나물처럼 기른 나물인데, 금방 쉬어서 맛이 변한다. 녹두채, 녹두나물인 제 이름을 버젓이 두고 숙주나물이 된 것에도 유래가 있다. 숙주나물이 조선 중기 이후에 고사리와 나란히 제사상에 오르게 된 이유가 그 이름이 바뀐 유래에서 비롯되었으므로, 아는 사람은 알겠지만, 심심풀이로 덧붙인다.

조선 제4대 임금 세종대왕 때의 집현전 학사 신숙주는 어린 단종을 부탁한다는 세종과 문종의 유지를 저버린다. 그리고는 성삼문, 박팽년 등 단종을 옹위하던 동지들을 배반하고, 세조에게 붙어 온갖 부귀와 영화를 누린 사람이라는 것을 모르는 사람은 없을 것이다. 그 변절의 상징인 신숙주라는 이름이, 금방 쉬어서 맛이 변하는 녹두나물로 옮겨붙어 숙주나물이 된 것이라고 한다.

그 뒤부터 충신을 상징하는 고사리와 변절을 상징하는 숙주나물을 나란히 제사상에 올려 후손을 경계하는 지표로 삼았다고 전한다. 하지만 정말 그런지는 모르겠으되, 세월과 세상이 상전벽해가 된 지금도 고사리와 숙주나물을 제사상에 나란히 진설하는 풍습은 변하지 않았다.

암튼 고사리는 기원전부터 인간이 먹었다는 기록이 있는데, 시경詩經 소아小雅편에도 채미采薇라는 시가가 있다. 채미의 채采자는 캘[采]자, 미薇자는 고사리 미다.

채미 채미(采薇 采薇: 캐세 캐세 고사리)

캐세 캐세 고사리
고사리가 나왔네.
돌아간다 빈말뿐
한 해가 또 저무네.
아내와의 생이별
험윤玁狁 때문에.
편히 살지 못함도
험윤 탓일세

캐세 캐세 고사리
고사리가 연하네.
돌아간다 빈말뿐
집 걱정만 늘어가네.

근심으로 마음 태우며
굶주리고 목마른데.
수자리 사는 일은 끝이 없고
귀향한단 소식은 아직도 없네.

험윤獫狁은 주나라의 변방을 괴롭히던 북적北狄 오랑캐를 일컫는다. 주나라 병사들이 멀리 변방에 나와 전쟁을 하면서도, 먹을게 없어 고사리를 캐며 고향을 그리는 노래다. 위의 가사 외에도 4연이나 더 있는 긴 노래지만 내용이 비슷해서 생략한다.

수양산에서 고사리를 캐 먹다 굶어 죽은 백이와 숙제를 두고, 사육신 중의 한 분인 매죽헌梅竹軒 성삼문成三問이 읊은 유명한 절의가節義歌가 있는데, 절의가를 반박한 시조도 있어 옮긴다.

절의가(節義歌)

수양산 바라보며 이제(백이와 숙제)를 한恨하노라
주려 죽을진대 채미采薇도 하는 것인가
아무리 푸샛 것인들 그 뉘 땅에 났더니.

성삼문은 세조가 주는 녹은 한 톨도 먹지 않고 곡간에 쌓아둔 채 처형당했다. 차라리 그냥 굶어 죽을지언정 고사리도 주나라 땅에서 났거늘, 그걸 캐 먹으며 살았어야 하는가, 하고 한탄한 시조다. 성삼문의 절의가에 대하여 한참 후대인 숙종 때의 선비 남곡南谷 주의식朱義植이 반박한 시조가 있다.

절개(節槪)

주려 죽으려고 수양산에 들었거늘
설마 고사리를 먹으려고 캐었으랴
뿌리가 굽은 게 미워 펴 보려고 캤음이라.

주의식이라는 선비인들 성삼문의 절개를 의심해서 그런 노래를 읊었을까마는, 고사리를 캔 백이와 숙제도 성삼문 못지않은 절개가 있었음을 두둔한 뜻이었을 것이다. 나는 성삼문과 주의식의 두 시조를 생각하며 고사리 뿌리를 캐본 적이 있었다. 정말 고사리 뿌리는 매우 꼬불꼬불하고 뻣뻣했다.

벼슬을 버리고 낙향하여 고사리와 산나물 약초를 캐며 안빈낙도安貧樂道의 생활을 즐긴 시조 두 수를 더 소개한다.

농촌의 봄

강호에 봄이 드니 이 몸이 일이 많다.
나는 그물 깁고 아희는 밭을 가니
두뫼에 엉긴 약초는 언제 캐려 하느니

고려말에 태어나 조선 세종대왕 때 영의정을 지낸 방촌厖村 황희黃喜의 시조다. 24년간이나 정승의 벼슬을 지내며 현상賢相이라 칭송 받던 방촌 선생이 80세가 넘어 낙향하여 전원생활을 즐기며 부른 노래이다.

서산채미(西山採薇)

아희야 구럭망태 거두어라 서산에 날 저문다.
밤 지난 고사리 상기 아니 늙었으리
이 몸이 푸샛 것 아니면 조석 어이 지내리

조선 광해조 때 지돈녕知敦寧벼슬을 지낸 정곡鼎谷 조존성趙存性이 지은 호아곡呼兒曲 4수 중의 제1곡이다.

아무리 각박하고 메마른 세상이지만, 한해 한두 번씩 산나물 산행을 하고, 가끔씩은 책을 뒤적여 옛 선인들의 삶을 엿보는 것도 부드럽게 사는 삶의 한 방편이 아닐까 생각하며 시조 몇 수를 옮겨보았다.

고사리를 먹으면 정력이 감퇴한다는 말이 있다. 그러나 그 말은 낭설일 것이다. 설령 고사리에 그런 성분이 있더라도 고사리를 김치 먹듯이 줄창 먹을 수는 없을 것이므로 기우에 불과하다.

입에서 좋으면 몸에도 좋게 마련이다.

고사리는 5월 초순부터 나기 시작하지만, 본격적으로 채취하기에는 이르고 5월 중순부터 6월 중순까지가 적기다. 고사리는 고사리밭이라 할 만큼 지역적으로 넓게 군락을 이룬다. 숲이 우거진 응달에는 자라지 못하고, 양달의 억새 숲이나 묵정밭 가장자리, 키 큰 잡목이 없는 반경사면 버덩에 주로 자생한다. 흙살이 깊고 생육환경이 좋은 지역의 고사리는 굵기가 손가락만큼씩 탐스럽다. 인적이 드문 산의 어떤 고사리밭에서는 한 자리에서 마대 하나를 채울 수 있을 만큼 밀생하는데, 통통하게 살이 오른 고사리가 우쑥우쑥 솟아난 광경은 보기만 해도 황홀하다.

고사리는 생육이 왕성해서 나는 지역에 늘 나기 때문에 해마다 꺾어도 지장이 없다. 산나물은 거의 다년생이기 때문에 나물 산행을 자주 하다 보면, 혼자만 아는 나물 밭을 더러 맡아 두게 마련이다. 어느 산에 무슨 나물이 있는지 알고 가면 힘 안 들이고 즐겁게 나물을 뜯을 수 있다.

우리 집은 일 년에 제사가 대여섯 번이나 든다. 시장에 나도는 고사리가 중국산이라는 말을 들은 뒤부터 나는 고사리를 기를 쓰고 꺾는다. 다행으로 고사리는 마을 근처 야산에 나기 때문에 힘들지 않고 채취할 수 있다. 채취한 고사리는 데쳐 말려서 한번 쓸 만큼씩 봉지를 지어 올망졸망 매달아 두었다가 제사 때마다 쓰는데, 내 손으로 꺾은 고사리를 제사상에 올리는 보람이 뿌듯하다. 방부제를 친다는 맛없는 외국 것이 아니므로 조상님께 떳떳하고 먹는 맛도 즐겁다. 조상을 기리는 제사의 근본은 정성이다. 정성을 들이지 않은 진수성찬의 제수祭需는 주과포酒果脯만도 못하다. 요즈음 사람들은 제수를 몽땅 주문해서 쓴다는 말이 있어서 해보는 말이다.

고사리에는 아네우라제라는 특수성분 효소제가 들어 있어 비타민B1을 파괴한다. 이에 따라 많이 먹으면 비타민B1 결핍증에 걸려 몸이 나른하고 쉽게 피로를 느낄 수 있다고 한다. 그러나 고사리를 김치 먹듯이 끼니마다 먹지 않는 한 그럴 염려는 없을 것이다.

고사리는 유해성분만 있는 것이 아니고 피를 맑게 하고 머리를 깨끗하게 해주는 칼슘과 칼륨등 무기질 성분도 풍부해서 공해에 시달리는 현대 문명병에 좋은 효과를 얻을 수 있다고 한다. 고사리에 발암 물질이 있다고는 하지만 삶으면 발암 물질인 브라켄톡신이 거의 사라지므로 별문제가 없다고 한다. 고사리의 성분은 단백질, 탄수화물, 회분, 칼슘, 인, 철분 등이 다량 함유 되었음이 밝혀졌다 또한 면역계의 일부분인 보체계를 활성화하는 기능성 다당류들이 들어있는 것으로 보고되고 있다. 보체계는 주요 면역

세포들의 면역반응에 직접적으로 관여하고 있는 물질이다.

특히 고사리에 들어있는 4종의 산성 복합다당류들은 인체 보체계와 대사 세포의 활성화에 관여하고 있음이 여러 연구를 통해서 확인되었으므로 면역기능증가를 위해 고사리를 적당량 섭취하는 것은 건강에 많은 도움이 될 것이다. 고사리는 칼슘과 칼륨 등 무기질 성분이 풍부하고 단백질이 풍부해서 예부터 '산에서 나는 쇠고기'라고 했으니 성장기 어린이에게 좋은 식품이라고 할 수 있다.

한방에선 고사리를 '음기陰氣'가 강한 음식으로 분류한다. 실제로 고사리에는 남성 호르몬 작용을 약화시키는 성분이 소량 들어있으나 반찬으로 먹는 고사리의 양으론 정력에 영향을 미치지 않으며, 조리하여 섭취한다면 이러한 성분이 제거되기 때문에 염려할 정도는 아니다.

고사리나물을 조리할 때 파와 마늘을 다져 넣고 참기름에 볶다가 들깨 가루를 적당량 넣으면 고사리 자체가 부드러워지고 맛도 훨씬 좋아질 뿐만 아니라, 고사리에 부족한 비타민 B1과 지방을 보충할 수 있다. 고사리는 칼슘과 칼륨 등 무기질 성분이 풍부하여 각종 공해에 시달리는 현대인들에게 좋은 식품이다.

더덕 예찬禮讚

더덕은 초롱꽃과의 다년생 뿌리 식물이다. 여름에 나무줄기를 감고 올라가는 넝쿨 줄기에서 종 모양의 예쁜 꽃이 잎겨드랑이마다 숭얼숭얼 피는데, 꽃이 마치 매달린 작은 종처럼 다소곳하니 앙증맞게 귀엽다. 웬만큼 깊은 화분에 더덕 한 뿌리를 심고 잔가지가 많은 나뭇가지를 꽂아두면, 더덕이 줄줄이 가지를 치며 감아 올라간다.

여름에 밑줄기에서부터 꽃이 피기 시작해서 가을까지 꽃이 피는데, 동글동글한 네 잎과 함께 어우러져 우아하고 소박한 아름다움이 보는 이의 마음을 평온하게 안정시킨다. 게다가 줄기를 약간만 건드려도 은은한 더덕 향을 내뿜어 더욱 사랑스럽다.

더덕을 한방에서는 사삼沙蔘 노삼奴蔘 또는 토당삼土黨蔘이라고 하여 인삼에 버금가는 약효가 있다고 하지만, 나는 약효를 바라고 먹지는 않는다. 다만 입에서 좋으니 먹을 뿐이다. 봄에 더덕을 캐면 흔히들 잎과 줄기를 버리는데, 뜯으면 하얀 진액이 나오는 잎과 연한 줄기를 생으로 먹으면 맛도 향도 뿌리 못지않게 좋다. 더덕 잎과 줄기는 양이 많을 수 없기 때문에 밥을 비벼먹을 때 몇 잎씩 넣어 비비면 그 향기가 일품이다.

더덕은 우리나라 어느 산이나 자생한다. 그러나 해발 1천 미터 이상의 높은 산에는 별로 없고, 마을 인근의 야산에 주로 많다. 내 경험에 의하면 동쪽을 정면으로 마주 보는 산에서는 더덕을 별로 캐본 적이 없다. 북쪽을 정면으로 마주한 산에서도 재미를 못 보기는 마찬가지지만, 그건 어디까지나 내 생각일 뿐이다.

더덕 역시 숲이 우거진 그늘에서는 자라지 못한다. 그렇다고 발간 양지나 풀도 자라지 못하는 모래땅에도 물론 없고, 질퍽한 습지에도 없다. 서향이나 서남 서북향의 반 경사면, 계곡의 구릉지대에 주로 자생하는 습성으로 보아 더덕은 저녁나절의 온화한 햇살을 즐기는 모양이다. 흙살이 좋은 비옥한 토질의 더덕이 살지고 향기도 짙다. 모래땅이나 자갈밭의 더덕은 마디게 클 뿐만 아니라 질기고 맛도 쓰다. 같은 연생이라도 크기에 차이가 나고 표피도 눈으로 구분할 만큼 거칠고 고운 차이가 뚜렷하다. 질기고 표피가 거친 더덕을 우리는 숫더덕이라고 명칭을 붙였다. 나는 그런 숫더덕을 따로 골라 술을 담는다. 맛이 쓰기 때문에 술에 우러나는 더덕의 향이 짙어서 좋다.

술이 싫은 사람이라면 숫더덕을 별다르게 먹는 또 다른 방법이 있다. 더덕 닭백숙을 해 먹는 것이다. 인삼 대신 더덕을 넣는다고 생각하면 된다. 참당귀를 캐다 말려둔 것이 있다면 곁들여 한 뿌리 넣어 닭백숙을 끓이면 보약이 따로 없다. 닭 냄새도 전혀 없을뿐더러 고기도 쫄깃쫄깃하여 맛이 좋고, 국물에 찹쌀을 넣고 닭죽을 쑤면 그 역시 보약이다. 닭백숙에 넣을 더덕은 냉동실에 얼려도 상관없다. 세네 뿌리씩 은박지에 싸서 얼려 두었다가 두고두고 더덕 닭백숙을 해먹을 수 있다.

더덕은 이른 봄 싹이 한두 뼘쯤 돋았을 때는 캐도 좋지만, 싹이 줄기를 뻗기 시작하면 캐지 말아야 한다. 줄기가 뻗은 더덕은 캐봐야 맛도 없고, 독성이 강해서 먹으면 속을 훑어 낸다.

뿐만아니라 뿌리의 영양분이 이미 줄기로 올라갔기 때문에 더덕이 스펀지처럼 푹신푹신하여 질기고, 그 맛이 표현을 못할 만큼 아리고 쓰다. 그런 더덕을 생으로 두세 개만 먹어도 속이 쓰리고 아프다. 이미 더덕이 아니고 독초가 되어 있는 것이다. 대자연의 섭리는 참으로 놀랍다. 꽃을 피워 번식을 할 시기에는 건드리지도 말라는 지엄한 경고인 것이다. 모든 사람들이 자연의 섭리를 따른다면, 더덕을 비롯한 모든 임산물이 멸종위기를 당하지 않을 것이다. 먹어서 독이 되는 것을 구태여 먹는 것이 얼마나 어리석은 짓인가를 스스로 깨달아야 할 것이다.

약초나 더덕을 비롯한 뿌리를 먹는 구근 종류는 가을에 캐야 맛도 효능도 옹골지다는 것을 명심해야 한다. 씨를 퍼뜨리고 한 살이를 마감한 가을의 뿌리는 영양분이 축적되어 통통하게 살쪄서 캐는 즐거움도 그만이고 먹는 맛도 향도 짙어 두루두루 기분이 좋다.

특히 가을 더덕은 흰 즙액이 많아 맛과 향기가 짙고 씹히는 감촉이 사과처럼 부드럽다. 통통하게 살이 오른 더덕을 캐는 즉석에서 껍질을 까 한입 베어 물면, 온 산의 정기를 입속에 가득 머금은 듯이 그저 황홀하다. 살아 있는 보람! 그보다 더한 생의 보람은 없다고 나는 감히 주장한다.

더덕도 조리해 먹는 방법이 참으로 많다. 더덕의 맛과 향을 그대로 즐길 수 있는 생더덕회와 더덕구이에서부터 더덕나물, 누름적, 튀김, 더덕자반, 찌개, 장아찌, 정과, 더덕술 등 못하는 반찬이 없을 정도이다. 그러나 그중에서도 나는 고추장에 박은 더덕장아찌를 최고로 친다. 옛말에도 '외씨(오이의 씨)같은 입쌀밥에 쇠뿔같은 더덕장아찌'라고 했다. 생각만 해도 침이 저절로 넘어간다. 장아찌 다음에 즐겨 해 먹는 반찬이 더덕 물김치다. 보통 물김치처럼 담아서, 더덕을 생으로 잘게 썰어 넣으면 향긋한 더덕 향이 김치국물에 우러나 물김치 맛이 환상적이다.

더덕 반찬은 그렇더라도 더덕은 역시 생으로 먹어야 옹근 맛과 향을 제대로 느낄 수 있다. 잘생긴 더덕을 골라 껍질을 벗겨 고추장에 찍어 먹으면, 그 맛은 정말 예술적이다. 사근사근 씹히는 감촉과 달착지근하면서도 쌉싸래한 맛, 온몸으로 퍼지는 향기! 더덕을 찍어 먹을 고추장에는 식초를 치지 않는다.

덩이 뿌리인 더덕도 캔 지 오래되면 맛과 향이 죽는다. 한해 한 번씩만이라도 더덕을 캐온 날을 이용해서, 가까운 친인척이나 보고 싶은 친구를 초청해 보는 것이 어떨까? 나는 자연의 혜택을 누리는 보답으로 여기며, 봄가을에 한 번씩은 손님을 초대하곤 한다. 봄에는 산나물 특히 곰취를 뜯어온 날 곰취 파티를, 가을에는 더덕 파티를 여는 것이다.

정다운 사람들을 초청해서 더덕회와 고추장을 발라 구운 더덕구이를 해놓고 오순도순 정담을 나누고 술잔을 돌리다 보면, 우애와 우정을 다지는 더없이 화목한 자리가 되고, 그보다 더 귀한 접대가 없다는 것을 손님들의 반응으로 번번이 깨닫는다. 통통하게 살찐 더덕을 까면 온 집안에 은은한 더덕 향이 가득하여 먹기도 전에 향기에 취한다. 돈 들이지 않고 오직 내 노력으로 얻은 뿌듯한 보람이 오래도록 가슴에 남아 있음도 그냥 그저 즐겁다.

성장촉진제를 쓰는 재배 더덕은 3, 4년 만에 캐도 굵직굵직하지만, 야생더덕은 3, 4년 커도 새끼손가락에 미치지 못한다. 야생

더덕은 줄기를 보면 뿌리의 크기를 대충 짐작하는데, 어린 더덕은 캐지 않는 것이 자연산 더덕을 오래도록 두고 캐 먹을 수 있는 비결일 것이다. 야생 더덕은 적어도 7, 8년은 묵어야 엄지나 검지 손가락만 하게 큰다는 것을 더덕의 노두를 보면 알 수 있다.

나는 굵기가 팔뚝만하고 길이가 30cm 넘는 더덕을 두 뿌리나 캔 적이 있다. 자랑삼아 그 얘기를 안 할 수가 없다. 그 첫 번은 포천 삼율리에 집필실을 짓고 장편소설을 쓸 때였다. 산나물과 두릅을 꺾으려고 한해에도 네댓 번씩 3년간이나 톺아보던 산자락이었는데, 어느 가을날 무심코 지나다 보니 나지막한 참나무 한 그루가 온통 더덕 씨앗 꼬투리로 뒤덮여 있었다.

깜짝 놀라 몇 번이나 눈을 씻고 쳐다보다가 달려들어 씨앗 꼬투리를 따서 까보니 틀림없는 더덕이었다. 나는 얼결에 그 앞에 털썩 꿇어앉아 눈을 감고 합장을 했는데, 한참 뒤에서야 내 행위를 깨달았을 만큼 흥분하고 있었다. 정신을 차리고 일어서서 참나무를 휘감은 마른 더덕줄기를 살펴보았다. 가는 줄기는 이미 마르고 밑동의 줄기도 시들었지만 밑동줄기 굵기가 손가락만 했다. 씨앗 꼬투리가 워낙 많이 달려있어서 찬찬하게 살펴보니, 손가락만큼 굵은 줄기 세 개가 나무를 감고 올라간 것이었다.

나는 더덕이 세 뿌리인 줄 알았는데, 놀랍게도 세 줄기가 한 뿌리에서 나온 것을 확인하고는 가슴이 쿵쿵 뛰도록 흥분하여 어쩔 줄 모르고 서 있어야만 했다. 한참 만에 비로소 마음을 가다듬고 는 튼튼한 막대기를 꺾어 들고 벋버듬하게 자빠진 산비탈에 엎드려 흙을 파헤치기 시작했다.

마침내 30cm 쯤의 땅속에서 더덕의 노두가 드러나는데, 내 팔뚝보다도 굵었다. 나는 너무 흥분해서 몇번이나 심호흡을 하고는 다시 흙을 파헤쳤다. 목 부분에서 약간 가늘어지던 더덕이 밑으로 내려갈수록 사람 엉덩이처럼 펑퍼짐하게 퍼지며 점점 굵어지더니, 마치 사람의 다리처럼 두 갈래로 갈라졌다.

다시 한번 심호흡을 하고는, 행여 더덕이 다칠세라 감히 막대기도 댈 수 없이 황감해서 손으로 조심스레 흙을 파헤쳤다. 마침내 더덕의 형체가 완전하게 드러났는데, 이런 세상에…! 그 큰 더덕이 완전한 사람의 형상이었다. 잘록한 목 부분이며 몸통, 우람하게 버티고 선 듯이 쭉 뻗은 두 다리! 더덕을 들고 정신없이 들여다 보던 나는 조심스레 산비탈에 뉘여 놓고 넓죽넓죽 절을 세 번이나 했다. 그렇게라도 하지 않고서는 더덕을 들고 그냥 돌아설 용기가 나지 않아서였다.

집에 돌아와 그 더덕을 측량해 보았다. 정확하게 무게가 1.15kg이었고, 길이가 32cm에 엉덩이 둘레가 23cm 였다. 더덕을 감정한 팔순의 동네 바깥 노인은 50년이 넘게 묵었을 것이라고 했다. 동네 토박이인 노인도 그곳을 수십 번은 지나쳤다고 말하며 연신 고개를 갸웃거렸다.

나 역시 지금도 이해를 할 수 없는 것이, 노인 말마따나 더덕을 캔 그곳이 큰길은 아니지만, 그 산의 능선에 올라가려면 그 자리를 거쳐야 하는 산길 길목이었다. 나뿐만 아니라 많은 사람들이 지나치던 산길이었는데, 어째서 하필 오십 년 만에 내 눈에 띄었는지 도무지 이해가 되지 않았다.

소문도 빨라서 마을 사람들이 50년 묵은 더덕을 구경하러 모여들었다. 삼삼오오 모여든 사람들은 보는 사람마다 더덕에 물이 들었는지 배를 갈라보자고 했지만, 나는 완강하게 거절했다. 사람 형상인 더덕의 배를 가르자고 대드는 사람들이 곧 내 배를 가르겠다고 덤비는 것 같이 섬뜩하게 느껴졌다.

이튿날 저녁답이었다. 서울 산다는 어떤 사람이 고급 승용차를 타고 나를 찾아왔다. 어떻게 서울까지 소문이 퍼졌는지, 소문을 듣고 왔다면서 더덕을 보자고 해서 자랑삼아 보여 주었다. 사내는 눈을 화등잔만 하게 치켜뜨고는 더덕을 요리조리 한참 살펴보더니, 더덕에 물이 들었으면 2백만 원을 주겠다고 흥정을 걸었다.

나는 2백만 원이란 말에 솔깃해서 그걸 어떻게 확인하겠냐고 물었다. 사내는 잠시 머뭇거리더니 역시 배를 갈라보자는 것이었다. 나는 은근히 호기심이 동해서 또 물었다. 도대체 더덕 물이 어디에 그렇게 좋으냐고. 환갑이 넘었을 사내는 순간적으로 멈칫하며 나를 쳐다보더니 손을 비비고 얼굴을 쓰다듬는 등 딴전을 부리다가, 속병에 좋다고 대답하며 손가방에서 백만 원짜리 현금 두 다발과 작은 유리병을 꺼내놓았다. 잠시 어리둥절하다가 유리병의 용도를 알고는 느긋하게 다시 물었다.

"배를 갈라서 만약 물이 없으면 어떻게 합니까?"

사내는 당황하는 듯 잠시 멈칫거리며 뜸을 들이다가 대답했다.

"물이 없으면 그냥 더덕이므로 50만 원을 드리겠습니다."

나는 그 행위며 말하는 투가 하도 같잖아 일언 지하에 거절하고는 사내를 쫓아냈다. 쫓아내긴 했지만, 돈 2백만 원이 눈에 번해서 더덕을 들고 이리저리 한참 들여다보다가 마침내 결심을 했다. 그만한 돈을 주고 살 만한 가치가 있는 더덕이라면, 내가 먹어도 그만한 가치가 있을 터였다.

즉시 껍질이 다치지 않게 조심스레 흙을 씻어내고 큰 유리병에 넣어 술을 담갔다. 그 더덕 술을 삼 년간 세 번이나 우려먹어도 더덕 향이 가시지 않았다. 삼 년이 넘어 마지막 술을 따라 먹고 배를 갈라보았는데, 물이 들지는 않았다.

그 뒤 98년 가을에 강원도 홍천으로 더덕을 캐러 갔었다. 오전 아홉 시부터 오후 두 시까지 다섯 시간이나 산을 헤매도록 나는 더덕을 열 뿌리도 못 캤는데, 일행 셋은 모두 1kg 이상씩이나 캐고는 나를 약올렸다.

같이 산을 타면서 결과가 그렇게 되면, 그보다 더 약오르는 경우도 없다. 일행들은 나를 잔뜩 약올려 놓고는 그만 내려가자고 했지만, 나는 오기가 나서 한 능선을 더 타기로 작정하고 혼자 올라갔는데, 그 골짜기에서 또 심을 보았다. 골짜기에는 더덕이 있을 것 같지도 않아 건성으로 지나치다가 옆의 비탈을 힐끔 쳐다보았다. 무심코 걸음을 옮기다가 아무래도 이상한 느낌이 들어 다시 돌아보니, 저만큼 위에 있는 산초나무에 하얗게 마른 더덕 잎과 씨앗꼬투리가 오롱조롱 달려 있는 것이 보였다. 서리 맞은 더덕 잎은 하얗게 고운 색으로 마르기 때문에 멀리에서도 쉽게 눈에 띄곤 한다.

기겁을 하고 뛰어가서 들여다보았다. 높이가 2m쯤 되는 산초나무를 더덕넝쿨이 온통 뒤덮었는데, 자세히 살펴보니 줄기 밑동 굵기가 손가락만 한데 외줄기였다. 나는 한번 경험이 있으므로 '심봤다!'하고 소리치고는 넓죽 엎으러 절을 했다. 절을 하고 나서도 한참 심호흡을 해야 할 만큼 흥분되어 있었다.

한참 만에 마음을 가다듬고는 괭이로 흙을 파헤치기 시작했다. 경사진 비탈이라 흙이 밀려 내렸는지, 두 자가 넘게 파도 드러나지 않던 더덕의 노두 부분이 마침내 드러났는데, 기대 이상으로 굵어지자 또 가슴이 마구 뛰기 시작했다. 남들은 일생에 한 번도 못 캔다는 왕더덕을 나는 두 번이나 캤다고 생각하자 극도로 흥분되어 숨이 막힐 지경이었다. 한참 심호흡을 하고는 다시 작업을 했다. 마침내 더덕 몸체가 드러났다. 외대로 뻗은 몸체의 굵기는 내 팔뚝만 했고, 길이는 두 뼘이 넘었다.

더덕은 산나물과 달라서 한번 캔 산에는 몇 년간 다시 갈 필요가 없으므로 매번 새로운 산을 타야 한다. 나는 한해 서너 번씩 전국의 산으로 더덕 산행을 한다. 때로는 하루씩 묵게 마련인데, 재수 없는 날은 고작 여남은 뿌리도 못 캐고 공치는 날도 있다. 때로는 2kg 정도 캐는 날도 있지만, 보통은 그저 1kg 남짓이다.

경비와 다리품을 생각하면 차라리 더덕을 사먹는 편이 훨씬 싸다. 그러나 운동 삼아 낯선 산을 타며 더덕을 찾는 그 기대감과 뿌듯한 성취감은 느껴보지 않고는 모른다. 더구나 나는 남들이 못 캐는 왕더덕을 두 뿌리나 캤으므로 그 기대가 매번 남다르다.

앞에서도 말했거니와 나는 그렇게 캐온 더덕을 연한 것은 골라 생으로 먹고, 나머지는 고추장에 박아 장아찌를 담는다. 제법 굵은 더덕은 손아귀가 벌어 정말 쇠뿔 같은 더덕장아찌가 된다. 외씨 같은 입쌀밥에 더덕장아찌를 베어 먹는 그 맛은 그저 환상적이라고 밖에는 달리 표현할 재주가 없다.

생더덕을 먹고 이튿날 대변을 보면 대변에서도 더덕 향기가 난다. 어느 의학잡지에서 보았는데, 자기 대변을 매번 살펴보는 것이 건강을 가늠하는 한 가지 요령이라고 한다. 나는 그 뒤부터 늘 대변을 살펴보는 버릇이 들었다. 대변을 보고 소변을 본다고 말한다. 말 그대로 자기 대소변을 살펴보라는 말이 된다. 대변이 황금색을 띠는 날은 하루종일 기분이 좋다.

더덕장아찌를 담는 요령은 너무 간단하다. 적당한 크기의 통에 고추장을 담고, 캐온 더덕 껍질을 까서 꾸덕꾸덕하게 물기가 마른 뒤에 통의 고추장에 차곡차곡 박으면 된다. 더덕이 너무 마르면 장아찌가 질겨지므로, 물기만 마르면 담아야 한다. 지금은 더덕을 엄청나게 많이 재배해서 비교적 싸게 사 먹을 수 있다. 더덕을 살 때는 되도록이면 산골에서 재배한 것을 고르는 것이 맛도 향도 좋다. 더덕을 사서 꼭 장아찌를 담아 보기를 권한다. 그러나 재배 더덕은 맛과 향이 자연산의 절반에도 미치지 못한다. 이제 자연산 더덕은 내 손으로 캐지 않으면 먹을 수 없다. 그만한 경비와 힘을 들여 캘 사람도 별로 없을뿐더러, 캔다고 해도 팔아 먹을 사람도 없을 것이다. 아무튼 인삼의 약효에 버금가는 더덕을 많이 먹으면 건강은 지켜질 것이다.

더덕의 성분은 사포닌과 이눌린, 비타민, 단백질, 탄수화물 등이 고루 들어있는데 특히 칼륨이나 칼슘, 비타민B를 많이 함유하고 있다. 잎과 줄기에는 플라보노이드 성분이 다량 함유되어 있다. 또한 신체 기능에의 필수지방인 리놀레익산과 칼슘, 인, 철분 등의 함유량이 많아 골다공증을 예방하고 혈액을 정화하는 약효가 뛰어나다.

인삼과 같은 사포닌 성분이 다량 함유되어 피로회복, 정력증강, 항암효과, 혈압조절, 성인병과 당뇨병 예방과 치료, 콜레스테롤 수치를 낮추며 피부미용에도 효과적이라는 것이 밝혀졌다.

북한의 약학사전인 『동의학사전』에는 더덕의 약효를 다음과 같이 기록했다. 더덕은 맛이 달고 쓰며 성질은 약간 차다. 폐경, 위경에 작용하며, 음을 보하고 열을 내리며 폐를 눅여주어 기침을 멈춘다. 또한 위를 보하고 진액을 불려주기도 하며 고름을 빼내고 해독한다. 거담, 진해작용과 혈중콜레스테롤감소, 호흡흥분작용, 피로회복촉진, 혈당조절작용 등이 실험적으로 밝혀졌다고 기록했다.

아버지의 땅

육이오 전사자 유해발굴단 B팀 팀장 박웅희 상사는 점심시간에 식당에서 A팀 팀장 김성규 상사와 마주앉아 식사를 하고 있었다. 허기를 웬만큼 달랜 김 상사가 냅킨으로 입을 닦으며 말했다.

"이봐, 우리 팀이 오전에 참 희한한 유해 두 구를 발굴했어."

강원도 양구 백석산 육이오 전쟁 격전지에 국군전사자 유해발굴단원으로 투입되어 나흘이 되도록 성과가 없던 박웅희 상사는 귀가 번쩍 띄어 바투 대들었다.

"뭐야, 찾았단 말이지? 두 구씩이나…!"

"그렇다니까. 개인 참호에서 발굴했는데, 두 유해가 서로 껴안고 있더라구. 근데, 이상하게도 한 사람은 인민군이었어."

박 상사는 순간적으로 아찔한 현기증을 느꼈다. 머리끝이 쭈뼛하고 잔 소름이 돋아 으스스 진저리를 치고는 물었다.

"뭐, 인민군! 그걸 어떻게 알아?"

김 상사는 밥을 몇 숟가락 먹고는 느지막이 대꾸했다.

"어떻게 알긴, 참호에서 따발총 탄피와 탄창, 인민군 방맹이 수류탄 한 발이 나왔다니까."

"그래? 그렇지만 그것만으로 인민군이라고 단정할 수는 없지. 국군이 인민군 무기를 노획해서 싸울 수도 있잖아."

김 상사는 그럴 줄 알았다는 듯 손가락질을 하고는 설명조로 말했다.

"나도 처음에 그렇게 생각했는데, 국방부 감식병이 유해 신발을 발굴하여 살펴보니 오른쪽의 유해가 신었던 신발이 인민군 군화였다니까."

"그게 정말이야? 아니, 어떻게 인민군과 국군이 같은 참호에서 그것도 껴안고 죽어. 뭔가 이상하잖아. 혹시 그 인민군은 여군 아니야?"

김 상사는 식은 밥을 퍼먹다 말고 귀찮다는 듯이 받았다.

"생각하는 게 꼭…. 이상하긴 뭐가 이상해. 육박전을 벌이다가 한꺼번에 총을 맞고 쓰러졌겠지."

박 상사는 사람의 입으로 나오는 말 중에 '인민군'이라는 말을 가장 싫어하는 징크스가 있다. 그는 가슴이 먹먹하고 속이 매슥거려 식사를 반나마 남기고 일어섰다. 어서 가서 인민군이라는 사람의 유골을 보고 싶은 생각이 불현듯 치밀어 김 상사 덜미를 잡아 일으켰다.

두 사람이 백석산 901고지 현장에 도착해보니 국방부 유해발굴감식단장 이창희 중령과 부관 김정우 중위, 전문 발굴 병사 2명이 유해를 살펴보고 있었다.

박 상사는 서로 껴안은 상태인 유해를 살펴보며 이상하게도 가슴이 답답하고 궁금증이 일어 좀이 쑤셨다. 그는 단장 이창희 중령에게 B팀의 오전 작업 상황을 보고하고는 말했다.

"단장님, 저도 이 현장에서 유해 수습과정을 돕고 싶습니다."

단장은 좀 뜨악하게 받았다.

"B팀은 어떡하고?"

"넷, 오후 작업현장은 이미 정해져 있으니 정동규 중사가 지휘할 것입니다. 현장을 보니 왠지 유해 수습에 제가 참여해야 할 것 같은 느낌이 불현듯 듭니다. 허락해 주십시오."

단장은 잠시 생각하다가 대답했다.

"좋아, 앞으로도 발굴은 계속될 테니까 경험 삼아 해보는 것도 좋겠지. 단 전문 발굴병이 있으니 함부로 나서지는 말 것. 알겠나?"

"넷, 알겠습니다. 감사합니다."

박웅희 상사는 00사단 소속의 유해 발굴팀으로 이번에 처음 참가하여 오늘로 4일째 작업을 하던 중이었다. 박 상사는 김정우 중위와 현장을 살펴보았다. 오전에 표토 제거 잡업을 하여 서로 껴안은 두 구의 유해가 비교적 완전한 형태로 고스란히 드러나 있었다. 그는 혹시나 하고 인민군 유해를 살펴보았으나 장대한 골격으로 보아 여자는 아니었다.

참호 밖의 하부 오른쪽에는 참호에서 발굴된 M1소총 탄피 150여 개와 탄창 12개, 실탄 3클립, 스푼 하나, 찌그러진 수통 하나, 반합 하나, 반나마 썩어가는 국군 군화 한 켤레가 오른쪽에 놓여 있었다. 왼쪽에는 흔히 인민군 따발총이라고 하는 기관단총 PPSH-41 탄피 160여 개, 막대형 탄창 1개, 원형 탄창 1개, 인민군 방망이 수류탄 하나, 썩은 인민군 군화 밑창 한 켤레가 국방색 유품 수습용 천막 천에 정리되어 있었다. 따발총 막대형 탄창에는 실탄이 35발, 원형 탄창에는 71발이 들어가지만 탄창은 모두 비어 있었다.

오후 작업이 시작되었다. 오전에 이미 참호의 흙이 거의 제거되어 그 규모가 밝혀졌는데, 깊이는 약 1.5미터. 가로 1.8미터, 새로 1미터 정도였고 유해 두 구는 서로 껴안은 채 머리를 북쪽으로 향하여 누운 상태였다.

팀장 김성규 상사의 오전 작업 상황설명에 의하면, 지난겨울

눈이 쌓였을 때 탐색하여 표시한 제7 참호였는데, A팀 C조가 발굴하다가 참호 오른쪽에서 인민군 따발총 탄피 3개를 먼저 찾아내면서 본격적인 발굴이 시작되었다고 했다. 곧이어 참호 왼쪽에서 국군 소총인 M1탄피가 연속 발굴되었고, 유해 다리뼈가 드러나며 전문 유해발굴 병이 투입되어 조심스레 표토를 걷어내자, 서로 껴안은 유해 2구를 원형 그대로 드러나게 작업을 완료했던 것이다. 유해가 발굴된 깊이는 표토에서 60cm 정도였으니 비교적 얕게 묻혀있었다.

국군 참호에서 인민군 따발총 탄피와 탄창이 계속 발굴되자 단장을 비롯한 지휘부가 참여한 가운데 대원들은 잔뜩 긴장하여 유골의 원형이 최대한으로 훼손되지 않게 표토 제거작업을 했던 것이었다. 같은 참호에서 아군과 적군의 탄피와 탄창이 대량 발굴된 것은 2007년 백석산 격전지 유해발굴 개시 이후 처음 있는 상황이었다.

육이오 전쟁 격전지의 참호와 교통호는 숲이 우거지는 여름에는 구분할 수 없다. 하여 이른 봄이나 눈이 쌓인 겨울에 탐색하는 것이 가장 정확하다. 능선이나 산비탈에 눈이 적당히 쌓이면 지표의 표면 윤곽이 그대로 드러난다. 이미 60여 년이 흘러 비록 소나무와 잡목이 무성하게 자랐더라도 움푹하게 파인 참호나 교통호의 윤곽이 거의 드러나게 마련이다. 이곳 양구 백석산 격전지

901고지 탐색은 지난겨울에 이루어져 97개소의 참호와 교통호가 확인되어 번호 팻말이 세워지고, 2012년 4월 10일부터 발굴 작업이 진행되던 터였다.

오후 작업은 유해 수습이었다. 참호 위쪽에 평토 작업으로 땅을 고르고 수습포를 깔았다. 그 위에 한지를 깔아 준비를 마치고 우선 왼쪽 국군 유해부터 두개골을 수습했다. 이어 빗장뼈와 어깨뼈를 수습하고, 상대방의 겨드랑이에 걸친 오른쪽 팔 자뼈와 노뼈를 들어내고 발굴용 솔로 흙을 쓸어 담았고, 보조작업 병사들이 유해에 엉기거나 통과해 뻗어나간 나무뿌리들을 잘라냈다. 나무뿌리를 제거하고 유해의 왼쪽인 바닥으로 쓸려 내린 갈비뼈를 수습하던 발굴 병사가 갑자기 손을 들어 작업을 중지시키며 잔뜩 긴장하여 나지막이 말했다.

"인식표가 있습니다!"

참호 밖에서 지켜보던 이창희 단장이 반색을 했다.

"있어? 어디 보자."

단장이 참호로 들어가서 확인했다. 흙이 묻고 시커멓게 색이 변했지만 글자가 선명한 인식표(군번)였다. 김 중위가 사진을 찍고, 단장이 명했다.

"어서 수습해봐."

발굴병이 솔로 주변의 흙을 쓸어내며 마침내 인식표를 들어내어 단장에게 인계했다. 단장이 받아 가죽장갑 낀 손가락으로 흙을 비벼내며 글자를 읽었다.

"수길SOO KIL? 근데 성씨가 잘 안 보인다."

인식표를 손가락으로 문지르다가 다리를 들고 무릎 군복에 문질러 닦은 단장이 눈에 바투 들이대고 읽었다.

"음, 보인다. PARK SOO KIL. 군번, 0162**37. 혈액형, A형."

단장이 처음 '수길'이라고 말했을 때부터 정신이 번쩍 들어 잔뜩 긴장했던 박 상사는 끝내 얼굴이 하얗게 바래지며 다급히 대들었다.

"단장님, 정말 박수길입니까? 어디 좀 보겠습니다."

박 상사는 단장 손에서 인식표를 빼앗듯이 낚아채 들여다보며 읽었다.

"박·수·길! 아니, 이런! 정말 박수길이네."

단장이 같잖다는 얼굴로 냅다 퉁바릴 먹었다.

"야, 박 상사. 지금 뭐하는 거야?"

단장의 호령에 기겁을 한 그는 후닥닥 경례를 붙이고는 대답했다.

"단장님, 죄송합니다. 너무 당황해서 그만…. 죄송합니다."

그제서 뭔가 이상하다고 느낀 단장이 어정쩡하게 되물었다.

"야, 박수길이 누구야? 아는 사람이야?"

"아, 아닙니다. 사실은 저의 할아버지 성함이 박수길이라서, 제가 그만 너무 놀랐습니다."

단장은 박 상사가 내미는 인식표를 받아 들여다보며 언성을 높였다.

"그러니까 뭐야? 팀장 할아버지 이름이 박수길인데, 육이오 때 전사했다, 이거야?"

그는 두 손을 마주 잡고 엉거주춤하여 대답했다.

"그렇습니다. 육이오 때 전사했다는 통지도 받았고, 동작동 현충원 전사자 명단에도 올라와 있습니다. 그러나 유해는 찾지 못했습니다."

"그래? 그렇더라도 수길이라는 이름은 흔한 이름이야. 유해가 꼭 박 팀장 할아버지라고 단정할 수는 없잖아. 암튼 묘한 일이군. 차차 확인해 보자구. 자, 어서 수습을 계속해."

모두 멍해서 박 상사 얼굴만 주시하던 발굴 대원들은 다시 작업을 시작했다. 국군 유해는 등에 두 발의 총알이 관통하여 척추뼈가 부서져 있었다. 유해를 모두 수습하여 한지 위에 놓았는데, 박 상사가 무릎을 꿇고 앉아 유해의 골격을 두개골에서 발끝까지 맞추며 눈물을 뚝뚝 떨구고 있었다.

들여다보던 단장이 비죽 웃고는 면박을 주었다.

"이봐, 상자에 담을 유해를 왜 그렇게 벌려놔? 어, 울긴 또 울어?”

그는 하던 짓을 계속하며 대꾸했다.

“단장님, 아무래도 이 유해는 저의 할아버지 같은 느낌이 듭니다. 자꾸 만져보고 싶고 애착이 갑니다. 손가락뼈 하나라도 빠지지 않았나 싶어 세고 있습니다.”

단장도 그제야 이해가 가는지 허허롭게 웃으며 말했다.

“그래, 팀장의 심정 이해가 된다. 확인절차를 거치면 밝혀지니까 어서 작업을 계속하자.”

그새 인민군 유해는 갈비뼈가 모두 수습이 되고 혹시 있을지 모를 유품을 찾기 위해 솔로 흙을 쓸고 있었는데 가슴 쪽에서 만년필이 발견되었고, 왼쪽 팔목에서 줄이 거의 삭은 시계가 수습되었다. 현장을 지휘하던 단장이 바짝 긴장하며 발굴 병사들에게 주의를 주었다.

“이게 뭐야, 인민군 유해에서 어떻게 이런 게 나와! 야, 이거 거물일지도 모르니까 세밀히 발굴해, 알겠나?”

한 시간 이상 쪼그려 앉아 작업을 하던 발굴 병사 둘은 벌떡 일어나 거수경례를 하고는 허리를 폈다. 이어 몸통 돌리기 등 몸풀기 운동을 잠시하고는 작업을 계속했다. 표토 60cm 밑 비교적 얕게 묻혀있던 유해의 유품은 모두 썩었는지 더이상 발견되지 않아 뼛조각 하나라도 찾기 위해 솔질을 계속하던 한 병사가 왼손을 치켜들며 외쳤다.

"있습니다. 뭐가 있습니다."

단장이 참호로 뛰어들었다.

"뭐야, 뭐가 있어?"

국군 참호에 서로 껴안고 죽은 인민군 유해에서 만년필과 시계가 발견되어 바짝 긴장했던 단장은 병사들을 제치고 들여다보다가 외쳤다.

"아니, 이거 반지? 어서 꺼내봐!"

병사가 집어 올린 것은 두툼한 은가락지였다. 받아서 이리저리 살펴보던 단장이 묘한 웃음을 입에 물고 말했다.

"이건 여자 은가락지야! 그렇다면 정말 여자란 말인가? 골격으로 보면 분명 여자가 아닌데, 거참 인민군치곤 묘한 사람이었구면."

발굴은 계속되었지만 더이상 유품도 뼛조각도 발견되지 않아 A팀 C조 제7참호 발굴 작업은 종료되었다. 발굴 병사들은 국군의 유해를 한지에 싸서 유해함에 담아 봉하고 표면에 성명과 군번을 적었다. 대형태극기로 유해 상자를 감싸놓고 인민군 유해를 상자에 담았다. 두 구의 유해를 운구하려는 순간, 박웅희 상사가 저지하며 단장 이창희 중령에게 항의했다.

"단장님, 인민군이지만 저 유해에도 태극기를 사용해야 합니다.”

단장은 어이없다는 얼굴로 받아쳤다.

“뭐야, 적군의 유해에 태극기를 덮어? 너 정신 있는 놈이야?”

박 상사는 당당하게 받았다.

“단장님, 이 경우는 다릅니다. 이 유해가 인민군이라고 단정할수도 없을뿐더러, 만약 인민군이었더라도 귀순이나 마찬가집니다. 국군과 한 참호에서 적을 향해 따발총 실탄을 있는 대로 쏘고수류탄을 던졌습니다. 전투상황이라 군복이나 무기는 인민군 그대로 싸웠지만, 귀순이 분명합니다. 하여, 국군전사자 예를 갖춰야 한다고 생각합니다.”

단장은 벌컥 뼛성을 내며 대꾸했다.

“야, 니가 그걸 어떻게 알아? 인민군이 분명한데 어떻게 태극기를 덮어. 태극기를 그렇게 함부로 쓰는 게 아니라는 걸 모르나?”

박 상사는 그만 주먹 맞은 감투 꼴이 되었다. 국군 유해를 운구병사가 가슴에 안고 의식이 행해졌다. 발굴 장병들이 유해 앞에정렬하자, 단장이 구호를 외쳤다.

“일동, 차렷! 선배 전우의 유해에 대하여, 경례!”

“필승!”

의식이 끝나고 한 병사가 땅바닥에 그대로 있던 인민군 유해

상자를 옆구리에 끼고 발굴단은 현장을 떠났다.

온종일 긴장감이 돌던 백석산 901고지는 이내 대기하던 정적에 의해 고스란히 점령되었다. 이 능선에서 총성이 멎은 지 60여 년, 정적靜寂은 백석산 1142m 일대 산봉우리와 능선의 고지를 점령하여 긴 세월을 마다않고 하릴없이 지키고 있었다. 백석산 품에 묻힌 수많은 주검을 분해하여 흡수하며 무럭무럭 자라는 초목을 기나긴 세월 동안 묵묵히 지켜보았다. 휴전선의 포성은 멎었지만 60여 년간 도처에서 간단없이 계속되는 동족상잔의 비극을 그저 하릴없이 지켜보며 격전지를 점령하고 있었다.

피를 나누고 뼈를 나눈 형제들끼리 적이 되어 죽이고 죽으며, 빼앗고 빼앗기던 격전지가 피로 물들고, 아우성과 통곡으로 아비규환이던 전선에 총성이 멎으면, 숨을 멈추고 대기하던 정적은 대자연의 섭리에 따라 어김없이 피에 젖은 고지를 점령하여 죄 없이 죽어간 수많은 육신을 넉넉한 품으로 안아주곤 했었다. 정적은 적과 아군이 없다. 누가 가해자이고 누가 피해자인지도 가리지 않는다. 정적은 예나 지금이나 그저 그렇게 가없이 품이 넓다.

오늘도 어제처럼 빛바랜 해는 서산마루에 걸터앉아 잠시 쉬며 늘 그랬듯이 그렇게 그냥저냥 백석산을 내려다본다. 이윽고 해가 산등성이를 쉬엄쉬엄 넘어가며 정적은 차츰 농밀하게 짙어지고, 60여 년간 두 사람을 품어 안았던 좁디좁은 격전지의 참호는 속살을 드러낸 채 휑뎅그렁하다. 두 사람이 웅크리고 누웠던 옹색한 참호를 정적이 그저 그렇게 하릴없이 점령하여 들어앉는다. 피와 살을 버리고 참호를 떠난 두 구의 유해는 이제 영판 다른 낯선 땅에 한 많은 몸을 편히 뉘일 것이다. 하기는 어딘들 그들의 땅이 아니랴.

막사로 돌아온 박웅희 상사는 급히 아버지에게 전화를 넣었다. 오늘 발굴한 국군과 인민군 유해를 설명하고 할아버지 성함을 확인했다. 할아버지 박수길은 1950년 7월에 입대하여 이듬해인 1951년 8월, 양구지구 전투에서 전사했다는 전사통지를 받았다고 아버지는 말했다.

박웅희 상사도 할아버지가 51년 8월에 양구 어디 격전지에서 전사했다는 사실은 어릴 적부터 들어 알고 있던 터였다. 그는 사실 이번 백석산지구 군국유해발굴단에 자원했었다. 혹시 할아버지 유해를 찾을 수 있을지도 모른다는 생각으로 참여했는데, 오늘 발굴에서 할아버지와 같은 이름의 인식표를 발굴한 것이다. 그는 아버지에게 여담 삼아 서로 껴안고 죽은 인민군 유해에서 은가락지가 나왔다고 말했다. 아들의 말에 아버지는 기겁을 하듯이 놀란 목소리로 되물었다.

"뭣이여, 은가락지?"

"예, 아버지. 여자들이 끼는 두툼한 은가락지 하나가 나왔다니 까요."

"은가락지 하나! 그게 참말이여? 야야, 알았다. 내가 지끔 인천 작은아버지한테 전화 넣어보구 다시 전화하마, 그만 끊어라."

그는 끊어진 전화기를 들고 멍해졌다. 이건 또 대체 무슨 일인 가? 갑자기 오늘 일어난 모든 상황이 회오리바람에 휩싸여 빙글 빙글 돌아가는 듯 정신이 아득했다. 그는 사실 오후에 두 구의 유 해와 유품을 수습하며, 월북하여 인민군 장교가 되었다는 집안 어른 생각으로 정신이 산만했었다. 그런데다 그 은가락지와 집안 이 무슨 연관이 있을 것 같은 생각으로 초조하게 20여 분 기다리 던 차 아버지 전화가 걸려왔다. 아버지는 다급하게 말했다.

"야야, 그 은가락지에 매듭 노리개가 매달려 있지 않더냐?"

그는 순간적으로 머릿속이 화끈하여 냅다 도리질을 치고는 받 았다.

"아버지, 노리개라니요?"

"아, 노리개도 몰라? 색실로 짠 매듭 노리개가 있어. 쌍가락지 를 묶어두는 노리개여."

"그런 거 없었어요. 있었더라도 실이라면 썩었겠지요. 군복도

신발도 죄다 썩는데요."

"하긴 그렇구나. 암튼 그 국군은 네 할아버지가 틀림없구, 할아버지를 껴안고 죽은 그 인민군은 종조부(할아버지의 형제)일 께다."

그는 기겁을 했다. 머리가 띵하고 가슴이 뛰기 시작했다. 잠시 정신을 차린 그는 통화를 계속했다.

"아버지, 설마 그럴 리가요. 박수길은 같은 이름도 많아요. 아직 확인도 안 된 상황이니 기다려 보세요."

"아니다, 틀림없다. 할머니가 큰아들이 월북할 때 쌍가락지 한 쌍 중에서 한 짝을 주시며 장가들면 며느리한테 주라고 했단다. 인천 작은아버지한테 니 전화를 알려주었으니 자세히 말씀드려라."

아버지 전화가 끊어지고 잠시 뒤에 종조부 전화가 걸려왔다. 전화 내용은 아버지 말과 같았다. 웅희의 종조부 박수현은 장남으로 1949년 고등학교 3학년 때 같은 반 친구와 월북했었다. 박수현은 일본에서 태어났다. 아버지 박필수가 3·1운동 독립만세 사건에 연유되어 일경에 쫓기다가 일본으로 건너가 정착하여 1925년부터 일본에서 살았다. 1930년 수현은 필수의 장남으로 태어나고 이듬해 연년생으로 수길이 태어나고, 이태 뒤에 지금 전화를 건 수호가 셋째 아들로 태어났다.

일본에서부터 좌익 활동을 하던 박필수는 해방이 되어 1945년 귀국해서도 박헌영의 남로당 계열에 입당하여 활동하다가 1948년 장남 수현과 함께 투옥되었다. 6개월간 옥고를 치르고 나온 뒤에도 계속 좌익 활동을 하다가 박수현은 1949년 3월, 19세의 나이로 고등학교 같은 반 친구인 이남호와 함께 월북했었다.

박웅희의 종조부 말에 의하면 집안에는 4대째 내려오는 은가락지 한 쌍이 있었는데, 장손의 며느리에게 전해진다고 했다. 4대째 은가락지를 물려받은 수현의 모친은 장남이 월북할 때, 가락지 한 짝을 주며 당부했다. 어디서든 장가를 들면 아내에게 주었다가 데리고 와서 어미에게 있는 한 짝을 마저 받아 집안의 가보인 쌍가락지의 대를 이으라고 했었다.

아버지와 당숙의 전화를 받은 그는 단장 이창희 중령에게 전화를 걸어 대강 상황을 알렸다. 그는 밤에 잠을 이룰 수 없었다. 대체 어떻게 이런 일이 있을 수 있단 말인가. 조부 유해를 찾을 수도 있겠다는 막연한 기대를 안고 발굴단에 지원했지만, 이렇게 쉽게 더구나 조부의 친형님인 종조부까지 함께 찾게 된다는 것이 현실로 믿어지지 않았다.

그러나 상황은 얼마든지 달라질 수도 있다. 이름이 같은 다른 사람일 수도 있고, 은으로 만든 쌍가락지도 세상에 많을 것이다. 아버지와 종조부는 내일 날이 밝는 대로 현장에 오겠다고 했다.

아버지 유전자 DNA 검사는 이미 나와 있었다. 발굴된 유해의 DNA 검사를 해보면 판명이 되겠지만 유복자로 태어난 그의 아버지는 한시가 급하다며 조바심을 하고 있었다.

양구군 방산면 백석산은 1951년 8월 12일부터 두 달 동안 치열한 전투가 벌어졌던 격전지로서 한국전쟁 중 대표적인 산악 전투였다. 1951년 7월, 휴전회담이 답보상태에 빠지며 특히 38선 근처의 전선은 서로 한 치의 땅이라도 더 확보하기 위한 치열한 전투가 계속되고 있었다.

국군 7사단과 8사단은 인민군 12사단, 32사단과 백석산 고지를 빼앗고 뺏기는 공방전을 6차례나 거듭했다. 나중에는 미군과 중공군까지 가세한 치열한 전투에서 결국 국군의 승리로 끝났지만, 인민군과 중공군을 포함한 적군 1500여 명이 전사하고 미군과 국군 530여 명이 전사한 치열한 전투였다.

백석산 격전지 국군 유해발굴은 2007년부터 시작되었다. 1,142m 정상 일대에서부터 발굴을 시작하여 격전지인 901고지까지 내려오며 130구의 국군 유해를 발굴하였고, 그중 신원이 확인된 7구의 유해를 유가족에게 전했다.

이튿날도 발굴 작업은 계속되었다. 10시경에 B팀 D지구 제11

참호에서 국군 유해 한 구가 발견되고, 11시경에 A팀 B지구 제17
교통호에서도 국군 유해 2구가 발견되어 발굴단원들은 긴장하면
서도 활기를 띠었다.

박웅희 상사가 지휘하는 B팀 제11 참호는 표토 70cm 깊이 정
도에서 유해를 발견했는데, 잡목지대라서 크고 작은 나무뿌리가
유해에 엉겨 작업이 매우 어려웠다. 팀장 박 상사는 작업 병사들
을 독려하여 조심스레 나무뿌리를 제거했다.

작업조가 지정된 장소의 나무와 풀 등을 제거하고 표토를 파
면서 빼곡하게 엉긴 나무뿌리를 제거하고 흙을 담아내면 대개 6,
70~7, 80cm 지점에서 유품이나 유골이 발견된다. 그 뒤부터는
전문 발굴 병사가 투입되어 유품과 유해를 수습한다.

총알에 뚫린 녹슨 철모가 유해의 두개골에 덮여 있었다. 치열
한 전투가 소강상태가 되면, 살아남은 병사들은 격전지를 수색하
며 전황을 확인한다. 부상병 후송은 물론 전사자의 소총을 비롯
한 무기와 남은 탄약, 철모를 회수하고, 다시 전투가 계속되는 급
박한 상황이 전개되면 참호에서 전사한 전우의 시신은 그대로 묻
는다. 당시 살아남은 전우들은 머리에 총알을 맞고 죽은 전우의
얼굴에 구멍 뚫린 철모를 덮고 매장했을 것이다.

김정우 중위가 사진을 찍고 발굴 병사가 벌겋게 녹슨 철모를
들어내자, 비교적 완전한 모습의 두개골이 휑한 눈과 고른 치아

로 빙긋 웃는 듯싶게 드러났다. 철모를 들고 일어선 발굴병은 등골이 오싹한 전율을 느끼며 얼결에 왼손으로 철모를 옆구리에 끼고는 "필승!"하고 경례를 붙였다.

지켜보던 김 중위도 훼손되지 않은 완벽한 두개골에 충격을 받았는지 대원들에게 외쳤다.

"작업 중지, 일동 차렷!"

박 상사를 비롯한 대원들 7명이 부동자세를 취하자, 김 중위가 명했다.

"선배 전우의 유해에 대하여 경례."

"필승!"

김 중위와 유해발굴 병사들은 발굴 경험 한 해가 넘었다. 그동안 아군과 적군을 비롯한 많은 유해를 발굴했지만, 두개골이 완전한 상태인 이런 상황을 접하게 된 것은 처음이었다.

다시 작업은 계속되었다. 우선 유품부터 수습했다. M1소총 탄피 80여 개, 빈 클립 11개, 실탄이 잠긴 클립 4개. 낱개의 실탄 4발, 숟가락 하나와 반합 하나, 수통 하나, 반나마 썩은 군화 한 켤레 등이 수습되었다. 유품을 수습하고 오전 작업을 끝냈다. 참호를 천막천으로 덮고 발굴 대원들은 식당으로 내려왔다.

박 상사가 막 식사를 하려는 차에 아버지 전화가 걸려왔다. 종조부와 함께 당숙이 운전하는 차를 타고 왔는데, 양구 읍내에서 점심을 먹고 현장에 오겠다고 했다. 식사를 마친 그는 이창희 단장에게 아버지와 당숙이 왔다는 것을 보고하고 사무실에서 기다렸다.

박 상사의 아버지 박영훈은 1951년생으로 61세였고, 종조부 박수호는 1933년생으로 78세였다. 차를 몰고 왔다는 당숙은 종조부의 아들이니 아버지와는 사촌 간이다. 이들이 발굴단 사무실에 도착한 것은 오후 두 시였다.

단장 이창희 중령과 수인사를 나눈 뒤 유해 안치소에 들어가 우선 박수길의 인식표를 확인하고 나서 유해를 보았다. 태극기에 덮여 있던 유해함을 열자, 영훈은 유해를 어루만지며 왈칵 눈물을 쏟았다. 박수호 노인도 유골을 어루만지며 노안에 눈물이 고여 흘러내렸다. 잠시 격하게 흐느끼고 정신을 차린 영훈은 단호히 말했다.

"웅희야, 이분은 네 할아버지가 틀림없다. 단장님, 이 유해는 분명 제 아버지입니다. 틀림없습니다."

"아버지, 아직은 알 수 없습니다. 유전자 검사를 해봐야지요."

단장도 거들었다.

"그렇습니다. 국방부 감식단에 유전자 검사를 의뢰했으니 곧 확인이 될 것입니다."

그제서 머쓱해진 그는 아들에게 물었다.

"그 은가락지는 어디 있느냐? 작은아버지가 갖고 계신 것과 짝을 맞춰보자. 그 가락지가 한 쌍이라면 검사를 해보나 마나 확실한 게야."

박수호 노인도 은가락지를 주머니에서 꺼내 들고 재촉했다.

"그렇습니다. 그걸 보면 당장 알게 됩니다."

단장이 손을 내밀며 말했다.

"어디, 가락지 좀 보겠습니다."

가락지에는 오색 색실 매듭 노리개가 매어져 있었는데, 받아들여다보던 단장이 놀란 얼굴로 말했다.

"이거 똑같은데, 모란꽃 두 송이가 같아. 이봐 김 중위, 어서 가락지 가져와."

부관 김정우 중위가 유품 보관함에서 가락지를 꺼내왔다. 받아서 비교해본 단장이 감탄했다.

"맞아, 똑같아! 가락지는 틀림없는 한 쌍이야."

조급한 영훈이 손을 내밀며 재촉했다.

"단장님, 어서 좀 봅시다."

삼촌과 조카는 가락지를 받아 확인했다. 60년간 땅속에 묻혀 있던 한 짝은 누렇고 검푸르게 변했지만, 반짝반짝 윤이 나는 한 짝과 틀림없는 한 쌍이었다. 가락지의 주인인 노인이 감격하여 말했다.

"맞아요. 이 모란꽃 무늬가 똑같아요. 세상에 어찌 이럴 수가…!"

노인은 쌍가락지를 감싸 잡고 눈물을 주르르 쏟았다.

영훈도 눈물을 글썽이며 단장에게 물었다.

"단장님, 어디 있습니까? 우리 큰아버지 유해는 어디 있습니까?"

단장은 부관에게 명했다.

"김 중위 보여드려."

국군 유해 보관대 맞은편 벽 앞 진열대에 한지로 덮은 유해함 여섯 구가 있었다. 최근에 발굴된 중공군 유해가 둘, 인민군 유해가 넷이었다. 오른쪽에 있는 유해함이 열렸다. 유해는 말이 없고 그냥 검푸르게 썩어가는 유골이었다. 두 사람은 눈구멍이 퀭한 두개골을 꺼내 들고 어루만지며 어깨를 떨었다.

백발의 노인이 주르르 눈물을 흘리며 말했다.

"형님, 종내 이렇게 뵙습니다. 형님…!"

박 상사가 보다못해 나섰다.

"할아버지, 그만하세요. 아직 확인된 건 아니잖아요."

노인은 두개골을 내려놓고 받았다.

"틀림없다. 전쟁통에 두 형제분이 만나 함께 싸우다 돌아가신 게야."

영훈도 거들었다.

"그래, 틀림없을 것이다. 난 어제 네 전화를 받고 나서 단박 그런 예감이 들더라. 한데, 시계하구 만년필도 나왔다구 했잖니?"

단장이 받았다.

"아―참, 그렇지. 김 중위 가져와 봐."

만년필도 많이 삭았고, 시계는 줄은 없고 몸통만 남았는데 시침과 분침도 삭아 글자도 알아볼 수 없었다.

받아 살펴본 노인이 말했다.

"그래, 파카 만년필도 형님 것이여. 내가 이것이 하두 탐나서 몰래 쓰다가 형님한테 몇 번이나 혼이 났거든. 형님은 일본에서 중학교를 다니다 나왔으니 시계도 만년필도 있었어. 한데, 시계는 어떻게 생겼던지 생각나지 않는구먼."

이창희 단장이 받아 말했다.

"그렇겠군요. 자, 이제 그만 나가시죠."

그들은 유해 안치소를 나와 사무실로 들어갔다.

단장이 물었다.

"그렇다면 월북했다는 형님이 인민군이 되었다는 것을 어떻게 아셨습니까?"

노인이 겸연쩍은 얼굴로 대답했다.

"전쟁 전에 같이 월북했던 형님 친구가 있었는데, 그 사람은 전쟁이 터지자 남쪽에서 전투를 하다가 국군 부대에 귀순했습니다. 그 사람이 휴전된 뒤에 우리 집에 찾아와 알려주었지요."

"알겠습니다. 그러나 확인절차는 거쳐야 합니다. 선생님 DNA 검사는 이미 등록되었으니 됐고, 어르신께서도 유전자 DNA 검사를 의뢰하십시오. 발굴된 두 분의 유골은 이미 검사에 들어갔으니 2, 3일 내에 결과가 나올 것입니다."

차를 마시며 노인이 가락지를 꺼내 들고 숙연히 말했다.

"이렇게 큰 은가락지나 옥가락지는 두 개 한 쌍이 한 벌이여. 엄니는 그때 이 은가락지 한 짝을 노리개로 매어 형님께 주시며 신신당부를 했었지. 장가를 들면 며느리에게 주어 데리고 와서 어미에게 있는 한 짝과 쌍을 맞춰 대를 이으라고 하셨지. 지금도 눈에 선한데 벌써 60년이 흘렀구먼."

노인은 가락지를 어루만지며 여전히 눈시울을 적시고 있었다.

단장이 손을 내밀며 청했다.

"어디, 다시 좀 보겠습니다. 음, 아주 정교하고 예쁜 노리개군요. 그러니까 형님께서 갖고 있던 가락지에도 이거와 똑같은 매듭 노리개가 있었다는 말씀이군요?"

노인은 가락지를 받아 들고 설명했다.

"그렇지요. 원래 노리개도 한 쌍이었지요. 이것과 똑같은 노리개가 끈 양쪽에 달려 있었는데, 어머니가 반을 잘라 가락지에 하나씩 매어 형님한테 주었지요. 쌀 가락지로 그냥 두면 잃어버리기도 쉬워 노리개를 매달아 주었던 것입니다."

이런 종류의 은가락지나 옥가락지는 더러 손가락에 끼기도 하지만 무겁고 투박하여 끼지 않는다. 여인들은 대개 쌍가락지를 매듭 노리개에 매어 외출 시 허리에 차거나 집에서는 장식장에 얹어두고 눈으로 즐기는 장식용이다. 그리하여 가락지를 묶는 매듭 노리개는 색이 화려하고 모양이 예쁘다.

은가락지에 매어진 노리개는 삼각패 노리개라고 한다. 삼각형 꼭지에 굵기 1mm의 빨간 매듭실로 짠 삼각형 매듭이 있고, 밑에 노란 매듭실로 짠 두 줄의 경계 매듭이 있다. 그 밑에는 굵기 6mm, 길이 8mm에 색색의 명주실로 감은 원통 매듭 다섯 개가 나란히 묶여 있고, 매듭마다 4cm 길이의 수술이 달렸는데 빨·주·노·초·파랑색의 실이다. 삼각형 꼭지에는 매듭으로 엮은 20cm 길이의 남청색 끈이 달려 있었다. 끈을 제외한 매듭 노리개의 길이는 80mm이고 폭은 32mm이다. 가락지의 직경은 27mm, 내경 17mm, 두께 5mm, 폭 8mm, 무게는 한 짝이 한 냥쭝(37.5g)이다. 손가락 하나에 두 냥 쭝을 낄 수는 없을 것이므로 장식용이 분명하다.

박 상사가 종조부에게서 노리개를 받아 살펴보며 말했다.

"단장님, 이 원통 매듭은 명주실로 단단하게 감아져서 썩지 않았을 수도 있습니다. 보시지요."

단장이 다시 받아 살펴보며 말했다.

"그럴 수도 있겠군. 그래, 썩지 않았을 것이다! 그러면 제7호 참호에 가서 다시 찾아보는 게 좋겠어. 두 분께서는 어떻게 생각하십니까?"

두 사람은 반색했다.

"여부가 있겠습니까? 우리도 두 분께서 묻혀계시던 그 장소를 보고 싶었습니다."

"그럼 좋습니다. 한데, 한참 걸어 올라가야 하는데 어르신께서 괜찮겠습니까?"

"저는 괜찮습니다만은, 작은아버지, 가시겠어요?"

"여부가 있겠느냐. 예까지 와서 어딘들 못가겠느냐."

단장이 박 상사에게 명했다.

"팀장, 김 중위에게 발굴병 두 명 차출해서 제7 참호로 즉시 오라고 해."

민간인 세 명과 단장은 지프를 타고 백석산 901고지를 향하여 올라갔다. 군용도로를 차로 10여 분 올라가서 하차하여 걸어 10여 분 올라간 곳에 제7 참호가 있었다. 민간인이 전사자 유해발굴 현장에 참석하는 것은 이들이 처음이었다.

제7 참호에는 김 중위와 어제 가락지를 찾아낸 발굴 병사 2명이 대기하고 있었다. 단장은 상황을 설명하고 발굴현장을 찾게 된 민간인 세 명을 소개하고는 박수호 노인에게 말했다.

"어르신, 그 노리개를 보여 주시지요."

단장이 노리개를 받아 발굴 병사에게 주며 말했다.

"잘 보아라. 어제 발굴된 은가락지에도 그것과 똑같은 노리개가 달려 있었다. 지금부터 그 노리개를 찾는다. 전 병장, 어떤가. 부식되지 않았겠지?"

살펴보던 발굴 병사 전병화 병장이 대답했다.

"실은 부식됐을 것이지만 몸통은 명주실로 단단하게 짜서 남았을 것 같습니다. 찾아보겠습니다."

"좋다. 힘들겠으면 작업병 두 명을 더 차출해도 좋다."

발굴 병사 두 명은 참호에 들어가 바닥을 확인했지만, 생땅이라 더 이상 파헤칠 필요가 없다는 결과를 보고했다. 그렇다면 어제 참호에서 파낸 흙과 잘라낸 나무뿌리를 다시 검사하는 방법밖엔 없다.

작업병사 두 명이 더 차출되어 참호에서 파낸 흙을 검사하고, 두 명은 제거한 나무뿌리들을 샅샅이 검사하기 시작했다. 굵고 잔 나무뿌리를 모두 손으로 훑으며 검사해도 없었고, 나무뿌리를 모아 두었던 자리의 낙엽까지 한 장 한 장 뒤집어 봐도 없다.

발굴병사 두 명도 파낸 흙을 모래밭에서 바늘 찾기로 검사하는데, 반나마 삭은 인민군 따발총 탄피 하나가 더 발견되었을 뿐 매듭은 없다. 단장을 비롯한 군인들은 모두 허탈하여 멍해졌고, 재발굴을 원했던 민간인 셋은 민망하여 어쩔 줄 몰라 했다.

발굴병 전병화 병장이 나무뿌리를 모아 두었던 참호 왼쪽 산비탈을 허리를 굽히고 돌아보며 동료 병사를 손짓으로 불렀다. 두 병사는 쪼그려 앉아 마른 나뭇잎을 뒤집기 시작했다. 그러나 어제부터 짓밟힌 낙엽은 성한 것이 별로 없을 지경이었다. 20여 분 살피던 전병화 병장이 왼손을 번쩍 들며 침착하게 말했다.

"단장님, 이것 같습니다."

단장을 비롯하여 모두 우르르 두 병사를 둘러쌌다. 전문 발굴 병사들은 유해와 유품을 발견할 경우 절대 먼저 손을 대 집어내거나 그 현장을 훼손하지 않는다. 임석한 지휘관의 확인을 거쳐 사진을 찍고 수습하는 것이 순서다. 시커멓게 색은 변했지만, 첫눈에도 사람이 공들여 만든 것임이 분명한 물건이 절반쯤 낙엽에 묻혀있었다. 김 중위가 사진을 찍고 전 병장이 집어 들었다.

단장이 받아 조심스레 흙먼지를 입으로 불어내자, 검푸르게 썩었을망정 빨갛고 파란색이 희미하게 보였다. 단장이 노인에게 건네주며 말했다.

"이게 맞는지 확인해 보시지요."

노인이 조심스레 받아 들여다보다가 부르르 떨며 대답했다.

"맞습니다. 같은 매듭이 맞습니다. 단장님, 고맙습니다."

노인은 어쩔 줄 몰라 벌벌거리며 안경을 벗어 눈물을 닦았고, 영훈도 매듭을 받아 살펴보고는 허리를 굽실거리며 고맙다고 했다.

단장이 겸손하게 받았다.

"찾게 되어 저도 기쁩니다. 그러나 아직 확실하게 밝혀진 것은 아니니까 정식적인 절차를 거쳐야 합니다."

"그야 물론이지요. 그러나 두 분 유해는 저의 아버지와 백부님이 분명하다고 확신합니다. 이렇게 참관하게 해주시어 정말 고맙습니다. 한데, 단장님, 이 두 병사 참 대단합니다. 어떻게 엉뚱한 데서 이 작은 것을 찾아내다니요?"

단장은 별 것 아니라는 듯이 웃고는 말했다.

"전 병장, 상황을 설명해 드려라."

명을 받은 전병화 병장은 겸연쩍은 듯 뒤통수를 긁적거리며 설명했다.

"매듭이 명주실이라서 썩지 않으면 가느다란 나무뿌리가 뚫고 들어갈 수도 있습니다. 그러면 뿌리를 제거할 때 매달려 나갔을 것입니다. 그런데 뿌리에 매달려 있지 않았다면, 제거한 뿌리를 던질 때 떨어지며 퉁겨나갔을 것이라고 생각했습니다."

노인이 감격하여 칭찬했다.

"참 대단하고 훌륭한 군인이구먼. 고맙네, 고마워."

국방부 유해발굴감식단장 이창희 중령도 발굴단 지휘 한 해가 넘도록 이런 상황은 처음이었다. 그러나 당연하다는 듯이 말했다.

"어르신, 이들은 전문 발굴 대원들입니다. 성과가 좋아 병사들도 보람을 느낄 것입니다. 자, 이제 내려가시지요."

사무실로 돌아온 단장은 김 중위에게 지시했다.

"김 중위, 발굴된 가락지와 갖고 오신 가락지를 모아 사진을 찍고, 발굴된 매듭과 가락지에 달린 원형 노리개도 사진을 찍어. 기자들에게 공개해야 하니까, 알겠나?"

명을 받은 김 중위가 노인에게서 가락지를 받아 자기 사무실로 가고, 차를 마시며 단장이 말했다.

"두 분 유해는 신원이 밝혀진 것이나 마찬가지입니다. 그러나 확인절차는 거쳐야 합니다. 어르신께서도 유전자 DNA 검사를 의뢰하십시오. 발굴된 두 분의 유골은 이미 검사에 들어갔으니 2, 3일 내에 결과가 나올 것입니다."

영훈이 받아 말했다.

"알겠습니다. 그럼 우리는 이만 돌아가겠습니다. 여러 가지로 고마웠습니다. 단장님 은혜 잊지 않겠습니다."

"뭘 별말씀을요. 저희들은 오직 임무를 다할 뿐입니다."

그들을 배웅한 단장은 부관 김 중위를 불러 지시했다.

"이제 기자들이 몰려올 것이다. 그동안 찍어둔 사진을 확인하여 준비하고 발굴된 유품도 정리할 것. 특히 은가락지와 매듭이라는 것은 규격을 정확하게 측정하고 기록하여 기자들에게 알려야 한다. 차질 없이 준비하도록, 알겠나?"

"알겠습니다. 확실하게 준비하겠습니다."

이틀 뒤인 4월 17일, 주요 일간신문에 국군과 인민군이 국군 진지 참호에서 껴안고 죽은 유해 사진이 대문짝만하게 나고, 그 두 유해가 형제임이 밝혀진 은가락지와 매듭 노리개 사진이 실리고 전설 같은 사연이 대서특필 되었다.

그날 오후, 백석산 유해발굴 현장에 신문 기자들과 방송국 기자들이 몰려들고 박웅희 상사에게 인터뷰 요청이 쇄도했다. 단장 이창희 중령은 견디다 못해 박 상사를 숨기고 기자들을 쫓다시피 보내야 했다.

또한 어떻게 알았는지 서울의 박영훈 집에도 기자들이 몇이 왔지만, 인천 박수호 노인 집에는 신문과 방송국 기자들이 떼로 몰려가 은가락지와 매듭 사진을 찍고, 박수현이 월북하게 된 동기와 인민군이 된 경위를 물었지만, 박수호 노인은 모른다고 취재에 응하지 않았다.

　그날 밤, 박 상사는 김성규 상사와 PX에서 만나 술을 마셨다. 이들 두 사람은 본대에서 유해발굴단원으로 파견되었는데, 집이 멀어 출퇴근을 못 하고 발굴단 임시 숙소에서 기숙하고 있었다. 이들 둘은 부사관학교 동기였다. 이들이 대화를 나누며 기분 좋게 취기가 오를 때, 박웅희 상사에게 전화가 걸려왔다. 그는 엊그제부터 휴대폰이 울릴 적마다 깜짝깜짝 놀라곤 했다.

　전화를 건 사람은 역시 전혀 모르는 사람이었다. 자신을 예비역 육군 중령이라고 소개한 그 사람은 신문을 보고 전화를 했다면서, 은가락지 하나를 갖고 있던 그 인민군 대위가 자기 친구라고 했다.

　박 상사는 짚이는 것이 있어 깜짝 놀라 어떤 친구였느냐고 물었다. 아니나 다를까, 그는 1949년 박수현과 함께 월북했던 친구 이남호라고 자신의 신분을 알렸다. 그리고는 할 이야기가 많다면서 아버지와 당숙의 전화번호를 물었다. 그리고 덧붙였는데, 자기가 백석산 전투에 인민군 대위로 참전했다면서 박수현도 당시 인민군 대위였다고 말했다.

　예비역 육군 중령 이남호가 강원도 양구 백석산 유해발굴 현장을 방문한 것은 그로부터 이틀 뒤였다. 육이오 당시 양구지구 전투에 참전했던 장교로서 군부대에 정식으로 방문을 신청하여 허가를 받았다.

이남호는 55세라는 아들의 차를 타고 왔는데, 아들도 해군 대령으로 작년에 예편했다고 소개했다. 이남호는 아들과 함께 이창희 단장의 안내를 받아 유해발굴현장을 돌아보고 친구 박수현이 60년간 잠들었던 제7 참호를 돌아보았다. 그는 감개무량한 듯 백석산 주위의 고지를 돌아보며 눈시울을 적셨다.

그가 이창희 중령과 박웅희 상사를 주시하며 말했다.

"나는 당시 인민군 32사단 1연대 3대대 2중대 중대장이었다네. 박수현은 백석산 전투에 교대로 투입되는 12사단 23연대 1대대 1중대장이었지. 우리는 북한에서 신병 훈련소 교관을 할 때부터 남한으로 내려가면 귀순하기로 계획을 세웠다네. 그러다가 8월 11일에 우리 둘은 양구에 내려와 나는 32사단에, 수현은 12사단에 배치되었지. 그때부터 우리는 헤어졌어. 나는 중대장이 되어 5일간 전투를 하다가 8월 16일 밤에 운전병과 당번병을 데리고 지프를 몰아 국군 8사단에 귀순했지. 한데, 친구는 어찌 귀순하지 못했는지도 궁금하고, 인민군 복장과 무기로 어떻게 동생을 만나 같은 참호에서 싸우게 되었는지도 참 수수께끼 같은 묘한 일이야."

단장이 물었다.

"그러면, 두 분이 북한에 있을 때부터 귀순할 생각이었다고 하셨는데, 그 체제가 좋아서 월북하신 분들이 왜 그런 생각을 하셨습니까."

"전쟁이 나기 전에는 그런 생각을 안 했지. 전쟁이 나고 불과 사흘 만에 서울을 함락시켰다고 당시 북한은 금방 통일이 된 듯이 온 인민이 떨쳐 일어나 미쳐 날뛰었다네. 친구와 나는 그때 이미 알았어. 틀림없이 남한에서 철수한 미군이 참전할 것이고 상황은 반전될 것이라고 생각했지. 친구와 내 예감은 맞아떨어졌고, 전쟁이 계속되면서 북한은 인력자원이 모자라 15, 6세 아이들까지 강제 입대시켜 2주간의 훈련을 시키고는 무작정 전방에 투입했어. 그 어린아이들이 전투를 제대로 할 턱이 없지. 우리가 남한 출신이라서 그랬던지 신병훈련소에만 처박혀 있었는데, 전세가 워낙 다급했는지 훈련소 중대장 절반을 전투중대장에 투입 시키면서 마침내 친구와 나는 이곳 양구지구 격전지에 투입되었던 것이야."

박 상사가 물었다.

"저의 큰할아버지께서도 분명 귀순한다고 말씀하셨단 말씀입니까?"

"그렇다네. 한데 아마 기회를 잡지 못했을 것이야. 그래, 이제

짐작이 가네. 박수현은 치열한 전투 중에 투항했을 것이야. 내가 이 고지에서 전투를 해보아서 알지만, 투항할 기회는 얼마든지 있어. 친구는 국군 진지에 투항했는데, 그 진지에서 동생을 만났을 것이고, 상황이 급박하여 같은 참호에서 싸우다 전사했을 것이야. 전사하지 않았다면 동생 손을 잡고 귀순하였겠지. 박수현은 죽었지만, 분명히 따발총으로 동생과 함께 인민군과 싸운 귀순이야. 그래, 이제 생각이 나는구먼. 우리 32사단이 빠지고 12사단이 8월 16일에 교대로 투입되었는데, 그날 전투에서 1개 중대가 전멸했다는 말을 들었어요. 그 중대가 박수현의 중대였을 것이야. 그 이튿날 우리 사단이 투입될 예정이었는데, 나는 그날 16일 밤에 국군 부대에 귀순했지. 그러니까 수현은 동생과 8월 16일 전사했을 것이야. 내 예감이 틀림없네."

이창희 중령도 고개를 주억거리며 말했다.

"선배님 말씀이 맞을 것 같습니다. 충분히 이해가 됩니다."

박 상사도 그럴 것이라는 생각이 들었다. 할아버지 전사 통지서가 9월 중순경에 우편으로 배달되었다고 아버지가 말했었다.

이남호가 말했다.

"당시 인민군 병사들에게는 소총 M1−891이 주력화기였지. 891은 단발 소총이라서 한 발을 쏘고는 놀이쇠를 당겨야 탄피가 빠지고 실탄이 장전되는 소위 따콩총이라고 했지. 그러나 소대장과 중대장들에게는 일명 따발총이라고 하는 자동 기관총인 PPSH-41이 지급되었어. 친구가 묻힌 참호에서도 따발총 탄피와 탄창이 발견되었다고 했지?"

단장이 받았다.

"그렇습니다. 처음 탄피를 보고는 몰랐는데, 나중에 원형 탄창이 발굴되면서 따발총이라는 것을 알았습니다. 한데, 실탄은 한 발도 없이 쏘았더군요. 탄피가 160여 개였습니다."

이남호는 무겁게 머리를 주억거리며 말했다.

"그랬겠지. 실탄 160발을 방금까지 자기가 지휘했던 인민군을 향하여 쏘았을 것이야. 그것으로 보아도 박수현은 분명 투항이야."

이창희 단장도 이해가 간다는 듯 처연한 표정으로 받았다.

"그럴 것입니다. 선배님 말씀 듣고 보니 투항이 분명합니다."

그들은 오후 4시에 발굴단 사무실에 내려왔다. 차를 한잔 마신 이남호는 친구 박수현의 유해를 보고 싶다고 말했다. 부관 김 중위가 단장의 명을 받고 이남호 부자를 유해 안치실로 안내했고, 박 상사도 따라갔다. 유골함을 열자 이남호는 물끄러미 들여다보다가 끝내 눈시울을 적시며 격하게 말했다.

"박수현, 이 친구야. 결국 이렇게 자네는 유골이 되고 나는 살

아서 만나네 그려! 어쩌겠는가, 이것이 운명인 것을…. 이제라도
자네가 가족을 만나 안식처를 찾게 되었으니 다행일세. 자네 유
택이 마련되면 자주 찾을 것이야. 편히 쉬시게."

이남호는 이어서 박수길 유해를 보자고 했다. 태극기에 싸인
유해함을 열자 유골을 보며 말했다.

"우리가 월북할 때, 이 사람은 열아홉 살이었지. 한데, 언제 결
혼하여 자네 아버지를 낳았는가?"

박웅희는 공손히 허리를 숙이고는 대답했다.

"예, 장남이 월북하자 증조부께서는 둘째인 아버지를 스무 살
에 장가를 들였다고 하셨습니다. 할아버지는 결혼한 지 석 달 만
에 입대하셨는데, 할아버지 전사통지를 받은 뒤에 아버지가 유복
자로 태어나셨답니다. 증조부께서는 전쟁이 터지자, 아들이 월북
했기 때문에 잡혀가서 즉결 처형을 당하셨답니다."

"그랬구먼. 우리 부모님도 그렇게 돌아가셨지. 전쟁의 비극은
끈질기게도 반세기가 넘도록 계속되는구먼. 자, 이제 그만 함을
봉하시게. 그리구 참, 친구 유해에서 만년필이 나왔다고 했지? 김
중위, 그것을 좀 볼 수 있겠는가?"

"예, 물론입니다."

이남호는 김 중위가 주는 만년필을 받아 살펴보다가 자신의
안주머니에서 만년필을 꺼내 비교해보며 감개무량한 듯 애잔하

게 말했다.

"역시 이것이구면, 파카51! 이 만년필은 친구와 일본에서 산 것이야. 당시 파카51은 누구나 갖고 싶어 하던 최고급이었지. 해방이 되던 해 3월에 중학교 3학년이 된 기념으로 둘이 같은 것을 샀어. 그리고 월북할 때도 지니고 갔었지. 김 중위, 잘 보았네. 고마우이."

1941년에 출시된 파카51은 제2차 세계대전이 휴전될 때, 휴전 협상 문서의 사인에 사용된 펜으로 유명했었다. 이후 파카51은 30여 년간 전 세계적으로 미화 4억 달러 이상 판매율을 기록한 고급 만년필이었다.

이남호는 사무실로 와서 이창희 단장에게 작별인사를 했다.

"이 중령, 여러 가지로 고마웠네. 덕분에 옛 격전지를 돌아보았고, 비록 유골이나마 친구를 만나게 되어 감개무량했어."

"오히려 제가 고맙습니다. 선배님 덕분에 인민군 유해 신원이 확실하게 밝혀졌으니까요."

이남호는 박웅희에게도 손을 내밀며 말했다.

"박 상사, 자네도 고맙네. 할아버지 전우들의 유해를 성심껏 찾아야 하네."

"명심하겠습니다. 안녕히 가십시오."

예비역 중령 이남호가 탄 차는 석양을 등지고 남쪽으로 달렸다. 박웅희 상사는 차가 시야에서 사라질 때까지 우두커니 서 있었다.

그로부터 사흘 뒤인 4월 22일, 서로 껴안은 채 발굴된 국군 유해와 인민군 유해의 신원이 밝혀졌다. 인식표와 유품 그대로 국군은 박수길 하사였고, 인민군은 박수현 인민군 대위였다. 박수현이 인민군 대위였다는 사실은 같이 월북했다가 전투 중에 귀순한 이남호 예비역 중령에 의해 확인되었다.

이남호는 유해발굴 감식단에 자진 출두하여 육이오 당시의 상황을 설명하며, 박수현은 분명 투항하였고, 자기가 지휘했던 중대를 괴멸시킨 공이 있으므로 국군전사자 예우를 해야 한다고 주장했다. 이에 따라 감식단에서는 국방부에 요청하여 당시 양구지구 전투 전사戰史록을 찾아 확인해 주도록 의뢰했다.

이틀 뒤에 전사기록이 복사된 문서가 팩스로 왔다. 기록에 의하면 1951년 8월 16일, 백석지구 전투에서 인민군 12사단 1대대 1중대가 국군 8사단 3대대 2중대와의 전투에서 전멸되었으며, 적군 60여 명이 전사하고 12명이 생포되었다고 기록했다. 인민군 1중대장은 대위였으며 이름은 박수현이라고 기록되어 있었지만, 중대장 박수현이 전사했는지 생존했는지는 기록이 없었다.

이 전투에서 대승을 거둔 국군 2중대장 이경호 대위는 을지무공훈장을 받았고, 소대장과 분대장 등 5명이 화랑과 인헌무공훈장을 받았다는 사실도 기록되어 있었다.

전사기록을 본 이남호는 박수현이 투항하여 자기 중대를 유인하였기 때문에 국군이 대승하였을 것이라고 주장했다. 그러나 그러한 근거는 찾을 수 없는 것이 현실이었다. 비록 인민군 중대장이라고 밝혀진 박수현 대위가 국군 진지에서 동생과 함께 전사한 것이 사실로 밝혀졌지만, 그것이 투항인지 귀순인지를 밝힐 근거는 없었다. 따라서 박수현은 친구 이남호의 부단한 노력에도 불구하고 1949년에 남한 체제를 버리고 월북한 공산주의자의 굴레를 벗을 수는 없었다.

4월 25일 오후 4시, 서울시 노원구 상계동 박웅희의 집에 육군 8사단장 이원우 소장과 서울 북부보훈지청장, 노원구 구청장이 찾아왔다. 이원우 소장은 박수길의 전사자 신원확인 통지서와 육군참모총장 위로패를 전달했다. 신원확인 통지서에는 박수길의 전사 당시 계급인 하사에서 이등중사로 1계급 특진 되고, 화랑무공훈장이 추서되었다는 기록이 있었다.

유품도 전달되었는데, 고인의 인식표와 유해를 덮었던 대형 태극기, 고인이 적과 전투 중에 쏘았던 M1 소총 탄피와 클립이 각

각 두 개씩 특수 제작된 유품함에 들어있었다.

유품과 통지서를 받은 박영훈 부부는 방금 부친상을 당한 듯이 통곡을 했다. 아버지 전사통지를 받은 한 달 뒤에 유복자로 태어난 그는 세 살에 어머니가 개가하여 할머니 손에서 자랐다. 할머니마저 일곱 살 때 돌아가신 그의 성장 과정은 고난과 역경의 삶이었다. 60여 년의 한과 서러움이 한꺼번에 북받친 그의 통곡은 절실했다.

영훈은 아내의 만류에 눈물을 거두었다. 그제서야 방문한 사람들을 의식하고 자신의 신세를 한탄하며 결례했음을 사과했다.

보훈지청장이 말했다.

"아버님 유해는 4월 30일 대전 현충원에 안장될 예정입니다. 안장식에서 고 박수길 이등중사에게 화랑무공훈장이 추서됩니다."

"알겠습니다. 우리 집안의 영광입니다. 가족들 모두 참석할 것입니다."

사단장이 덧붙였다.

"고 박수길 이등중사는 인민군 장교를 유인한 공으로 훈장이 추서되는 것입니다."

영훈은 깜짝 놀랐다. 얼굴이 화끈하도록 충격을 받았다. 훈장이 추서된다고 하여 기뻤다. 그러나 결국 기쁨보다 더한 자괴지

심으로 마음이 번조로워 혼잣말 하듯 중얼거렸다.

"따지고 보면, 결국 형님을 죽인 공으로 훈장을 받는군요."

방문한 사람들은 순간적으로 머쓱한 표정이 되었다.

영훈은 불쑥 말하고 보니 겸연쩍기도 하여 얼버무렸다.

"그럼, 큰아버지 유해는 어찌 됩니까?"

사단장이 받아 대답했다.

"인천 박수호씨 댁에도 연락이 갔습니다. 유해를 인수하여 개인적으로 장례를 모시게 될 것입니다."

영훈은 이남호의 전화를 받았던 터라 물었다.

"큰아버지는 귀순이나 투항이 확실한데, 국군전사자 예우는 안 되는 겁니까?"

"그것은 불가능합니다. 고인이 인민군 장교였다는 사실 외에는 아무 근거도 없으니까요."

"큰아버지 친구인 이남호 씨도 말했습니다. 두 분이 거기서 전사하지 않았으면 틀림없이 귀순했을 것입니다.

사단장은 난처한 표정으로 냉정하게 말했다.

"그것은 유족들의 입장일 뿐입니다. 저로서는 드릴 말씀이 없습니다."

영훈은 하릴없이 대답했다.

"그렇겠군요. 알겠습니다."

보훈지청장이 일어서며 말했다.

"그럼, 저희들은 이만 돌아가겠습니다."

그들은 차라도 한 잔 하고 가라는 부부의 간곡한 권유를 마다하고 돌아갔다.

영훈은 숙부에게 전화를 걸었다. 숙부는 형님 유해를 인수해 가라는 통지가 왔다면서 물었다.

"어찌할 셈이냐, 아버지는 현충원에 모실 생각이냐?"

"4월 30일, 대전 현충원에 안장한다고 사람이 왔었어요. 인민군 장교를 유인한 공으로 훈장도 준답니다."

"뭣이여, 그래서 훈장을 줘?"

숙부의 음성에서 노기를 느낀 그는 가슴이 번조하여 얼버무렸다.

"암튼, 안장식 날 무슨 훈장을 준다고 했어요."

숙부는 잠시 침묵하다가 말했다.

"그렇다면 내 생각은 더군다나 그게 아니다. 두 형제분이 함께 싸우다 서로 껴안고 돌아가셨으니, 선산에 합장해드리는 것이 도리가 아니겠느냐?"

숙부는 잘 생각해 보라며 전화를 끊었다. 영훈은 정신이 멍해졌다. 그것은 생각지도 않았던 사안이었다. 듣고 보니 숙부의 제안도 무작정 거절하지 못할 조건이었다. 피와 뼈를 나눈 두 형제는 끝내 피와 살이 한데 섞여 탈골이 되었다. 누구의 제안도 강요도 아닌 초자연적인 상황과 환경으로 한 몸이 되어 생을 마감했다.

영훈은 곰곰이 깊은 생각에 잠겼다. 아버지가 국립현충원에 안장되고 훈장까지 받으면 가문의 영광이다. 그러나 과연 아버지도 영광스러울까? 형님을 죽였다고 훈장을 받는 것이 가문의 영광일까? 유해 수습과정에서 유골을 분리한다고 했겠지만, 같은 뼈들이 엉겼으니 어차피 유골도 섞였을 터였다.

영훈은 마침내 무릎을 치며 결심했다.

"그래, 그것은 도리가 아니다. 그까짓 훈장도 받을 수 없다. 나라를 위해 싸우다 돌아가신 아버지에게 이 나라 땅 어딘들 아버지의 땅이 아니랴!"

영훈은 즉시 숙부에게 전화를 넣어 두 분을 선산 할아버지 발치에 모시자고 전했다. 훈장도 받지 않겠다고 덧붙였다. 영훈의 눈앞에 빛바랜 사진으로만 보았던 스무 살 아버지가 빙그레 웃고 있었다.

내 유년의 겨울

내 유년의 겨울은 해마다 모질게 춥고 눈도 많이 왔다. 사나흘 매섭게 춥다가 날이 좀 풀리는 듯싶으면 기다렸다는 듯이 눈이 내렸다. 내 고향은 기상청에서 영서지방이라 불리는 내륙으로 겨울에는 더 춥고 여름에도 타지방보다 더웠다. 눈이 왔다 하면 발목이 빠지는 것은 예사였고, 자尺가 넘게 오는 것이 보통이었다.

겨울 하루의 일과는 쇠죽 가마 앞에서 세수하는 것으로부터 시작되는데, 그게 죽기보다 싫었던 기억이 생생하다. 세숫물이라야 대야에 손등이 잠길락 말락하니 제대로 씻을 수도 없지만 씻기도 싫어 고양이 세수하듯 눈곱만 뜯어내고 콧등에 물 칠만 하고 방으로 뛰어 들어가는데, 문고리를 잡으면 손이 쩍 달라붙는다.

제수 좋은 날에는 고양이 세수로 끝이지만, 운수 사나운 날은

형이나 누나에게 들켜 덜미가 잡혀 나가 다시 세수를 하고 손등의 묵은 때를 등겨로 박박 문질러 씻어야 하는 고역을 당하기 일쑤였다. 매일 제대로 씻지 못해 때가 꼬질꼬질한 손등이 터져 피가 날 지경이라도 우선 씻으면 아프니까 꾀를 부리고는 했다. 당시는 비누도 귀해서 손등의 묵은 때는 쌀등겨로 문질러 씻어야 했다.

어느 겨울날 눈에 홀려 헤매다가 얼어 죽을 뻔한 적이 있었다. 그해가 전쟁이 휴전되던 해였으니 아홉 살이었을 것이다. 섣달 보름께였을 것으로 기억하는데, 간밤에 눈이 20cm가 넘게 내린 날이었다. 아침나절에는 언 듯 번 듯 해가 나기도 하던 날이 점심때부터 또 낱개 눈발이 날리기 시작했다.

누나와 찬밥을 볶아 점심을 먹은 나를 할머니가 불러 앉혔다.

"언늠아, 할미 심부름 좀 해줄래?"

우리 할머니는 나보다 두 살 더 먹은 누나와 나를 늘 언년이, 언늠이라고 부르곤 했다.

"할머이, 뭔 심부름인데유?"

"큰중말 당숙네 집에 가서 얘기책을 빌려오너라. 할미가 맛있는 것 줄게."

지난 장날 당숙이 장에 가서 박씨전, 유충열전을 사왔으니 빌려오라는 심부름이었다. 동지섣달 긴긴밤에 안노인들과 아낙네들은 얘기책을 듣는 것이 낙이었다. 한글을 모르니 손녀나 손자가 읽어 주는데, 얘기책 읽는 날은 우리 안방에 동네 할머니들과 아주머니들이 방안에 가득하여 밤을 새우곤 했는데, 동네에 나도는 얘기책을 늘 내가 빌려오곤 했었다.

그러잖아도 눈밭에 나가 놀고 싶었던 나는 얼씨구나 하고 뛰어나와 마루 선반에 얹혔던 카우보이 장화를 내렸다. 밤색 가죽장화는 이태 전 가을에 구호물자로 나온 것인데, 사람들은 카보이 장화라고 했다. 열대여섯 살용으로 내가 신으면 운두가 무릎까지 올라오는데 왼쪽뿐인 짝짝이었다. 그나마 한 짝은 끈이 없어 노끈으로 대신했지만, 짝이 안 맞아 내 차지가 되었을 구호물자 장화는 겨울이면 내게 둘도 없는 보물이었다.

나는 카보이 장화를 단단히 졸라매고 집을 나섰다. 당숙네 집은 논둑길로 한참 가다가 작은 언덕 고개를 넘어서 온 길만큼만 더 가면 되는 거리였다. 고개 밑에는 당숙네 두 마지기 보리밭이 있고 그 가장자리로 길이었다. 그러나 겨울에 눈이 오면 동네 사람들은 밭 한가운데를 가로질러 지름길로 이용하곤 했다.

나도 고개를 넘고 도랑을 건너 밭으로 들어섰는데, 눈이 허벅지까지 빠져 장화 속으로 들어간 눈이 녹기 시작했다. 집을 나설 때는 날개 눈이던 눈발이 그새 앞이 안 보이도록 빠옥하게 쏟아지고 있었다. 몇 번이나 엎드려 눈을 털어내고 끈을 졸라매며 걷다 보니 앞에 하얀 벼랑이 확 나타났다.

"에그머니!"

잘못 왔구나 싶어 되돌아 한참을 걸었는데, 또 비탈이 앞을 가로막았다. 그제서 둘러보니 내가 넘어온 고개의 높은 언덕이었다. 천지사방이 온통 눈 속인데 가만 서서 생각해 보니 당숙네 집은 오른쪽이지 싶었다. 눈이 넓적다리까지 빠지는 밭을 허우적거리며 걷던 나는 당황하기 시작했다. 눈에 홀리면 얼어 죽는다는 말을 듣기는 했지만 벌건 대낮에 설마 했었는데, 막상 닥치고 보니 더럭 겁이 났다.

정신을 차리고 사방을 둘러보아도 집은 보이지 않고 오직 천지가 새하얀 눈 속이었다. 토끼털 귀마개를 하고, 광목 수건으로 머리를 야무지게 싸맸지만 온몸이 떨리기 시작했다. 미군들 털실 양말을 풀어 짠 벙어리장갑은 이미 흠뻑 젖었고, 장화 속의 버선도 젖어 질퍽거렸다.

잠시 서서 정신을 차리고는 당숙네 집 쪽이라고 여겨지는 방향으로 걸었다. 한참을 걷다가 발이 툭 걸려 엎어지고 보니, 코앞이 또 눈 벼랑이었다. 질겁을 하고 돌아서 허우적거리며 걷다가 눈 속에 엎어졌다. 허벅지까지 빠지는 눈은 내 등을 덮고 뒷덜미로 스며들어 녹기 시작했다. 일어설 힘도 없어 엎어진 채 엉엉 울었다. 울다 생각해 보니 더 크게 울어야 할 것 같아 목청을 다해 힘껏 울기 시작했다. 엎드려 울다가는 얼어 죽을 것 같아 일어나 걸으며 기를 쓰고 울었다.

그때, 어디선가 사람 목소리가 들렸다. 나는 그 자리에 주저앉아 목이 찢어지도록 울다가 눈을 씻고 보니 눈발이 뼈죽하게 걷히고 있었다. 말소리가 들리는 쪽을 보니 저만큼 앞에 팔촌 형님이 서서 손짓을 하고 있었다. 뒷간에 가려고 나왔던 형님이 울음소리를 듣고 나를 찾아냈던 것이다.

내가 발견된 곳은 윗말 형님네 앞 밭이었으니, 당숙네 집을 훨씬 지난 지점이었다. 서너 달 전에 장가를 들었던 형님이 그때 낮똥이 마렵지 않았으면, 아홉 살배기였던 나는 눈에 홀려 헤매다가 속절없이 눈 속에서 얼어 죽었을 것이다.

진지 잡수셨어유?

방정맞은 전화벨 소리에 선잠이 깨어 얼결에 송수화기를 집어
들었는데, 귓속을 왕왕 울리는 걸걸한 목소리가 쏟아지는 듯이
들렸다.

"재당숙, 진지 잡수셨어유?"

나는 아직 덜 깨었던 그루잠이 단박에 십리는 달아나 버려 깜
짝 놀라 송수화기를 귀에서 떼어 들여다보았다. 송수화기에서는
연이어 말소리가 웅얼웅얼 들려 다시 귀에 대었다.

"재당숙, 종욱이구면유. 조반진지는 잡수셨나유?"

이거야 원…. 하도 같잖아 노인 방귀 뀌는 소리로 '피시식!' 웃
고는 저절로 떫은 소리가 되어 대꾸했다.

"자네가 아침부터 웬일인가?"

남들 보기에 제법 잘 된다던 사업을 하루아침에 때려치우고는

난데없이 소설을 쓴다고 십여 년 넘게 들어 엎드려 있으니, 고향 사람들 입 초시가 암만 했으면 오랜만에 전화를 하는 재당질마저 첫 인사가 대뜸, '조반진지 잡수셨어유'를 반복할까 싶어 은근히 부아가 치밀었다. 조반석죽朝飯夕粥도 못한다는 재당숙을 연민의 눈으로 쳐다보는 연상의 재당질 표정이 눈에 보이는 듯 선하여 입안이 소태를 씹은 듯 쓰디썼다

재당질은 여전하게 어눌한 말투로 가는귀먹은 노인에게 말하듯이 굵고 걸걸한 목소리로 떠벌려 댔다.

"지가 너무 일찍 즌화를 드렸나유? 재당숙 목소리에 잠이 잔뜩 묻었구먼유. 지는 벌써 들을 한 바꾸 돌구 와서, 조반 먹은 지두 한참이나 지냈구먼유."

그제서 벽시계를 힐끔 쳐다보니 열 시가 넘었는데, 농촌 사람들 시간개념으로는 지금이 한나절일 터였다. 재당질의 말투에는 여태 잠을 자는 아재비를 못마땅해하는 기색이 역력하게 느껴졌다. 나는 점점 틀어지는 심기로 어서 전화를 끊고 싶어 거두절미하고 용건을 물었다.

"아니, 대체 무슨 급한 일이라두 난 게여?"

"여적지 잠자리에 기신 것을 보니, 재당숙 어디가 편찮으신가유?"

묻는 말에는 대답을 않고 여전하게 엉뚱한 소리만 해서 울컥

짜증이 나지만, 오랜만에 전화를 한 재당질에게 성질대로 할 수도 없어 감정을 찍어 누르며 대꾸했다.

"아닐세, 아프긴…. 간밤에 늦도록 작업을 하는 날은 늦잠을 잔다네. 뭔 일이 났냐니까 왜 엉뚱한 소리만 자꾸 하는가?"

재당질은 그제서 펄쩍 뛰었다.

"아니유, 일은 무신 일이 난데유. 죄송스럽게두 지가 그럼 재당숙 단잠을 깨웠구먼유. 허지만 기왕 잠이 깨셨으니 말씀드리지유. 딴기 아니구유. 사성계 모탱이루 아랫지마둔 내려가는 찻길이 뚫리는구먼유. 거기 꾐돌거리에 있는 종중조모님 산소가 제절 밑에꺼정 짤려 나가는 데유, 아무래두 산소를 이장해야 할 것 같어서유. 바쁘시더라두 일차 내려와 보시는 것이 어떨까 싶구먼유."

느닷없는 종중조모님 산소 이장移葬이라는 말에 나는 순간적으로 가슴이 철렁했다. 그에게 종중조모님이라면 내게는 할머닌데, 할머니 산소 발치로 자동차가 쌩쌩 지나다닌다는 것은 상상도 할 수 없는 일이므로 다급하게 물었다.

"아니 그럼, 벌써 공사가 시작됐다는 말인가?"

"아니구먼유. 우선 측량만 끝났구, 공사는 여름버팀 시작한다구 하데유."

"그럼, 그 산은 자네 산이니 도로부지 보상은 자네가 받았을 테구, 산소 이장비용은 준다구 하던가?"

"글쎄 그기 지끔 일이 묘하게 돼서 지가 즌화를 드린 거구먼유. 제절 바루 밑에꺼정 짤려 나가는데유, 산소가 훼손되지는 않기 때문에 이장비용은 줄 수 없다는 거래유. 그래서 군청에다가 지가 일단은 강력하게 항의를 했지만서두, 재당숙께서 한번 내려오셔서 아퀴를 지으셔야 할 것 같구먼유."

"그게 무슨 말인가? 봉분이 훼손되지 않는다구 이장비용을 못 준다는 게 말이 되는가. 산소 발치까지 허물어져 자동찻길이 나는데, 어느 자손이 산소를 그대루 둔단 말인가? 우선 자네가 군청에 가서 강력하게 항의를 하구, 그래도 안 되면 땅을 내줄 수 없다구 하게. 내 바쁜 일 대충 끝내구, 사나흘 안으로 내려감세."

"뭐 그리 급하게 서둘 것은 없구유, 시간 나시는 대루 내려오세유. 우선 지가 강력하게 항의를 했으니까, 군청에서두 억지는 못 부릴 것 같기는 해유."

"그래, 잘했네. 그럼 이장을 하게 되면 언제쯤 하면 되겠는가?"

"기왕 할 일이면 돌아오는 한식에 하는 것이 좋겠지유?"

"한식이라면, 이제 한 달 남짓 남았는데, 그동안 일이 해결되겠는가?"

"해결이 되두룩 해야겠지만, 만약 안 되더라두 일단 이장버텀 한 뒤에 해결 해두 된다는 구먼유. 올봄에 못 하면 내년 한식때꺼정 가야 하는데, 그럴 수는 없잖어유."

"듣구보니 그렇구먼. 아무튼 수고스럽지만, 자네가 잘 알아보아 주게. 근데 이보게 재당질, 대체 고향에서는 내가 조반석죽도 못하구 산다는 소문이라도 퍼졌는가?"

"예, 그기 지끔 무신 말씀이래유? 재당숙께서 조반석죽을 못하신다니유?"

"아, 자네가 대뜸 아침밥 먹었느냐구 재우쳐 물으니 하는 말이지. 느닷없이 '조반진지 잡수셨어유'가 뭔가? 지끔 세상에 끼니 거르는 사람두 있다던가?"

송수화기에서, '후후후…'하고 웃는 소리가 들리더니, 아까보다 더 걸걸한 말소리가 쏟아져 나왔다.

"재당숙두 참, 그건 우리네 인사말이잖어유. 재당숙두 그전에는 맨날 진지 잡수셨냐구 인사를 하구설랑은…. 지는 그 말이 입에 올라서 여적 떨어지지 않는구먼유. '안녕하세유?' 허는 것보다는 '진지 잡수셨어유?' 허는 기 워낙 듣기 좋잖어유. 허긴 촌에두 인제는 그런 인사하는 사람들 별루 없구먼유."

"그러니 하는 말 아닌가. 그런 인사는 까마득히 잊은 지 오랜데, 난데없이 '조반진지는 잡수셨나유'를 몇 번씩이나 되물으니, 나 역시 그럴밖에…."

"재당숙 말씀 듣구 보니 그렇긴 하구먼유. 하여튼 그건 아무렇거나, 그런 소문은 당찮구먼유. 동네선 지끔 재당숙 칭찬이 자자하구먼유. 얼마 전에 끝난 테레비 연속극이 재당숙이 쓰신 원작이었잖어유. 그때 온 동네가 난리가 났었구먼유. 그 사람 어릴적버텀 선비 기질이 있어 책을 끼구 살더니만 그예 글을 쓰는 선비가 되었다구, 지를 보는 사람들마다 입에 침이 마르는구먼유. 우리 동네에서 인물이 났다구, 재당숙이 다니시던 국민학교에 기념비래두 새워야 한다구 벌써버텀 벼르는 사람들두 있다니까유. 암튼 느긋하게 날 잡어 내려오시기나 하세유. 지가 동네잔치를 열어 드릴꺼구먼유."

재당질의 너스레를 한참이나 더 들은 뒤에 송수화기를 내려놓고는 멍하니 앉아 있는데, 아내가 방으로 들어서며 이상하다는 투로 말했다.

"이이가 자다 일어나서 왜 히죽히죽 웃어요. 무슨 전환데, 좋은 일이라두 생겼어요?"

좋은 일이라! 글쎄, 그게 좋은 일일지 어떤지는 가늠이 되지 않지만, 구태여 좋은 일이라고 대답하기도 뭣해서 그냥 얼버무리고 방에서 나왔다. 고향 사람들이 오래전에 고향을 떠난 나를 선비로 알아준다니 우선은 기분이 좋은 일이다. 그러나 할머니 산소를 이장해야 한다는 것은 좋은 일은 아니겠지만, 사실 아버지도 생전에 할머니 산소를 께름칙하게 여기던 터였기에 오히려 잘 됐다는 생각이 들기도 했다.

할머니 산소 자리는 원래 썩 좋은 명당은 아니지만, 그래도 근래에는 보기 드문 좋은 묏자리라고 동네서도 알아주던 자리였는데, 산소를 쓴 이태 뒤에 동네에 저수지가 생기면서 할머니 산소 밑으로 인공수로가 생겼다. 할머니 산소를 쓴 산이 우리 소유였다면, 아버지는 당연히 수로를 옆으로 돌리게 했을 것이다. 그러나 그 산은 재당질 소유의 산이었고, 수로를 내야 할 산 밑으로는 재당질의 논이 두 섬지기나 있었다. 그리하여 어쩔 수 없이 수로가 났는데, 수로가 나는 바람에 산소의 맥이 끊겼다면서 아버지는 매우 언짢아하시다가 돌아가셨다.

그 묏자리의 명당이라는 것이 참 묘하게 뭇 사람들은 심리적 갈등을 겪게 한다. 딱히 잘못 전해지는 풍습과 미신이라고 무시할 수도 없고, 그렇다고 묏자리의 맥이니 뭐니 명당을 찾기에는 세상이 너무 많이 변했다. 형상뿐인 묏둥이 아파트처럼 빼곡이 들어앉는 공동묘지에서 묏자리의 좋고 나쁨을 따진다면, 이 나라 서민들은 대대로 고만고만한 신세를 면치 못할 것이었다. 하긴 그래서 조상을 공동묘지에 묻는 것을 께름칙하게 여기는지는 모르지만…. 그야 어쨌든 간에 모르고 있었으면 모르거니와, 수로가 나는 바람에 산소의 맥이 끊겼다는 아버지 말씀은 내 가슴 한 구석에 늘 똬리를 틀고 있었다. 그 산소를 내 뜻은 아니지만, 타의에 의해서나마 이장을 하게 되었다는 것은 어쩌면 매우 잘된 일일 수도 있다.

게다가 고향 사람들이 나를 그렇게 자랑스레 생각하고 있다니, 삼십 년이 넘도록 고향에 아무것도 도움을 준 일이 없는 나로서는 너무 황감해서 미안스러울 지경이었다. 그 모두가 재당질이 고향에서 든든하게 뿌리를 내리고 있기 때문일 것이다. 알량한 내 자격지심으로 재당질의 진솔한 마음을 모르고 잠시나마 곡해를 했던 것이 부끄럽기 짝이 없다.

'진지 잡수셨어유?'는 재당질 말마따나 이제는 사라져 가는 참으로 아름다운 우리 말 인사지만, 그 말뜻을 들여다보면 그야말로 눈물겹기 그지없는 뜻이 내포된 인사말일 터였다. 오직 한 끼 먹는 것만이 삶의 전부였던 시절, 한 끼를 먹기 위해 일하고, 가족들의 또 한 끼 끼니를 여축하기에 급급했던 시절에 '진지 잡수셨어유'는 그대로 가슴에 와 닿는 오직 절실한 인사였다. 비록 끼니를 거른 어른이지만, 인사를 받은 어른은, '오냐, 너두 밥 먹었느냐?' 하고 넉넉하게 받은 인사를 되돌려 주던 내 어린 시절의 그 어른들은 아니지만, 그런 말을 하는 어른들이 아직 고향에 있다는 것이 새삼스레 나로 하여금 마음 넉넉하게 하였다.

'진지 잡수셨어유'가 입에 올라 떨어지지 않는다는 재당질은 나보다 다섯 살 연상인데, 우직하기가 황소 같아서 오직 꾸벅꾸

벅 농사일밖에 모르는 사람이다. 손익계산이 빠르고 약은 사람들은 같은 농사를 짓더라도 힘이 덜 들고 소득이 높은 특용작물을 재배한다던가, 비닐하우스 화훼농사를 하는 등 한 차원 높은 농사를 짓는다. 그러나 재당질은 이미 나이도 나이지만, 천성이 워낙 우직하여 잘해야 본전치기라는 논농사가 주농이다.

그는 우리 집안 종손인데 외아들이었다. 나에게 6촌 형님이 되는 그의 아버지가 엄하기는 해도 그를 만년 농사꾼으로 강제로 눌러 앉힐 꽉 막힌 사람은 아니었는데, 그가 스스로 고향 떠나기를 단호히 거부하고 농사꾼을 자처하고 눌러앉았다.

그가 얼마나 농사꾼이 되고자 굳은 결심을 했는가 하면, 군대에서 막 제대하는 날 집안 어른들께 인사를 하고는, 제대복을 입은 그대로 동네 서당 훈장님을 찾아가서는 연분홍 비단 폭에다, 〈農者天下之大本〉이라는 글자를 받아다가 족자를 만들어 대청벽에 걸어둔 사람이었다. 그는 도시로 나가고 싶은 욕구가 일 때마다 '농자천하지대본'을 주문처럼 외며, 때로는 강렬하게 치미는 도시로의 욕구를 억눌렀다고 내게 말했었다.

그가 군에서 제대할 때 내가 고등학교 3학년이었는데, 그때 어린 나이에도 나는 그가 고향에 눌러앉는 것은 당연하다고 생각했었다. 철이 덜 난 내 눈에도 그는 기름 묻은 작업복을 입고 기계를 다루는 기술자가 아니었고, 양복에 넥타이를 맨 셀러리맨은 더더구나 아니었다. 그는 그저 베잠방이에 밀짚모자를 눌러쓰고, 소에 쟁기를 매워 논밭을 가는 농사꾼밖에는 어떤 인간형도 아니었다. 그의 외모도 그렇거니와, 그의 언행 또한 나로 하여금 그렇게 느끼도록 하는데 충분했다. 그가 군대에서 우리 할머니께 지성으로 써 올리던 편지를 읽으면서, 그때부터 그가 내 뇌리에 천상 농군으로 자리매김이 되었는지도 모를 일이었다.

내가 열일곱 여덟 살이던 때 3년간 군대 생활을 한 그는 우리 할머니인 자기 종증조모님께 지성으로 안부편지를 써 올리곤 하였는데, 그 편지를 내가 늘 할머니께 읽어드렸다. 이번에 찻길이 나면서 이장을 해야 한다는 바로 그 산소의 할머니께서 생존해 계실 때였다.

그가 써 보내는 편지 내용은 계절에 따라 달라지는 인사말만 빼고는 내용이 한결같았다. 읽기에도 거북스러운 '종증조모님전 상사리'로부터 시작하여, '때는 바야흐로 환절기에 종증조모님께 옵서 기체후 일향만강하옵시며, 종조부님을 비롯하시와 가내 제절이 두루두루 균안하옵신지유? 종소손은 종증조모님 염려지덕에 몸 건강히 국방 임무에 충실하오며…' 등등 보내는 편지마다 엇비슷한 편지 문구가 청산유수였다. 늦가을에 오는 편지 말미에는 언제나, '추경 추수는 무사히 끝내셨는지유?'라는 안부가 어김없이 들어있었다.

나는 그 편지를 할머니께 읽어드리며, '추경 추수'가 무슨 뜻인가를 물었다. 그때 중학교 3학년이던가, 고등학교 1학년이던 나는 그의 편지 문구가 하도 예스럽고 현란하여 이해가 되지 않는 대목이 한둘이 아니었다.

할머니 말씀은, '추경'은 가을에 밀과 보리를 파종하는 것이고, '추수'는 벼 베기를 비롯하여 가을걷이라고 하셨다. 그렇다면 가을이 되면 추경 추수는 당연한 것인데, 무사히 끝내셨느냐고 굳이 묻는 이유가 뭐냐고 물었다.

나는 할머니의 그때 그 대답이 지금도 생생하게 떠오르곤 한다. 추경 추수가 한대 겹쳐 눈코 뜰 새도 없이 바쁜데, 집안사람들 누구 하나라도 다치거나 앓아누운 사람이 없느냔 물음이라는 것이다.

당시에는 한창 바쁜 가을 농사철에 과로로 덜컥 쓰러져 죽는 사람이 많았다. 우선 내게 당숙이 되는 그의 조부가 추경을 하다가 밭고랑에 쓰러져 보리 씨가 담긴 삼태기를 베개 삼아 그대로 돌아가셨고, 나의 재종형님인 그의 숙부도 나이 쉰이 갓 넘던 해에 벼를 베다가 쓰러져 논두렁을 베고 운명하셨다고 할머니께서 말씀하셨다.

집안 내력이 그러하니, 부지깽이도 일어선다는 추경 추수 한창 바쁜 가을에 집안사람 누구 하나라도 쓰러진다면, 사람을 잃는 것은 물론 한해 농사도 송두리째 망치는 결과가 되는 것은 불을 보듯 뻔한 일이었다.

집안의 종손이었던 그의 부친은 한학漢學을 많이 배우기도 했지만 천생 선비였다. 게다가 술을 좋아하고 연약하여 손을 싸매고 살았으니, 중농 축에도 못 드는 농사일 싸나 거의 남의 손을 빌어야 했다. 집안의 가장이 그러하니 딸을 셋이나 둔 그의 모친 고생은 당시 어린 내가 보아도 안타까울 지경이었다.

모친뿐만 아니라 어린 딸들도 그 힘든 지게질은 보통이었고, 그가 입대할 당시 스무 살 먹었던 큰딸은 소에 쟁기를 메워 밭갈이도 했다. 집안 사정이 그러하니, 몸은 비록 군에 매었을망정 그의 마음이 오죽하랴고 할머께서는 늘 안타까워하셨고, 그리하여 그가 보내는 편지의 답장을 나와 내 누이동생에게 꼬박꼬박 쓰게 했다.

그의 본가에도 누이동생들이 셋이나 있고, 결혼한 지 네댓 달된 새색시를 두고 군에 입대했지만, 모두 초등학교만 졸업한 상태로 온갖 농사일에 시달리다 보니, 안부편지를 숱하게 하기는 해도 답장은 열 통 중에 한 통 받기도 어렵다고 했다. 그의 새색시는 어떻게든 답장을 하겠지만, 농사일이며 집안 대소사를 알 턱이 없는 갓 시집온 여자라서, 집안 종손으로서 그의 궁금증을 속 시원히 풀어줄 수는 없었을 것이었다.

그리하여 꼬박꼬박 답장을 해주는 우리 할머니가 당시 그에게는 유일한 고향 소식의 창구였다. 당시 할머니가 그에게 보내던 답장을 거의 내가 써야 했고, 가끔은 내 누이동생이 썼지만, 언제나 할머니의 입장에서 할머니가 쓰는 편지형식이어서 더더욱 나와 동생을 짜증나게 했다.

그 답장의 머리말은 늘 똑같았는데, '대견스러운 우리 종손 종욱이 보아라'로 시작해서, '장한 우리 종손 종욱이가 오늘 날도 몸 성히 국방 임무에 충실한다니 이 할미는 반갑기 그지없구나. 그저 오나가나 몸 성한 것이 큰 보배니라. 너는 우리 집안의 종손임을 명심 또 명심하고 그저 몸조심해야 하느니라.' 그다음에는 계절에 따라 농사일의 진행 상황을 미주알고주알 그에게 고해바치는 형식이었는데, 매번 할머니가 입으로 불러주시면 내가 받아쓰고는 그 자리에서 다시 읽어드리는 식이어서 나는 늘 진저리를 내고는 했었다.

그렇게 싫어하면서도 그 편지를 내가 꼬박꼬박 책가방에 넣고 학교 가는 길에 우체국에까지 가서 부치곤 했던 것은 나도 내 나름대로는 그에게 정이 있었고, 그만큼 고마운 마음이 있었기 때문이었다.

그는 어려서부터 다섯 살이나 덜 먹은 나를 언제나 '아제'라고 불렀지, 이름을 부른 적이 단 한 번도 없었다. 적어도 내가 철든 뒤로는 그렇다. 내가 초등학교에 입학할 즈음에는, '꼬마아제'라 불렀고, 내가 중학생이 되었을 때는 그냥 '아제'라고 부르더니, 그가 스물한 살 되던 해 장가를 들고 나서부터는 딴에는 어른이 되어 의젓해지고 싶었던지 꼭, '재당숙'이라고 불렀다.

나는 그 '재당숙' 소리가 하도 듣기 거북스러워 그에게 퉁바리를 먹이곤 했었다.

"이것 봐, 조카. 그 '재'는 빼고 그냥 당숙이라고 하면 안 돼? 왜 듣기 싫게 맨날 재당숙이냔 말이여."

그는 단박 펄쩍 뛰면서 대들었다.

"재당숙, 큰일날 소리 하지 마우. 당숙은 오촌이구, 재당숙은 칠촌인데, 칠촌이 어떻게 오촌이 된단 말이우. 재당숙, 그딴 소리 다시는 마우. 남들 들을까 겁나우."

그때 열일곱 살이던 나는 약이 올라, 그까짓 재당숙 소리 안 들어도 좋으니 제발 그냥 이름 불러 달라고 애원하다시피 말렸다.

그러나 그의 대답은 한결 같았다.

"재당숙, 우리 동네가 우리 집안 집성촌에다가 대대로 양반 가문인데, 재당숙 이름을 함부루 부르면 집안 질서가 엉망이 될 것은 뻔하잖우. 게다가 장가를 들어 어른이 된 조카가 어떻게 재당숙 이름을 부른단 말이우. 그딴 말씀 다시는 마우."

그와 나는 그렇게 나이로는 차이가 많지만, 사소한 일에도 아웅다웅 싸우며 자랐다. 싸웠다는 것은 입씨름을 자주 했다는 입 말일 뿐이지 싸움일 턱이 없는 것이, 늘 내가 트집을 잡아 응석을 부렸었다.

그는 어찌된 노릇인지, 내가 어려서부터 자기 또래들과는 별로 어울리지 않고 나를 포함한 내 또래들과 어울리기를 더 좋아했다. 겨울에는 썰매를 만들어 같이 타고 놀았고, 팽이도 깎아주곤 했는데, 손 재주가 좋아 그가 만든 썰매며 팽이는 다른 어느 아이들 것보다 더 예쁘고 튼튼했다. 썰매판 위를 대패로 밀고 불인두로 지져 내 이름을 쓰고는 눈사람 그림을 그려 넣거나, 썰매 송곳 자루에도 불인두로 지져 무늬를 넣어 예쁘게 만들어주곤 하였다. 봄에는 진달래꽃을 그것도 주먹 꽃으로만 한 아름씩 꺾어다 주었고, 삘기와 찔레를 한아름씩 뽑아다 주었다.

보리누름 철인 초여름이 되면, 밤에 광솔불을 붙여 들고 개울에 나가 밤 가재며 밤고기를 잡아 모닥불에 구워먹기도 하고, 낮이면 천렵국을 끓여 먹기도 하였다. 초여름이 되면 산으로 데리고 가서 버찌를 따주고, 밭에 내려와 밀서리를 해먹었다. 한여름이 되면 참외며 살구, 고야 서리를 해다 먹었고, 산딸기며 오디를 한 말씩 따다가 이빨이 시도록 먹기도 하였다. 가을이면 머루며 다래, 으름을 한 다래끼씩 따다 주었고, 송이버섯을 따는 재주도 동네에서 그를 따를 사람이 없었다.

송이버섯 얘기가 나왔으니 하는 말이지만, 산이 깊고 소나무가 울창한 우리 고향은 송이버섯이 많이 나기로 유명한 마을이었다. 온 동네의 산마다 거의 송이버섯밭이 있었는데, 그렇다고 누구나 송이를 많이, 그리고 잘 따는 것이 아니었다. 유별나게 송이를 잘 따는 사람이 있는데, 그중에서도 동네에서 재당질을 따를 사람이 없었다.

그렇다고 송이를 많이 따는 특별한 비법이 있는 것은 절대 아니다. 비법이라면 단 한 가지, 부지런함일 것이었다. 송이를 따는 사람들은 매일 새벽에 산에 오른다. 캄캄한 산속에서 뭐가 보일까마는 송이버섯은 꼭 나는 자리에만 나기 때문에 늘 많이 따는 사람만 따게 마련이다. 아무리 어두워도 자기가 어제 땄던 자리를 찾지 못할 멍청이는 없을 것이다. 오죽하면 독송이밭은 부자지간에도 비밀이라고 했다. 재당질은 한해 송이를 따다 팔아 송아지를 한 마리씩 사 매곤 했는데, 송이버섯 풍년이 드는 해는 송아지를 두 마리씩 사기도 하였으니 당시로는 엄청난 돈이었다.

그는 어려서부터 천상 농군이었고, 천금을 준다고 해도 도시에서는 단 하루도 못살 사람이었다. 그는 그러한 별난 재주뿐만 아니라 사냥에도 남다른 재주가 있었는데, 겨울이면 꿩 차우를 놓아 꿩을 잡았고, 올무를 놓아 산토끼며 노루도 잡았다. 한 달이면

꿩과 산토끼를 대여섯 마리씩 잡아 그 절반을 우리 집에 보내곤
하였다.

그의 아버지는 그가 군에서 제대하던 이듬해 가을에 작고하
였다. 그때 그분의 연세가 쉰여섯이었으나, 선친보다는 3년을 더
살았고, 동생보다는 십 년을 더 살았으니, 그래도 장수한 셈이라
고 동네 사람들은 우스갯소리를 했다. 그렇듯이 단명 집안의 장
손인 그는 굳게 작심을 하고는, 그 좋아하던 술과 담배를 단호히
끊고 오직 농사일에만 전념했다. 그가 외택을 했는지, 건강관리
를 철저하게 잘한 덕인지는 모르겠지만, 지금 환 진갑을 넘겼는
데도 오십대처럼 건강하다. 그의 처도 천생 종갓집 며느릿감으로
체구도 듬직하고 강단졌는데, 그들 부부는 밤을 낮 삼아 억척으
로 농사에 매달렸다. 그리하여 빈농 축에서 겨우 벗어나던 그의
농토는 점점 불어나기 시작했다.

그는 농사만 잘 지어서 성공한 것이 아니라, 자식 농사도 잘 지
었다고 소문난 사람이었다. 아들 둘에 딸이 셋인데, 장남은 농대
를 나와 아버지 못지않은 농사꾼이 되어 특용작물과 대규모 화훼
농장을 경영하여 크게 성공하고 있다. 둘째 아들은 방송국의 기
자가 되었고, 세 딸들도 모두 좋은 대학을 나와 시집을 갔는데,
세 딸과 사위 셋이 모두 대학교수에다 큰 회사 중역들이다.

그는 자식들이 농사를 그만두라고 성화를 대지만, 다리에 핏기가 있는 한 농사를 그만둘 사람이 아니다. 특히 그는 젊어서부터 벼농사에 탁월한 실력을 보였는데, 언제부터인지 흐지부지 없어지고 말았지만, 농산물경진대회에서 벼 다수확 왕을 두 번이나 차지하여 대통령 표창까지 받은 사람이었다. 그러나 그 탁월한 벼 다수확 실력이 이제는 아무짝에도 쓸모없는 애물단지가 되고 말았다.

내년부터는 정부에서 벼 수매를 대폭 줄이고 정부 보조금도 없앤다고 한다. 그 대신 논에다 대용작물을 경작하면 적절한 보상을 한다고 하지만, 그 적절함이 과연 어떻게 적절할지는 아무도 모르는 일이다. 그렇지만, 그는 벼농사를 천직으로 아는 사람이다. 우직하게 오로지 천석꾼을 갈망하며 논을 사들여 벼농사를 짓던 그는 천석꾼이 된 지 불과 몇 해 만에 쌀을 주체하지 못하는 허망한 천석꾼이 되고 말았다.

그러나 내가 알기로 그는 자기 논에다 대용작물을 경작할 사람이 절대 아니다. 벼농사를 지어 쌀 천오백 석을 헐값으로나마 팔다 팔다 못 팔면 없는 사람들에게 나누어주고, 그래도 남는다면 썩혀 거름으로 쓸지언정 벼농사를 포기할 사람이 아니다.

느닷없는 고향에서의 전화가 전화였던 만큼, 아침부터 기분이

썩 좋고 별의별 생각들이 꼬리에 꼬리를 문다. 그렇다! 천석꾼이 못 된 것보다는 그래도 천석꾼이 골백번 낫다. 그는 제대복을 입은 채로 서당 훈장을 찾아가서 비단 폭에다 받은 〈農者天下之大本〉을 대청에 걸어 놓고, 천하지대본이 농사임을 몸소 체험하며 몸으로 그 결과를 드러내 보인 사람이다.

가난한 종갓집의 외며느리로서, 억척으로 살림을 일으켜 천석꾼의 안주인이 된 그의 아내도 그에 못지않은 여자였다. 나는 그 재당질부와 각별한 정이 있다. 갓 시집와서 남편을 군대에 보낸 재당질부는 외로움을 달래듯이 내게 누님 같은 정을 주었다. 친정에 나와 동갑내기인 남동생이 있어서 그랬던지, '아재, 아재' 하면서도 늘 동생처럼 대해주었다.

병약한 시부모와 세 시누이들 틈에서 온갖 농사일에 시달리면서도 재당질부는 내게 만은 웃음을 잃지 않았다. 재당질부는 남편이 군에 있는 3년 동안 날이 갈수록 남편을 빼닮은 억척스런 농군이 되어갔다. 우리 집안 종손 며느리는 그렇듯이 천생 종갓집 며느리로 타고난 여자였다.

지금 두 며느리의 시어머니가 된 재당질부에게는 사촌이든 팔촌이든, 촌수를 따질 수도 없는 먼 과갈간 일가붙이들까지 모두를 한 집안사람들로 여겨 차별이 없다. 그리하여 그 집에는 늘 사람들이 북적거린다. 그 집은 대문이 항상 열려있다. 아무나 집안에 들어가서 내 집처럼 들들 뒤져 감자며 갱냉이도 쪄먹고, 메밀부침이나 김치부침도 손수 해 먹고, 광에 있는 술독에서 막걸리도 마음대로 퍼다 마신다.

나는 천생 타고난 종갓집 종손인 그들 부부를 너무 오랫동안 까맣게 잊고 살았다. 요즈음 젊은이들이나 아이들은 사촌도 나 몰라라 하기 일쑤다. 한 울타리 안에서 8촌이 아글바글거리는 것을 보고자란 내가 어느 틈에 어정쩡한 신세대가 되고 말았다. 그는 촌수로는 내게 재당질이지만, 우리 집안의 어른이며 기둥이다. 내가 이렇게 살아서는 안 된다는 것을 이제라도 깨닫게 된 것이 참으로 다행이다.

그래, 내려가리라! 내일 당장 고향에 내려가서 '재당숙 진지 잡수셨어유?' 하는 천석꾼 재당질의 투박한 손을 움켜잡고 박장대소하리라. 아니다! 아주 보따리를 싸 들고 고향으로 갈 것이다. 내 태를 묻고, 내 유년을 고스란히 간직하고 있는 고향으로 가리라.

그렇다! 내가 내려가면 가장 반가워할 사람이 재당질부일 것이다. 해묵은 된장 항아리처럼, 있는 듯 없는 듯하면서도 집안 안팎 대소사에 늘 빈틈이 없는 재당질부 손을 잡으면, 콧잔등이 시큰하게 눈물이 나지 않을는지….

제2부

내 문학의 행간들

왜 小說인가

小說을 한자로 풀어보면, 작고 보잘 것 없다는 뜻의 작을 小자와 사물의 이치를 풀이하고 자신의 의견을 덧붙이는 말씀 설說이다. 결국 작은 이야기에 자신의 의견을 덧붙여 조합한 글이 소설이라는 말이 된다. '小說'이라는 명칭은 『장자莊子』의 「외물편外物編」에 처음 나온다. '작은 낚싯대로 개울에서 붕어새끼나 낚는 사람은 큰 고기를 낚기 어렵다. 이와 마찬가지로 소설을 꾸며 수령의 마음에 들려 하는 자는 크게 되기 어렵다'라고 했다. 장자가 살았던 시대에는 소설이란 소인배의 말재간으로 군자가 읽거나 귀담아 들을 것이 없는 것으로 경멸했다.

『한서漢書』의 「예문지藝文志」에도 '소설가라는 것은 패관(稗官: 임금이 민간의 풍속이나 정사를 살피기 위하여 가설항담街說巷談을 모아 기록하는 벼슬아치)에서 비롯된 것으로 소설이란 항간에서 들을 수 있고 말할 수 있는 잡설들로 만들어진 것이다'라고 기록했다.

우리나라에도 가설항담街說巷談을 내용으로 한 패관문학稗官文學이 고려 중기 이후부터 성행했었다. 패관이 채집한 가설항담에 나름대로의 창의와 윤색을 하여 새로운 형태로 변화 발달시킨 것이 패관문학으로, 이규보의『백운소설』이인로의『파한집』이제현의『역옹패설』등이 있다. 이후 근대에 이르러 패관문학을 설화문학說話文學이라고도 부른다.

이렇듯이 소설은 근세(近世: 조선시대 전기)까지도 허황되고 황당하여 세교에 도움이 되지 못하는 잡문으로 인식되었다. 그러나 근대에 이르러 동서양을 막론하고 대문호가 등장하며 궁극적으로 인간답게 살아가는 길과 방법을 제시하여 문화발전의 주축을 이루며 오늘날까지 발전했다. 하여 이제는 小說이 아니라 大說로 불러야 하지 않을까 생각해 본다.

명나라 장홍양張洪陽의 담문수어談文粹語에 글 쓸 때 빠지기 쉬운 여섯 가지 잘못을 지적한 작문육오作文六誤가 있다. 이것을 한양대 정민 교수가 풀어 쓴 글을 보고 많은 것을 깨달았다.

첫째는 말을 비틀어 어렵고 험벽하게(艱險:간험) 써놓고 제 딴에는 새롭고 기이하지(新奇:신기) 않으냐고 여기는 것이다. 사실은 괴상할[怪]뿐이다. 참신한 시도와 망측한 행동을 잘 구분해야 한다. 기이함은 뜻에서 나오는 것이지 남이 하지 않은 말이나 행동을 처음 하는 데서 생기지 않는다.

둘째는 뜻을 복잡하게 얽어놓고(鉤深:구심) 스스로 정밀하고 투철하다(精透:정투)고 여기는 경우다. 하도 뒤엉켜서 제법 생각도 깊어 보이고, 공부도 많이 한 것 같다. 하지만 하나하나 짚어 보면 겉보기에만 그럴듯해 보인 것일 뿐 속임수인(詭:궤) 경우가 더 많다.

셋째는 만연체로 길게 늘어놓고(蔓衍:만연) 창대昌大 하다고 착각하는 것이다. 분량으로 독자의 기를 죽이고 보겠다는 심사다. 내용을 알든 모르든 자신의 문장력에 압도되기만 바란다. 글 쓴 저도 모르는데 남이 어찌 알겠는가? 이런 것은 창대한 것이 아니라 바람이 들어 붕 떠 있는(浮:부) 글이다.

넷째는 생경하고 껄끄러운(生澁:생삽) 표현을 잔뜩 동원해 이 만하면 장중하고 웅건(莊健:장건)하지 않으냐고 뽐내는 예다. 읽는 사람의 혀끝에 남는 떫은맛은 고려하는 법이 없다. 이것은 장중도 웅건도 아닌 비쩍 마른(枯: 고) 것일 뿐이다.

다섯째는 경박하고 방정맞은(輕佻:경조) 얘기를 펼쳐놓고 원만하고 부담없다(夐逸:원일)고 자부하는 경우다. 딴엔 유머라고 했는데, 제 수준만 단박에 들통난다. 천박한 것에 지나지 않는다.

여섯째는 평범하고 속된(庸俗:용속) 표현을 나열하고 스스로 평탄하고 정대[平正]하다고 생각하는 경우다. 사실은 진부(부: 腐)하다. 글은 쉽게 써야 하지만 진부한 것과 혼동하면 안 된다.

작문육오는 내가 지금까지 써왔던 글들을 돌아보지 않을 수 없게 하는 비수匕首였다. 참신함과 괴상함을 구분하지 못하고, 생경함과 웅건함을 분별하지 못하고, 둥근 것과 모난 것을 보지 못하고, 상스러움과 정대함에 자주 헷갈렸다. 이에 따라 해괴한 글을 쓰면서도 부끄러운 줄 몰랐고, 남들의 비웃음을 칭찬으로 오해했다.

내 꾀에 내가 넘어가 구심을 정투로 알았고, 생삽함을 장건함으로 알았다. 만연함을 창대하다고 뽐냈고, 속된 문장을 평정하다고 곤댓짓을 했다. 내가 파놓은 함정에 내가 빠지고도 함정에 빠진 줄 몰랐다. 이제 그것을 알고 나니 무섭다. 글이 써질 것 같지 않아 두렵다.

그러나 길은 있다. 처음부터 다시 배우는 것이다. 배우기 어렵고 힘들어도 이제까지 걸어온 길이 억울해서라도 배워야 한다. 예술가는 죽을 때까지 배워야 한다는 것을 이제야 깨달았다. 예술가는 모름지기 남다른 것을 하는 사람이며 실패를 두려워하지 않고 새로운 것에 도전하는 사람이 되어야 한다는 것을 알았다. 알았으면 행해야 하지 않겠는가! 자신의 능력에 대한 의구심을 버리고 순수한 열정으로 하고자 하는 일에 매진한다면, 적어도 제가 판 함정에 제가 빠지지는 않을 것이고, 제 꾀에 제가 넘어가는 어리석음에서는 벗어날 수 있을 것이다.

그렇게 결심해도 두려움이 앞서는 것은 어쩔 수 없다. 예술가라면 누구나 갖게 되는 두려움일 것이다. 배우려고 하지 않으면 두려움이 없다. 두려움이 없다는 것은 무서울 게 없다는 말과 상통한다. 속된 말로 '무식하면 용감하다'고 한다. 두려움이 없으면 어리석음이나 마찬가지다. 어리석음에서 벗어나려면 배우고 또 배워서 두려움과 친구가 되어야 한다는 것을 새록새록 깨닫게 된다.

어느 계절인들 아닐까마는 바야흐로 많은 것을 배울 수 있는 4월이다. 볼 것이 많아야 배울 것이 많다는 것은 평범한 진리다. 사계절 중에 볼 것이 가장 많은 계절이 봄이다. 꽃이 많고 숲이 많고 새가 많고 태어나는 새 생명도 많고 바람도 많다. 문학예술은 두루두루 많은 것을 배워 알아야 작품이 풍성하다. 생각이 얕으면 문장이 생삽하다. 껄끄러운 문장은 비쩍 마른 고枯일 뿐이라고 했다. 볼 것이 많은 4월은 학이지지學而知之에 좋은 달이다.

소설이 실종되었다고?
그렇다면 작가들 책임이다

生事事生과 省事事省의 妙

성호 이익李瀷 선생이 종손자 이삼환李森煥에게 물었다.

"요즘 무슨 책을 읽느냐?"

삼환은 스승이기도 한 종조부에게 머리를 조아리며 대답했다.

"『상서』(尚書: 사서삼경 중의 하나로 요순시대, 하나라, 상나라, 주나라의 각종 정치문헌을 모아 엮은 책. 공자가 편찬하였다)를 읽고 있는데 번다한 일에 휘둘러 온전히 집중하지 못하고 있습니다."

선생이 꾸짖어 일렀다.

"몸이 한가해서 일이 없을 때를 기다려 책을 읽는다면 죽을 때까지 독서할 여가는 없다. 일을 만들면 일이 생기지만[生事事生], 일을 줄이면[省事事省] 일이 줄어드는 법이다. 유념하도록 하라."

이 말은 이삼환이 스승이자 종조부인 이익의 가르침을 정리한 성호선생언행록星湖先生言行錄에 기록되었다. 省은 살필 성자이지만 덜 생省으로도 읽는다. 일을 덜면 할 일이 줄어드는 것은 당연하다. 그러나 凡人은 이것이 어렵다. 마음이 끊임없이 일을 만들기 때문이다. 그 일이 나를 옥죄는 일임을 알면서도 일을 핑계 삼아 몸과 마음을 닦는 책 읽기를 멀리한다.

이익 선생은 1681년 숙종 7년에 태어나 영조 39년 1763년에 죽은 조선시대 후기의 문인이며 사상가, 철학자, 실학자, 교육자로 영조 때의 남인 실학자이다. 자는 자신自新, 호는 성호星湖이며 본관은 여주이다. 광해 13년에 의정부좌찬성을 지낸 이상의의 증손이며, 숙종조에 대사헌을 지낸 이하진의 아들이다. 이익은 아버지 이하진이 평안도 운산에서 유배 생활을 할 때 태어났는데, 이하진의 나이 54에 얻은 일곱째 늦둥이였다. 이하진은 이듬해 55세로 유배지에서 죽었다.

첫돌에 아버지를 여읜 이익은 홀어머니 손에서 자라며 20세 더 먹은 셋째 형 섬계剡溪 이잠李潛에 의해 양육되고 글을 배웠다. 그러나 이잠은 숙종조에 진사의 신분으로 서인 중신의 잘못을 비판하고 희빈 장씨의 복권을 주장하다가 역적으로 몰려 형문을 받던 중 장살 당했다.

아버지에 이어 형마저 당쟁에 의해 희생되자 이익은 과거와 벼슬에 연연하지 않고 학문에만 전념했다. 이익은 별다른 스승을 두지 않고 홀로 학문을 연구하여 미수 허목과 반계 유형원, 아버지 매산 이하진, 형 이잠의 학문을 사숙하였다. 그의 가계는 비록 당쟁으로 피폐했으나 집안에는 대대로 내려오는 수천 권에 달하는 책이 보존되어있었다.

이익이 실학에 눈뜨게 된 것은 정치적으로 세력을 잃고 선대부터 살던 경기도 안산에 은거하며 선대로부터 물려받은 수천 권의 장서를 섭렵한 것이 중요한 요인이었다. 이후 학문적으로 일가를 이루어 조선 후기 남인 최대의 학파인 성호학파를 이루었다. 집안에 수천 권의 책이 없었다면 이익은 몰락한 사대부가의 선비로 농촌에서 일생을 마감했을 것이다. 오직 독학으로 일세의 학파를 형성한 상호 이익은 그래서 더 빛난다.

독만권서讀萬卷書 행만리로行萬里路

만 권의 책을 읽고 만 리를 걸은 후에 세상을 논하고 창작을 하라. 중국 명나라 동기창董其昌이 한 말이다. 동기창은 명나라 세종 34년(1555)에 태어나 장렬제莊烈帝 9년(1636) 81세에 죽은 문인이며 화가, 서예가, 정치가이다. 명나라 장쑤성에서 태어났으며, 1589년 진사시에 등과하여 벼슬이 남경예부상서까지 오른 사람이다. 그러나 정치가보다 문인, 화가, 서예가로 현대에까지 많은 작품이 남아있다. 저서는 『畫禪室隨筆(화선실수필)』, 畵眼(화안)』, 『畵旨(화지)』, 『容臺文集(용대문집)』 등 많은 저서를 남겼다.

사람은 배우기를 원한다.

사람은 배우기를 원한다! 고대 그리스 철학자 아리스토텔레스가 『형이상학』 제1권 1장 첫 문장에서 한 말이다. 아리스토텔레스는 기원전 384년에 마케도니아 왕의 시의侍醫 아들로 태어나 322년에 죽은 그리스 최대의 철학자다. 고대에서부터 인간의 본성은 끊임없이 배우려는 존재라는 것을 증명한 철학이다. 아리스토텔레스는 또 말했다. '고통 없는 배움은 없다.' 예나 지금이나 지식은 쉽게 얻어지는 게 아님을 통절하게 깨닫게 하는 말이다.

고대와 근대를 풍미하며 큰 족적을 남긴 동서양 선인들의 가르침에 의하면 인간은 끊임없이 배워야 인간다워진다는 것을 한결같이 말하고 있다. 소설은 사람이 쓴다. 그래서 소위 지식인들은 말한다. 먼저 인간이 된 뒤에 소설을 써라! 너무 간단한 진리다. 그러나 소설을 쓰는 인간으로서 절대 간단한 진리가 아니라는 것을 절감한다. 인간이 되려면 고통을 무릅쓰고 배워야 하기 때문이다.

生事事生하지 않고 省事事省하며 책을 읽어야 하고, 만 권의 책을 읽고 만 리를 걸은 뒤에 창작을 해야 한다. 아무리 배우기를 원해도 배워지지 않으며, 고통 없는 배움은 없다는 것을 알면서도 고통을 감내하며 배우지 못한다. 배우지 못하면 생각이 짧아지고 생각이 짧으면 멀리 보지 못한다. 멀리 보지 못하면 배울 수 없다.

한국소설이 죽었다! 한국소설이 실종되었다? 그렇다면 그것은 소설가들의 책임이다. 고통스럽게 배우려 하지 않고 동서양을 막론하고 고대, 현대 남의 글에서 미사여구를 탐하려는 작가들의 책임이다. 고통스럽게 고전을 읽고, 명작을 읽어서 내 머리와 가슴으로 소화하고 승화시켜 자기다운 작품을 쓰려고 노력하지 않은 작가들 책임이다. 작가는 모름지기 日日新해야 한다. 아주 조금씩이라도 스스로 갈고 닦아 나날이 새로워지지 않으면 아무리 써대도 쓰는 족족 작품은 실종될 것이다.

나는 보지 못했지만 2500년 전의 아테네 신전에, '세상 사람들은 자기가 모른다는 것을 모르고 있다. 그러나 단 한 사람, 소크라테스는 자기가 모른다는 것을 알고 있다'라는 글이 쓰여 있었

다고 한다. 자기가 모른다는 것을 모르는 사람은 배우려 하지 않
는다. 자기가 모른다는 것을 아는 사람은 지금까지도 소크라테스
단 한 사람뿐일까? '생사사생하며 독서하고, 독만권서 행만리로
후에 창작하며, 사람은 배우기를 원한다!'는 선인들의 가르침은
사람, 특히 작가에게는 죽는 날까지 유효기간이다.

세상에서 가장 귀한 물

우리 속담에, '남자가 세숫물 많이 쓰고, 여자가 설거지물 많이 쓰면 저승에 가서 그 물 다 먹어야 한다'는 말이 있다. 끔찍하지만 5, 60년대에 우리는 어른들의 그런 나무람을 듣고 자랐다. 도랑에 흐르는 물을 퍼다 먹고, 강물을 물지게로 져다 먹던 그 시절에 어른들은 물을 아껴 쓰라고 그렇게 타일렀다.

지금 우리나라는 세계적인 물 부족 국가라고 한다. 그러나 그 시절 어른들이나 더 옛적의 조상들이 지금 세상을 상상이나 했을까마는 그 말에 깊은 뜻이 있다. 일상생활에 있어서 모든 것을 절약하고 흔한 물도 아껴 쓰라는 가르침이었다. 어릴 때지만 물을 아끼라는 속담을 절실하게 느끼는 계절이 겨울이다. 겨울에 설거지나 세수를 하려면 가마솥에 물을 데워야 한다. 어느 집이든 한 집안 식구가 적어도 대여섯, 많으면 여남은이 넘었으니 더운물은 가마솥 하나로도 모자란다.

눈이 내려 얼어붙은 길에 물을 길어오기도 어려울뿐더러 나무를 때서 물을 데워야 하니 엄동설한에 그 고생스러움이 말이 아니었다. 그 시절엔 왜 그리도 추웠던지, 세숫대야에 손바닥이 잠길만한 더운물로 고양이 세수하듯 콧등에 물만 찍어 바르고 방에 들어가며 문고리를 잡으면 손이 쩍쩍 들러붙곤 했었다. 그렇게 아낀 설거지물과 세숫물도 버리지 않고 모았다가 소나 돼지 여물물로 끓여 먹였다. 비누도 주방 세제도 없던 시절이었다.

어디 겨울 뿐이던가. 모내기 철이면 어김없이 가물어 천수답은 모를 낼 수 없어 모판에서 모가 웃자라고 논바닥은 쩍쩍 갈라진다. 그러다가 비가 내리면 물싸움이 벌어지기 일쑤다. 이웃 간이지만 논에 물 대는 일만은 안면몰수로 싸우고 밤을 지새우며 논의 물꼬를 지킨다. 오죽하면, '세상에서 가장 보기 좋은 광경은 마른 논에 물들어가는 것과 배곯은 자식 입에 밥 들어가는 것'이라고 했을까.

올해 우리나라는 100년 만의 가뭄이니, 50년 만의 가뭄이니 해서 깊어가는 가을에 온 나라가 시름겹다. 단군 이래 최악의 가뭄이라는 말도 나돈다. 특히 충청도 지방은 저수지는 물론 댐마저 바닥을 보여 가정에 제한급수를 하는 등 비상사태에 직면해있다고 한다. 겨울에 많은 비를 기대할 수 없고 보면 온 나라에 물난리가 나지 않을까 두렵다.

장마 때 물난리도 무섭지만, 식수를 비롯한 생활용수 물난리는 더 무서울 것 같아 걱정이다. 아파트 공화국이라는 말 그대로 지금 우리나라는 대도시든 중소도시든 대다수 국민이 아파트에 산다. 그 많은 아파트에 수돗물이 끊기면 어떻게 될까? 한 집 건너 음식점인 그 많은 식당에 물이 끊기면 어떻게 될까? 상상도 하기 싫은 끔찍한 상황이지만, 때가 겨울이라 많은 비를 기대할 수 없고 보면 눈앞에 닥친 재앙이 아닐 수 없다. 게다가 내년 봄에도 기상 이변으로 흡족한 비를 기대할 수 없을 것이라고 기상 전문가들은 예견한다.

올해의 가뭄은 우리나라뿐만 아니다. 미국 캘리포니아는 극심한 가뭄으로 농작물이 타들어가는 등 난리라고 한다. 우리나라에서 지난 4월에 제7차 세계물포럼을 개최했었다. 우리도 이제 정부 차원에서 가뭄대책은 물론 물의 수요와 관리에 역점을 두어야 한다. 대부분의 선진국에서는 벌써부터 국민 1인당 물 소비량을 줄이고 있지만, 우리나라는 계속 늘어난다는 보도가 있었다.

특히 물 아껴 쓰기로 소문난 독일 사람들보다 우리는 세 배의 물을 쓴다고 한다. 수돗물을 돈 주고 사서 쓰면서도 절약하지 않고 마구 쓰고, 이미 오래전부터 마실 물을 석윳값보다 비싸게 사서 먹으면서도 아낄 줄 모른다.

역사적인 기록으로 보아도 가뭄으로 나라가 곤경에 처하는 등 막심한 피해가 있었다. 특히 안타까운 것은 조선왕조 17대 효종 임금의 경우다. 1659년 효종 10년 4월 그믐께까지 나라에는 전에 없던 가뭄이 계속되고 있었다. 이 해에는 3월에 윤달이 들어 계절은 5월이나 마찬가지였는데, 윤삼월 중순부터 가물기 시작하여 논배미 모판은 노랗게 말라 죽고 밭에 뿌린 씨앗은 싹이 트지 않았다.

이에 임금은 4월 스무이렛날 친히 기우제를 지내기로 하고 대소 신료들을 대동하여 재단이 마련된 경회루에 납시었다. 제단앞에 부복한 임금은 분향 사배를 하고 일어서며 약간 비틀거렸다. 이틀 전에 머리에 난 뾰루지가 쿡쿡 쑤시고 오한이 들어 서 있기조차 힘들었다. 그러나 임금은 친히 초헌初獻을 올리고 다시 무릎을 꿇고 앉았다.

독축관이 '황천은 하루빨리 단비를 내리시어 만백성을 살려 주시옵소서'하고 축을 읽었다. 이어 영의정을 비롯한 중신들이 아헌亞獻과 종헌終獻은 신료들이 하겠다고 했지만, 임금은 친히 기우제를 마치겠다며 다시 부복했다. 임금이 삼헌을 마치고 나자 돌연 동남풍 한줄기가 불기 시작하더니 바람이 차츰 거세지며 제단의 황촛불이 탁 꺼졌다. 이에 임금은 제단앞에 부복하여 황천에 감사하며 어서 단비를 내려주시기를 빌고 또 빌었다. 마침내 하늘이 감응했는지 바람이 점점 거세지더니 제단의 군막이 휙 벗겨지며 빗방울이 듣기 시작했다.

대신들이 놀라 하늘을 쳐다보니 먹장 같은 구름이 삼각산을 뒤덮으며 넘어와 마침내 장대 같은 빗줄기가 쏟아지기 시작했다. 여전히 제단에 부복한 임금이 황천에 감사를 드리며 일어설 줄 모르자, 내관들이 급히 양산을 준비해 씌웠으나 임금은 물리치고 억수같이 쏟아지는 비를 함빡 맞으며 일어섰다. 내관이 다시 양산으로 모시었으나 임금은 마다하고 빗속을 걸어 내전으로 돌아왔다.

흠뻑 젖은 익선관과 곤룡포를 벗은 임금은 그대로 침전에 들었다. 머리에 난 뾰루지는 성하여 밤톨만큼 커졌고, 전신에 오한이 들어 덜덜 떨었다. 이에 놀란 내관은 어의를 들게 하여 진맥을 하고 뾰루지를 확인했다. 어의는 급히 소독음消毒飲을 올렸으나 임금은 밤새 잠을 이루지 못하며 괴로워했다.

5월 초하루, 어의 유후성은 독기가 안포眼胞에 모였다 하여 종기 근처에 산침을 놓았다. 침을 놓자 종기는 버썩 성이 나고 독기는 점점 더 성하였다. 임금의 용안은 그대로 시뻘건 중독의 덩어리였다. 신료들은 다만 민망하여 임금의 용안을 마주 볼 수 없어 부복하여 명을 받을 뿐이었고, 임금의 용태를 지켜보는 것이 고작이었다.

5월 초사흘, 임금의 환후는 마침내 인사불성에 이르렀다. 약방도제조와 의관이 진찰하였으나 뾰족한 수가 있을 수 없어 어의 신가귀는 임금의 독촉으로 다시 침을 놓았다. 침을 빼자마자 피가 솟아 나오기 시작했는데, 그치지 않고 계속 솟아올라 약방제조와 의관들은 당황하여 어찌할 바를 몰랐다. 이는 침으로 혈락을 건드린 탓이어서 손쓸 재간이 없었다.

이튿날 5월 초나흘이었다. 출혈은 멎었지만 임금의 증후가 점점 위급한 상황이 되므로 약방에서는 청심원과 독삼탕을 올렸다. 독삼탕을 두어 모금 삼킨 임금은 이내 인사불성이 되었다. 대소 신료들이 놀라 합문 밖에 모였다. 왕세자의 명에 의하여 삼공(三公: 삼정승)과 송시열, 송준길, 약방도제조 윤두서 등이 입시하고 뒤이어 승지와 사관들이 입시하였으나 임금은 이미 승하한 뒤였다.

폭우를 맞으며 기우제를 지낸 뒤 8일 만이었다. 재위 10년, 수는 40세로 안타까운 연세였다. 병자호란으로 형님인 소현세자와 함께 청나라에 볼모로 잡혀가 선양瀋陽에서 8년간 머물렀던 효종은 즉위하면서부터 병자호란의 치욕을 씹으며 치밀하게 북벌을 준비하던 성군이었다.

　머리에 난 뾰루지가 원인이기는 하지만, 기우제를 지내며 폭우를 맞지 않았다면 효종 임금이 그토록 허무하게 훙薨하지 않았을 것이라 생각에 안타깝다. 북벌을 꿈꾸던 제왕이기에 더욱 그렇다.

　안타깝게도 예나 지금이나 가뭄에는 대책이 없다. 가뭄 끝에 오는 폭우에도 대책이 없기는 마찬가지다. 물은 그렇게 가뭄과 폭우로 인간 세상을 길들여왔다. 인간들은 그러면서도 자연을 거스르고 파괴하기를 서슴지 않았다. 늦었지만 이제라도 많은 것을 생각하지 않을 수 없다.

　새삼스럽지만 세상의 모든 생명은 물이 없으면 생존할 수 없다. '돈을 물 쓰듯 한다'는 옛말이 있지만, 이제는 '물을 돈 쓰듯' 해야 하는 시대가 왔다. 이제 우리 세대는 새로이 자손들에게, '물을 허투로 많이 쓰면 죽어 저승에 가서 그 물을 다 마셔야 한다'는 동화 같은 가정교육을 시켜야 하지 않을까 생각해 본다.

금낭화錦囊花의 추억

꽃이 피어나는 금낭화

    산이 좋아 산에 오르며 산야초와 야생화를 관찰하고 연구 한 지도 어언 40년이 되었다. 산에는 높낮이에 따라 수많은 산나물

류와 약초, 야생화가 봄부터 가을까지 자라며 꽃이 피고 진다.

특히 야생화는 산의 표고에 따라 자생하는 종류가 다른데, 야산의 야생화는 화려하며 꽃 향이 짙다. 반면 표고가 높을수록 꽃은 청순하게 아름다우며 꽃 향이 거의 없거나 진하지 않다. 그 이유를 나름대로 생각해 보았다. 높은 산에는 벌과 나비가 별로 없으니 꽃의 향이 필요 없을 것이고, 오직 바람으로 수정이 되니 야생화의 키가 크지 않은 특징이 있었다.

수많은 야생화 중에서도 나는 금낭화를 가장 좋아한다. 금낭화는 고산지대에서는 볼 수 없다. 마을 뒷동산이나 야산에서도 볼 수 없다. 깊은 계곡의 산 중턱 주변 습기가 많은 청정지역 돌서덜 지대에 주로 자생하는데 군락을 이룬다. 한포기에 네댓 대궁씩 자라며 군락을 이룬 금낭화꽃밭은 가히 환상적이다.

애련하도록 아름다운 금낭화는 꽃처럼 애련한 전설이 있다. 옛날 어느 마을에 며느리를 몹시 구박하는 시어미가 있었는데, 아들이 군사로 뽑혀 전쟁터에 나가게 되었다. 며느리가 애초부터 탐탁잖던 시어미는 이때부터 며느리가 먹는 밥이 아까워 허구한 날 누룽지와 먹다 남은 밥찌꺼기만 주었다. 밥에 포원이 진 며느리가 어느 날 부엌에서 식은 밥덩이를 집어먹다가 시어미에게 들켰다. 입에 밥덩이를 물고 놀라 어쩔 줄 모르는 며느리를 시어미가 부지깽이로 목덜미를 후려갈겼다.

찬밥덩이가 목에 걸린 며느리는 입술에 밥알을 문 채 질식해 죽었는데, 시어미는 죽은 며느리도 미워서 돌서덜에 묻었다. 이 듬해 며느리의 무덤가 돌 틈에서 이름 모를 풀이 돋아나더니, 밥알을 입술에 문 모양의 꽃이 피기 시작했다. 그 꽃이 한꺼번에 피었다 지는 것이 아니라 총상꽃차례로 먼저 핀 꽃은 지고 계속 자라 피어나며 시어미로 하여금 며느리를 떠올리게 했다는 전설이다. 그에 따라 '며느리 밥풀꽃'이라는 별칭이 붙었다.

금낭화는 내게도 전설과 같은 추억이 있다. 1992년 이른 봄이었다. 20여 년간 경영하던 사업을 정리하고 전업 작가를 선언한 나는 포천군 관인면의 산골에 집필실을 마련하고 들어앉았다. 산을 좋아하던 나는 이삿짐을 정리한 이튿날부터 마을 앞 뒷산 탐사를 시작했다. 사흘간에 걸쳐 뒷산과 좌우의 산들을 살펴보며 감탄을 연발했다. 산이 높고 가파르면 계곡이 깊게 마련인데, 잔설이 남아있는 으슥하게 깊은 계곡마다 온갖 산나물과 약초, 야생화 새싹들이 환상적으로 돋아나고 있었다. 사람의 발길이 거의 닿지 않아 태곳적 풍치를 그대로 느끼게 하는 광경이었다.

나흘째 되는 날은 앞산을 탐사하기로 하고 이른 아침부터 서둘렀다. 관인봉으로 불리는 앞산은 해발 710미터로 마을에서 서쪽인데 능선에서 산 중허리까지 봉우리마다 깎아지른 절벽이었다.

마을에 터를 잡기 전부터 그 절벽 밑에 과연 어떤 산야초가 자생할까 궁금했던 나는 한 시간여 만에 가장 높은 벼랑 밑에 다다라 잠시 숨을 돌리고는 물을 마시려는 순간, 위쪽에서 달그락 달그락 잔돌이 움직이는 소리가 들렸다. 머리끝이 쭈뼛하고 등골이 오싹하여 숨을 죽이고 살펴보았다. 샅샅이 톺아보아도 보이는 것은 없는데 소리는 단조롭게 계속 들렸다.

틀림없이 산짐승으로 여기고는 옆의 아름드리 참나무에 붙어서서 '큼큼!' 헛기침을 했다. 멧돼지나 고라니라면 어서 도망가라는 신호였지만 계속 소리가 나더니, 돌서덜 둔덕 너머에서 빨간 모자를 쓴 묘령의 여인 불쑥 나타났다. 산짐승과 맞닥뜨렸을 적보다 더 놀라 잠시 멍했던 나는 역시 놀랐는지 멀거니 마주 보는 여인에게 물었다.

"거기서 뭘 하세요?"

"그렇게 묻는 분은 거기서 뭘 하세요?"

"저는 잠시 쉬고 있었습니다."

여자는 다가오며 물었다.

"등산 오셨나요?"

"그렇기도 하지만 탐사차 왔습니다."

대꾸를 하며 여인에게 다가간 나는 그만 입이 딱 벌어졌다. 둔덕 너머 잔자갈 서덜에 금낭화가 꽃밭을 이루고 있었는데, 여인

은 그 아름다운 꽃을 무더기로 뜯어 놓고 있었다. 안타깝고 애처
러워 화가 치밀어 여인을 보니, 얼굴에 잔주름이 있는 초로의 노
인이었다.

나는 퉁명스레 물었다.

"아주머니, 그 예쁜 꼴들을 왜 야지리 꺾었습니까?"

여인은 픽! 웃으며 대꾸했다.

"꽃이 예쁘기는 하지만 이건 나물이랍니다."

나는 깜짝 놀라 물었다.

"나물이라구요? 이걸 먹습니까?"

"그럼요. 나물 중에서도 고급 나물이지요."

점점 더 화가 나서 물었다.

"아주머니, 이 꽃 이름이 뭔지 아세요?"

여자는 같잖다는 듯 픽 웃고는 대답했다.

"알지요. 학명으로는 금낭화, 나물 이름은 며느리취!"

나는 더 할 말이 궁해서 아직도 많이 남아있는 금낭화 꽃밭으
로 다가갔다. 여자는 뜯은 며느리취를 큼직한 배낭에 담고 있었
는데, 배낭이 가득 차고도 남자, 벗어놓은 내 배낭에 물어보지도
않고 가득 채우고는 어서 내려가자고 재촉했다. 나는 대꾸도 못
하고 여자 뒤를 따랐다. 산을 내려온 여자는 며느리취 맛을 보여
주겠다며 자기 집으로 초대했다. 내 집필실 건너 마을의 그 집 마

당에 들어서던 나는 또 한 번 입이 딱 벌어지도록 놀랐다.

꽤 넓은 마당과 텃밭이 온통 야생화밭이었다. 금낭화를 비롯하여 꽃이 핀 복수초, 노루귀, 별꽃, 싹이 돋아나는 온갖 산야초를 여자는 일일이 이름을 대며 개화기까지 설명해주었다. 여자는 나를 열 배나 뛰어넘는 산야초 박사였다.

우리는 며느리취를 데치고 삼겹살을 구워 쌈으로 싸 먹었다. 과연 여자 말대로 쌉싸름한 그 맛이 환상적이었다. 우리는 소주를 곁들여 며느리취 쌈을 먹으며 많은 얘기를 했다. 여자는 나보다 열다섯 살이 더 많은 62세였는데, 육군 대령으로 예편한 남편이 죽고 이 마을에 들어온 지 5년이라고 했다. 이북이 고향이라는 여인의 오빠는 이름을 듣고 금방 떠오르는 7, 80년대에 한자리하던 정객政客이었다.

나는 그 마을에 사는 4년 동안 두 권짜리 장편소설을 쓰며 여인으로부터 산야초와 야생화 공부를 했다. 내가 지금 자칭 타칭 산야초 연구가가 된 것은 모름지기 그 여인의 덕이다. 3년 전에 노환으로 그 마을을 떠났다는 여인이 작년에 타계했다는 소식을 들었다. 마음이 아름다워 꽃을 사랑하던 그 여인은 천국에 가서도 틀림없이 꽃을 가꾸고 있을 것이다.

금거북과의 인연

나는 과음한 이튿날이면 숙취로 인하여 아무것도 할 수 없으므로 주독을 뺄 겸 산에 오른다. 재작년 초가을 어느 날이었다. 그날도 도봉산 포대능선을 타고 만장봉을 지나 깡통집이 있던 맞은편의 오르막길을 올라 늘 쉬던 바위에 이르렀다. 그날이 금요일이라 등산객이 별로 없었는데, 너댓 사람이 편히 앉아 쉴 만한 그 바위에 깔끔한 등산복 차림의 여자가 혼자 앉아 오이를 먹고 있었다.

여자를 잠시 내려다보며 밭은 숨을 고르고는 배낭을 내려놓고 덜퍼덕 주저앉자, 오이를 먹던 여자가 미간을 찡그리며 주춤 물러앉았다. 몹시 불쾌한 얼굴로 나를 노려보던 여자가 먹던 오이를 휙 던지고는 발딱 일어섰다. 그 순간, 여자에게서 핸드폰이 툭 떨어지며 톡 튀더니 미끄러지며 바위 아래 절벽으로 떨어졌다.

"어머낫! 저걸 어째, 난 몰라!"

발을 동동 구르던 여자가 쇳소리로 외쳤다.

"아저씨 때문이잖아요."

"뭐요! 기막혀, 그게 왜 나 때문이오?"

여자가 코를 움켜쥐고는 도끼눈으로 노려보는데, 나는 그제야 멋쩍고 미안하여 그만 기가 팍 죽고 말았다. 간밤에 삼겹살에다 파, 마늘을 곁들여 소주와 맥주를 자정이 넘도록 마셨으니, 그 독소와 노폐물이 땀으로 삐져 옷에 배어 내 코로 맡아도 구역질이 날 냄새가 진동했으니 여자가 발딱 일어설 것은 당연했다. 그래도 그렇지, 핸드폰을 주머니에 넣지 않고 무릎에 얹어 둔 것은 본인의 잘못일 터였다. 나는 뒤통수를 긁적거리며 사과했다.

"미안합니다. 하지만 부인께서 핸드폰 간수를 잘못하셨지요. 그나저나 이 절벽이 10여 미터가 넘는데, 아마 깨져서 못 쓰게 됐을 겁니다."

여자는 눈이 쌩그래지며 대들었다.

"이것 보세요. 그깐 핸드폰이 문제가 아니란 말예요. 거기에 금 다섯 돈짜리 거북이가 달려있단 말예요."

나는 하도 기가 막혀 여자를 멀거니 바라보았다. 그제서 보니 얼굴이 해반주그래 하니 밉상은 아니지만 천박스레 여겨졌고, 핸드폰에다 다섯 돈짜리 금거북을 매달고 다니는 품위 하며 겉치레

뿐인 속 빈 강정일 여자였다. 이따금 등산객이 지나가긴 하지만, 적막강산에서 계속 앙탈을 부려봐야 득 될 것이 없다는 것을 알았는지, 여자가 꼬리를 팍 내리고는 애원 조로 말했다.

"아저씨, 경위야 어떻든 금 다섯 돈을 버릴 수는 없으니, 좀 찾아 주세요."

일단은 내게도 일말의 책임이 있으므로 거절할 수도 없어 여자의 손을 잡아주기도 하며 험한 절벽을 내려가 부서진 핸드폰을 찾았는데, 금거북은 말짱하니 매달려 있었다. 더이상 산행할 기분을 잡쳐버린 나는 여자와 함께 우이동으로 하산하기로 했다. 가파른 비탈길을 내려와 쉼터에 앉아 물었다. 50대 초반일 여자가 겁도 없이 혼자 등산을 한다면 배짱이 대단한 여자였다.

"외모도 아람다운 분이 겁도 없이 혼자 산행을 하시니 대단하십니다."

여자는 나를 빤히 마주보다 대답했다.

"산에 오는 남자들이 여자 겁탈하러 오나요? 아저씨도 안 하잖아요?"

나는 말문이 쿡 막혀 잠시 멍하다가, 제법 말 상대가 될 만한 여자라고 여기며 대꾸했다.

"땀 냄새가 독하다고 코를 쥐는 여자한테 대들다가 얼빰 얻어맞을 일 있습니까?"

"잘 아시네요. 적어도 산에 오는 남자들은 여자에 별 관심 없어요. 더구나 평일에 혼자 산에 오는 남자들은 솔직히 별볼일 없거든요."

"벌건 대낮에 별을 볼 일이야 없겠지만, 나도 그렇게 보입니까?"

여자는 방긋방긋 웃다가 대답했다.

"뭐…, 내가 산에서 만나는 남자들과 별반 다르지 않네요. 지독한 냄새하며…."

자꾸 냄새냄새 하며 빈정거려 기분이 꿀꿀해서 일어섰다.

"그만 갑시다. 점점 냄새나는 말이 나올 것 같네요."

한 시간 이상 같이 내려오며 대화를 나누다 보니 그냥 헤어질 수 없는 사이가 돼버려 여자의 권유로 생맥주집에 들어갔다.

그 뒤부터 이름이 '김영란'이며 집이 창동이라는 여자와 나는 열흘에 한 번 정도로 만나 산행을 했다. 여자는 만날수록 내가 첫인상으로 느꼈던 선입견과는 달리 외모며 품위가 교양 있고 정숙한 여자였다. 관절염과 당뇨로 고생하다가 산을 타면서 3년 만에 몸이 좋아졌다며 나만큼이나 등산을 즐기는 여자였다.

그렇게 4개월이 지난 1월 중순경 금요일이었다. 그날도 김영란과 북한산 족두리봉 산행을 약속하고는 차를 몰고 그녀의 아파트단지로 갔다. 간밤에 눈이 약간 내려 빙판 된 길이 많아 조심스레 차를 돌리는 순간, 어떤 차가 뒷좌석 문짝을 들이받는 바람에 내 차는 속절없이 미끄러지며 건너편 경비실 벽을 들이받고 말았다.

나는 이내 정신을 차리고는 목이며 어깨를 움직여 보았다. 다행으로 아픈 데는 없어 차에서 내렸는데, 내 차를 받은 여자가 차에서 내려 꽥꽥거리며 전화를 하고 있었다. 팔다리며 온몸을 움직여 보고는 울화통이 터져 여자의 곁으로 간 나는 정신이 번쩍 들었다. 20대 후반일 여자가 들고 있는 핸드폰에 눈에 익은 금거북이 매달려 있는 것이 아닌가!

그때, 등산복 차림으로 아파트단지 안에서 뛰어나오던 김영란 씨가 우뚝 멈춰서며 외쳤다.

"아니, 박 사장님!"

내가 뻐근해지는 뒷덜미를 툭툭 치며 빙긋이 웃자, 여자가 쇳소리로 외쳤다.

"엄마, 이 아저씨 알아요?"

"그래, 넌 어디 다친 데는 없니?

"없어요. 나 출근해야 하는데 어떡해."

"알았어, 엄마 차 타고 어서 출근해."

나는 갈수록 가관인 이들 모녀를 둘러보며 정신이 멍했다. 딸

아이 차가 외제 푸조 407인데, 엄마의 차는 과연 어떤 차일까? 그동안 서로의 신상에 관해서는 아무것도 알지 말자며, 오직 산행을 하고, 식사를 하는 것으로만 사귀자는 약속을 했던 나는 그날 김영란의 모든 것을 알게 되었다. 당연히 내 신상도 털어놓았고, 우리는 죽을 때까지 함께 산행을 하자는 약속을 했다. 3년 전에 남편과 사별을 했으며, 나보다 다섯 살 아래인 그녀와 2년 가까이 한 달에 네댓 번씩 산행을 계속하고 있으니, 내게는 금거북이 맺어준 소중한 인연이 아닐 수 없다.

두고 온 山河

국내 여행이든 해외 여행이든 보고 느낄 당시는 경이롭고 감동적이지만 여행을 끝내고 나면 시나브로 잊히고 만다. 여행은 원래 그러려니 했지만, 이번 여행은 아니었다. '통일문학포럼'에서 압록강 탐사를 다녀온 지 두 달이 되어가지만, 두고 온 압록강변 2천리 북녘 산천은 날이 갈수록 내 뇌리와 가슴 속에서 새록새록 되살아난다. 그 되살음이 아름다운 반추였으면 얼마나 좋을까마는 가슴과 머리에 새겨진 그 참혹한 산천은 아픔과 안타까움을 넘어 통한으로 응어리진다. 그 응어리가 풀릴 날은 과연 언제일런가…! 깎아지른 산비탈에 나무 한 그루 없이 벗겨진 그 상처가 아물 날은 언제일런가.

6·25전쟁이 나던 그해 나는 여섯 살이었다. 3년간 전쟁을 겪으며 풀뿌리 소나무껍질을 벗겨 먹었던 그 시절에도 내 고향은

산마다 소나무와 참나무가 무성하였고, 밤나무며 뽕나무 갖가지 과일나무가 산자락 밭둑에 지천이었다. 경사가 완만한 야산이나 뒷동산 자락은 밭을 일구어 강냉이나 감자를 심기도 했지만, 자기 산이라도 나무를 함부로 베거나 벌목을 하면 여지없이 산림감시원에 걸려 벌금을 물거나 유치장에 가야 했다. 그런 자연환경에서 유년을 보낸 탓인지 나는 지금도 산과 수목을 사랑하여 한 달에 네다섯 번은 산에 오른다.

폐일언하고, 북녘 산천도 임자가 있었다면 그 지경이 되지는 않았을 것이다. 허리 잘린 북녘땅 곳곳이 애초부터 임자가 있었다면 저들의 삶이 그토록 피폐하지도 않았을 것이다. 무주공산천無主空山川의 참혹한 결과를 그 땅은 적나라하게 드러내고 있었다. 그것을 속절없이 바라보아야 했던 참담함이 내게는 끝내 섬뜩한 두려움이었다.

조선족 가이드가 말했다.

"압록강 이쪽 중국 땅 옥수수는 팔뚝만 한데, 북녘땅 옥수수는 한 뼘입니다."

그럴 것이다. 그 비탈밭에서, 거름도 줄 수 없는 박토에서 옥수수가 자란들 얼마나 자랄 것이며, 보리를 심은들 얼마나 실할 것인가. 보나 마나 보리 이삭은 파리 대가리만 할 것이고, 조 이삭은 갓난아이 고추만 할 것이다. 압록강 2천 리 우리 땅 북녘 동포들은 강 건너 중국을 바라보며 대체 무슨 생각을 하며 하루하루를 살아갈까? 나는 6박 7일간 내내 대답 없는 물음을 허공에 던지며 안타까워했다.

단동에서 북녘땅 신의주를 보았을 때는 별다른 감정을 느끼지 못했다. 금강산을 관광한 적도 있고, 한반도 허리 위의 그 실정을 귀 아프고 눈 아프게 듣고 사진으로 보았으니 그저 어제 본 것을 오늘도 보듯이 그렇게 보았다. 그러나 하룻밤 자고 또 하룻밤 자고 북녘으로 올라갈수록 나는 정말 환장할 지경이 되고 말았다. 내 온몸의 피부가 발갛게 벗겨진 듯한 그 아픔! 그 처참함! 세상에, 내가 사는 윗동네가 왜 저 지경이 되었는가? 그걸 누구에게 물어야 하나? 대답해줄 사람 없음이 또 마음 아프고 답답했다.

림강 건너편은 북녘땅 중강진이라고 했다. 림강에서 바라본 압록강 너머 중강진은 그 어디보다 더 삭막했다. 중강진은 중국 대륙과 가장 가깝다. 하여 대륙성기후의 영향을 한반도에서 가장 많이 받는 지역이다. 대륙성기후는 연교차가 심하고 강수량이 적다. 한겨울에는 백두산보다 더 추운 고장이 중강진이다. 백두산이 중강진보다 덜 추운 이유는 옆에 동해 바다가 있기 때문이라고 한다. 5월 중순인데도 림강의 날씨는 서울의 이른 봄처럼 바람이 싸늘했는데, 특히 압록강 건너 중강진의 풍경은 나뭇잎이 막 피어나는 서울 근교의 이른 봄 무렵을 연상케 했다.

중강진에서부터 올라갈수록 기온은 떨어지고 북로 변의 초목은 초봄에서 초겨울로 거스르고 있었다. 우리는 그렇게 5월 중순에서 4월 중순으로, 3월 중순으로 되돌아가고 있었다. 드문드문 보이는 인적이 끊긴 촌락, 띄엄띄엄 마지못해 주저앉은 듯한 을씨년스러운 독립가옥은 서글펐다. 북진할수록 압록강 너머 북녘 산천은 더욱 삭막했지만, 백두산이 가까워질수록 그 산천에도 고산지대 풍경을 이루며 나무가 우거지기 시작하여 내 마음도 차츰 안정이 되어갔다.

예상대로 백두산자락은 한겨울이었다. 우리는 하루 동안에 넉 달을 거슬러 들어가 1월 중순 함박눈이 쏟아지는 한겨울 별천지에 들어간 것이다. 소나무와 가문비나무 구상나무에 만발한 설화! 무릎까지 빠지는 백설의 세상! 그 기막힌 풍경은 제주도 한라산의 한겨울 설경 그대로였다. 한라산과 백두산의 설경이 어찌도 그리 같은지….

그러나 나는 또 백두산을 오르지 못했다. 백두산으로 오르는 도로에 눈이 쌓여 차가 올라갈 수 없다는 것이다. 남들은 모두 보았다는 백두산 천지를 이번에도 보지 못했다. 19년 전인 1992년 8월에도 차를 타고 주차장까지는 올라갔으나 강풍과 비바람이 몰아쳐 천지에 오를 수는 없었다. 애석하고 안타깝다. 다시 기회가 온다면 석 달 열흘 목욕재계하며 기도하고 다시 백두산에 오를 것이다.

천지는 보지 못했지만, 백두산협곡을 본 것만으로도 반 억울함은 풀렸다. 자욱한 운무에 쌓여 보일 듯 말 듯 수줍게 모습을 드러내는 그 신비로운 협곡! 설화가 만발한 한겨울의 장엄한 설경! 입으로는 다 표현할 수 없는 대자연의 신비에 나는 속절없이 함몰되었다.

신비의 나라에서 떨어지지 않는 발걸음으로 불과 30여 분 내려온 산자락에는 봄눈 속에서 새싹들이 자라고 있었다. 고산지대의 이른 봄 식물이라 나로서는 새싹들을 거의 알아볼 수 없었다. 자칭 타칭 '산야초연구가'라던 내가 얼마나 부끄럽던지…. 그러나 그들 중에서 나를 반기는 새싹 두 떨기가 있었다.

다보록하게 무더기를 이루며 한 뼘쯤 자라고 있는 매발톱 새싹! 그리고 수줍게 잎을 펴는 개미취였다. 그 여린 싹들이 자라 매발톱 같은 꽃을 피울 즈음이면 사방 천 리 백두산은 온통 꽃의 나라가 될 터이다. 눈물이 쏙 빠지도록 아름다울 그 장엄한 광경이 보고 싶다. 그것도 우리 땅 백두산자락에서 볼 수 있다면 얼마나 좋을까. 그러나 아직은 바람에 불과하지만 그런 날은 반드시

올 것이다. 내 마음대로 시도 때도 없이 가고 싶을 때 가고, 보고 싶을 때 볼 수 있는 백두산은 머잖아 우리 곁에 꿈처럼 올 것이다. 두고 온 山河 모두가 꼭 그렇게 아프도록 다가올 것이다. 우리가 한나절 만에 5월 중순에서 함박눈이 쏟아지는 겨울 나라로 들어갔듯이 그렇게 거짓말처럼 우리 곁에 올 것이다.

삼수갑산 어드메뇨

삼수갑산 어드메뇨

삼수갑산 나 왜 왔노,
삼수갑산이 어드메뇨.
오고 나니 기험(崎險)타
아ー하 물도 많고 산 첩첩이라.

산수갑산 어디메냐
내가 오고 내 못가네
불귀로다 내 고향을
아ー하 새드라면 떠가리라

ー이하 생략ー

양강도 삼수군의 火田

시인 김소월이 '삼수갑산 어드메뇨, 내가 오고 내 못가네' 하고 기험타 했던 삼수갑산이 어쩌다 저 모양이 되었는지…! 애오라지 가슴이 아프고 내 피부가 발갛게 벗겨진 듯이 따갑고 소름이 돋는다. 아—하! 참혹한 삼수갑산을 내 어이 보았던가! 저 참혹함의 원인은 한 마디로 무주공산無主空山, 즉 산 주인이 없기 때문이다. 저 산에 임자가 있었다면 아름드리 소나무와 잡목이 울창할 것이다. 저것은 죄악이다. 산 가죽을 벗겨 목구멍에 풀칠이나마 하려고 화전을 일군 가엾은 백성이 지은 죄가 아니라 백성으로 하여금 저 몹쓸 짓을 하도록 만든 통치자의 잔혹한 죄악이다.

양강도 삼수군의 저 산뿐만 아니었다. 압록강변 2천리 북녘땅 산들이 하나같이 저 모양으로 처참했다. 국토를 저토록 황폐화시키고 백성을 굶주리게 하는 통치자가 우리 민족이라는 자체가 통탄스럽다. 조선왕조 5백년, 고려왕조 5백년 더 거슬러 올라가 삼국시대에도 국토가 저처럼 망가진 적은 없었다. 그 시대에도 목민관이 자기 관할 영토를 저 지경으로 만들었다면 참형을 면치 못했을 것이다. 달나라에 사람이 가는 이 대명천지에 내 조국 땅 반쪽이 저 모양 저 꼴이 되었다는 것이 하늘을 우러러 부끄럽다.

나는 화전火田을 잘 안다. 어른들이 화전 일구는 것을 보았고, 그 밭에서 농사를 지어보기도 했다. 그러나 그런 화전은 산자락의 완만한 경사면이나 흙살이 좋은 구릉지의 골짜기에 일구었고, 밭 가상의 덤불 숲에 불을 놓아 일구어 밭을 몇 이랑 넓히는 정도였다. 그런 화전에는 콩이나 서속을 심으면 거름을 주지 않아도 실하게 결실을 맺는다.

내 상식과 경험으로 보아 저것은 화전이 아니라 생명파괴를 넘어 자살행위다. 당장은 목구멍에 풀칠을 하여 아사餓死는 면하겠지만, 한 해 두 해 세월이 흐를수록 산은 살이 깎이어 뼈만 앙상하게 남을 것이다. 그로 인한 홍수 피해로 마을은 파괴될 것이며, 뼈만 앙상한 산은 빗물을 머금고 보듬지 못하여 적은 강우량에도 홍수가 날 것이며, 평지의 농경지도 산이 물을 품지 못하고 메말라 덩달아 황폐화 될 것이 뻔하다.

저런 화전은 산 정상부의 완만한 경사면은 소로 갈수 있지만, 비탈밭은 소가 들어갈 수 없다. 몸이 무겁고 발이 넷인 소는 급경사면에서 사람처럼 온전하게 설 수 없다. 사람이 코뚜레를 잡고 끌어도 소는 비탈에 미끄러져 쓰러지고 나자빠져 밭을 갈수 없을 것이다. 소는 고집이 세다. 오죽하면 '황소고집'이라고 할까. 비탈에서 한두 번 자빠진 소는 몽둥이로 엉덩이를 때려도 다시는 그곳에 가지 않는다.

그렇다면 비탈밭은 사람이 괭이나 쇠스랑으로 파야 한다. 그도 아니면 사람이 소가 되어 앞에서 끌쟁기(사람이 밭을 가는 작은 쟁기) 멍에를 지고, 뒤에서 끌쟁기를 잡은 사람과 비탈밭을 갈아야 한다. 도대체 지금이 어느 시대일 진데, 사람이 소가 되어 밭을 갈아야 하는지…! 생각할수록 그냥저냥 안타깝고 가슴만 먹먹할 뿐이다. 아—하, 삼수갑산 어디메뇨. 삼수갑산 왜 왔던가!

급경사인 비탈밭에는 심을 곡물도 마땅찮다. 키가 큰 수수나 옥수수는 바람을 견디지 못하여 이삭이 패기도 전에 쓰러질 것이고, 뿌리가 약한 서속도 비탈밭에는 심지 못한다. 감자는 흙살이 깊지 못해 알을 품지도 못하겠지만 품는다 해도 흙이 빗물에 씻겨 내려가 새알만 한 감자나마 햇볕에 익어 새파랗게 독이 올라

먹을 수도 없을 것이다.

그렇다면 콩이나 팥을 심을 수밖에 없다. 콩과 팥은 장마가 오기 전에 뿌리를 내려 장마 때면 꽃을 피우기 시작한다. 그러나 높은 산이라 바람이 세게 불면 특히 섶이 웃자라는 콩은 쓰러져 잎이 썩을 것이다. 하지만 비탈밭에 경작할 곡물이라고는 콩과 팥 외에는 없을 것이다.

아니, 적합한 곡물 하나가 있다. 메밀이다. 메밀은 장마가 오기 전 초여름에 푼다. 메밀은 심는 것이 아니라 '푼다'고 말한다. '풀다'의 타동사는 의미가 많다. 농사 용어로는 생땅을 일구거나, 밭을 논으로 만들 때 푼다고 하며, 물을 끌어들여 논을 가는 것을 푼다고 한다. 메밀을 푼다고 하는 것은 '흐트러뜨리다'의 준말인데, 메밀은 고랑을 짓지 않은 밭에 그냥 훌훌 뿌리는 파종법이다. 메밀은 삼각형으로 귀가 셋이다. 세 귀 중에서 한 귀만 땅에 닿아도 싹을 틔우는 생명력이 강한 여뀟과의 식물이다.

메밀은 성장력이 강해서 땅이 비옥한 밭에서는 섶이 너무 웃자라 꽃이 피지 않는다. 그래서 메밀은 척박한 땅에 아무렇게나 풀어도 잘 자란다. 또한 대궁의 속이 비어있어 쓰러져도 댕강 부러지지 않고 굽어져 죽지 않으며 섶이 무성하지 않아 쓰러져도 썩지 않고 열매를 맺는다. 또한 성장 기간도 비교적 짧아 석 달이면 수확한다.

메밀은 우리나라 토종이 아닌 중앙아시아 산인데, 어느 때 들어왔는지는 알 수가 없다. 다만 중국을 거처 한반도 북쪽에 먼저 들어와 척박한 땅에서 재배되기 시작하여 남쪽 산간마을로 전파되었다는 것이 정설이다.

지금도 강원도나 경상도 충청북도 산간지방에서 주로 재배되는 것으로 보아 그 경로를 알 수 있고, 경상도나 호남평야 같은 농경지가 기름진 땅에서는 경작할 수 없음을 메밀의 특성으로 알 수 있다.

메밀로 해먹을 수 있는 음식은 한정돼 있다. 가루를 내어 국수나 범벅을 해 먹고, 우리가 즐겨 먹는 냉면과 메밀부침이 있다. 껍질째 불려 맷돌에 갈아 즙을 짜서 쑨 묵이 겨울 별미인 메밀 강태묵이다.

메밀은 특이한 성분을 가진 곡물로서 뜨거운 음식은 해먹을 수 없다. 메밀로 죽을 쑤어먹거나 범벅을 만들어 먹으면 속이 달고 볶이어 토하거나 위장이 약한 사람은 죽을 수도 있다. 그러나 뜨거운 죽이나 범벅을 차게 식혀서 동치미 무쪽이나 무김치를 곁들여 먹으면 메밀의 독성이 중화되어 몸에 좋은 음식이 된다.

그리하여 메밀로는 아예 죽이나 범벅으로 먹지 않고 면으로 뽑아 냉면으로 먹게 되었는데, 특히 메밀가루 함량이 많은 평양냉면에 무김치를 곁들이는 것은 그 때문이다. 또한 냉면을 평양

냉면이니 함흥냉면이니 하는 것은 메밀이 북쪽 지방의 산간 오지에서 재배되던 곡물이었음을 미루어 알 수 있다. 평양냉면은 메밀 가루만으로 면을 뽑아 동치미 국물에 말아 먹는다. 함흥냉면은 메밀가루에 감자 전분을 섞어 면을 뽑는데, 전분이 섞여 면발이 가늘고 쫄깃하다.

한국전쟁 전에 남쪽에는 냉면이 별로 알려지지 않았다. 전쟁 이후 북쪽 사람들이 남쪽으로 대거 내려오며 냉면이 알려지기 시작하여 지금에 이르렀다. 지금도 부산에는 밀면으로 유명한 면옥이 많다. 밀면이란 밀가루를 반죽하여 냉면 기계에서 뽑아낸 국수를 동치미 국물이나 육수에 말아 먹는 냉면이다. 그 밀면의 원조가 한국전쟁 동란 때 부산으로 피난을 내려온 북녘 사람들에 의해서였다고 한다. 냉면은 먹고 싶은데, 메밀가루가 없으니 밀가루로 기계에서 면을 뽑아 냉면으로 먹었는데, 그 맛이 괜찮아 식당의 메뉴로 정착되기 시작하였다고 한다. 지금도 부산 어디의 밀면집 주인은 전쟁 때 부산으로 피난 와서 시작하여 60년이 넘어도 아직 성업 중이라고 한다.

메밀 예찬을 하다 보니 옆길로 빠졌지만, 삼수갑산 화전에 메밀이나마 잘 되어서 허기를 참으며 애써 일군 사람들에게 보람이 있었으면 하는 바람이 간절하다. 내가 한 끼니 덜 먹어 북녘 동포들이 먹을 수 있다면 나는 통일이 되는 그날까지 기꺼이 두 끼니

만 먹을 것이다. 그러나 이런 생각을 하는 자체가 마음 아픔의 넋
두리임을 어이하랴.

통일동북아센터의 어느 선임연구위원이 말했다.

―金正日 시대의 키워드는 '굶다'와 '죽다'였다. 지금 북한 주
민들이 보는 시대 구분은 명료하다. '김일성 시대에는 먹고 살
았는데, 김정일 시대에는 굶어 죽었다'는 것이다. 인간 사회에서
'살다'와 '죽다, '그리고 '먹다'와 '굶다'보다 더 명료한 시대 구분
이 어디 있겠는가.

아버지를 신으로 만들고 권력을 물려받아 백성을 굶겨 죽인
통치자는 죽었다. 그러나 그 아들이 다시 아버지를 신으로 만들
고 권력을 물려받아 백성들에게 씌워진 '굶다'와 '죽다'의 굴레를
벗길 의도가 없는 것 같아 안타깝다. 북녘땅 기아의 원인은 '주체
사상'이다. 주체사상 교주인 할아버지 神과 아버지 神에 이어 三
代 神이 되려는 어린 통치자는 그 막강한 절대 권력을 절대로 놓
지 않을 것이다.

그렇다면 굶다와 죽다의 굴레를 북녘 백성들이 스스로 벗어
던지는 수밖에는 도리가 없을 것이다. 발갛게 벗겨진 산들의 속
살이 속절없이 빗물에 씻겨 뼈만 앙상하게 남기 전에, 푸르른 옷

을 입혀 되살리는 방법은 오직 스스로 그 모진 굴레를 벗어 던지는 것 외엔 없다. 사람 살이의 당연한 권리를 북녘 백성들이 하루 빨리 깨닫기만을 하릴없는 남녘 백성은 눈이 빠지도록 기다릴 뿐이다.

아—하, 물 많고 산 깊은 삼수갑산!

나의 살던 고향은

　몇 년 전 통일문학포럼에서 중국 땅 압록강을 따라 백두산까지 이르는 압록강 탐사 여행을 했었다. 집행부에서 여행 에세이집을 낸다면서, 북녘땅 김정숙시의 농촌 어느 마을을 찍은 사진을 주며 에세이를 쓰라고 해서 썼는데 사진이 삭제되었다.

　　나의 살던 고향은
　　꽃피는 산골
　　복숭아꽃 살구꽃
　　아기진달래
　　울긋불긋 꽃대궐
　　차리는 동네
　　그 속에서 놀던 때가 그립습니다.

　누군가의 고향일 저 마을에도 봄이 오면 복숭아꽃 살구꽃이 피고 아기 진달래가 수줍게 피어날까? 울긋불긋한 꽃 대궐이 이루어질까? 저 마을을 고향으로 두고 떠난 사람도 내가 고향을 그리워하듯 그렇게 그리워할까? 아니면 한을 품고 고향을 떠난 내 친구처럼 고향 쪽을 향하여 오줌도 누지 않겠다고 이를 갈지나 않을까? 물론 한 단면의 사진이기는 하지만 저 마을 어디를 봐도 한창 꽃이 만발할 시기에 살구나무 복숭아나무 한 그루 보이지 않고 삭막하기만 하다. 사진을 며칠간 들여다보며 아무리 생각을 해도 그저 가슴만 답답하고 머리가 먹먹할 뿐 도무지 글의 실마리가 잡히지 않았다.

그렇게 열흘이 넘은 오늘 2011년 12월 19일 13시, 북한 국방위원장이며 인민군 총사령관인 '김정일'이 타계했다는 뉴스를 듣고 비로소 글의 실마리를 잡았다. 소를 몰아 밭을 갈던 사람과 텃밭가에 앉아 담소를 나누던 저 사람들은 이 한겨울에 친애하는 지도자의 사망 소식을 듣고 어떻게 하고 있을까? 땅을 치며 대성통곡을 할까? 속으로는 깨소금 맛을 보며 겉으로는 부모상을 당한 듯이 슬픈 체할까? 참 이상하다. 왜 자꾸 이런 궁금증만 구름처럼 일어나는지….

사진에는 쟁기로 밭을 가는 소 두 마리와 뜯어먹을 풀도 없는 발간 밭에 매어진 소 한 마리, 밭둑 위에 매어진 어미소와 송아지, 쟁기질을 하는 두 남자와 하얀 수건을 쓰고 밭에 앉아 냉이를 캐는 아낙과 그 앞에 턱을 괴고 앉은 검둥개, 역시 하얀 수건을 쓰고 집 뒤에서 냉이와 꽃다지를 찾는 아낙이 있다.

납작납작한 돌로 이었을 성싶은 지붕 처마 밑에 빨래가 널려 있어 사람이 사는 집임이 분명한 판자 울타리 옆에는 부부이지 싶은 두 사람이 서서 무슨 얘기를 나누고 있고, 남편의 뒤에 하얀 개가 앉아있다. 작년 여름 장마에 패어 나갔을 마른 도랑 옆에 한 남자가 팔짱을 끼고 쪼그려 앉아 먼산바라기로 깊은 생각에 잠겨 있고, 돌쩌귀가 떨어져 나가 버려진 판자때기 대문짝 앞에 하얀 수건을 쓴 여자와 남자 셋이 쪼그려 앉아 해바라기를 하며 담소하고 있다. 여자가 넷, 남자가 일곱, 소가 다섯 마리, 개가 두 마리다.

그런데 이상한 것은 여자 넷은 모두 머리에 하얀 수건을 쓰고 있다는 점이다. 여자가 머리에 수건을 쓰는 것은 이상할 게 없지만, 북녘의 저런 오지에 하얀 모자가 있을 턱이 없다고 보면 수건이 분명한데, 왜 모두 새하얀 수건인지가 매우 궁금하다. 서 있는 부부 뒤에 하얀 개가 앉아있는 것으로 보아 혹시 개를 잡아 고기는 먹고 가죽으로 모자를 만들었을지도 모를 일이다. 6·25 동란 때, 남쪽으로 내려온 인민군들은 모두 개가죽 털모자를 쓰고 있었다.

2011년 5월 중순, 압록강변 김정숙시의 농촌풍경이 저러하다. 굴뚝이 지붕 위로 솟아있으니 나무로 불을 때는 온돌집이 분명하지만, 빨래가 널리지 않았다면 영락없는 폐가로 보일 만큼 분위기가 스산하다. 집도 집이거니와 텃밭이며 집 뒤의 밭들이 금방 개간한 황무지의 들판처럼 황량하기 그지없다. 희끗희끗한 잔자갈이 머들머들한 밭에는 한창 극성스레 자라야 할 5월의 잡초마저 듬성하고 성깃하다.

　저러한 풍경은 내가 열대여섯 살이던 1950년대 말과 60년대 초의 강원도 산골 내 고향의 환경과 흡사하다. 그러나 초가지붕이었던 내 고향의 집들은 언제나 아늑했고, 초가삼간이지만 옹기종기 처마를 맞댄 집들이 보기에도 정겨웠다. 집 뒤뜰과 앞뜰에는 어느 집이든 살구나무나 대추나무, 복숭아나무, 고야나무(오얏)라도 한 그루씩 있었다. 그리하여 봄이면 울긋불긋한 복숭아꽃, 살구꽃, 오얏꽃이 한꺼번에 피고, 밭둑과 야산에 진달래가 흐드러지게 피어 꽃 대궐을 이루곤 했었다.

　내 고향은 옥수수 농사가 잘되는 고장이다. 흙살이 좋은 평지밭에는 감자나 콩, 팥, 서속, 수수를 심는다. 강원도 말로 '옥시기'라고 하는 강냉이는 자갈밭이나 비탈밭에 심는데, 그 척박한 자갈밭에서 자란 강냉이 통이 팔뚝만큼 실하다. 그 원인이 바로 자갈이 오줌을 싸서 거름이 되기 때문이다. 아니, 돌이 오줌을 싸다니! 그럴 리가 없지만 그것은 사실이다.

강냉이가 한창 자라며 통이 나오고 알이 차서 여물 때면 6~7월 삼복더위다. 강냉이밭은 볕이 잘 든다. 특히 비탈밭은 햇볕을 잘 받아 자갈이 따끈따끈하게 달아있다. 그때 소나기가 쏟아지면 속속들이 달궈졌던 자갈은 피식피식 요란한 소리를 내고 빗방울을 퉁기며 질펀하게 오줌을 싼다.

복더위에 지쳐 길쭉한 잎이 도르르 말려있던 강냉이 대궁은 뿌리로는 자갈 오줌을 먹고, 잎이 활짝 펴지며 빗물을 받아먹어 알을 통통하게 살찌운다. 그렇듯이 모질게 영근 내 고향 옥수수는 찔 때 감미료를 넣지 않아도 맛이 달고 꼬숩다. 그런데, 아무리 보아도 저 마을 밭의 자갈들은 도무지 오줌을 쌀 것 같지 않다.

사람이 살아가는 데는 의·식·주衣食住 기본요소가 필요하다. 집이 있고, 농토가 있고, 입고 있는 옷이 있으니 저 마을 사람들도 삶의 기본요소는 갖추었다. 그러나 먹고 싸는 것만이 사람 살이의 기본이라면 짐승과 무엇이 다르랴! 오직 먹기 위해서 산다면 먹거리라도 풍족하면 행복할 것이다.

저 마을에는 전봇대가 없으니 전기도 없을 것이다. 손바닥만한 천수답 논배미 하나 찾아볼 수 없는 척박한 농토에서 거둬들이는 농작물은 보나 마나 뻔할 것이다. 옥수수통은 뼘을 넘지 않을 것이고, 밀 보리 이삭은 파리 대가리만 할 것이다. 5, 60년대 우리가 넘었던 보릿고개를 저 마을 사람들은 지금도 애면글면 한 가닥 희망을 안고 넘고 있을 것이다. '그래도 세월이 흐르면 옛이야기 하면서 살날이 있겠지' 하고. 우리도 50여 년 전에 그렇게 보릿고개를 넘었고, 이제 옛이야기 하며 그 시절을 그리워하고 있으니까 하는 말이다.

그렇다. 저 마을에도 이제 희망이 보인다. 소가 있고 개가 있어서 그렇다. 소는 풀을 먹는다. 개는 사람이 먹는 음식 찌꺼기를 먹는다. 소는 인력을 들이면 꼴을 베어다 먹일 수 있지만 개는 사람이 먹는 음식을 먹여야 산다. 먹고 남는 음식이 있을 턱이 없고 보면, 애틋하지만 찬밥덩이라도 남겨 구정물에 말아 먹여야 개도 살 것이다. 소도 잡아먹고 개도 모조리 잡아먹으면 희망이 없다는 증거다.

40여 년 전까지만 해도 제주도 농가는 뒷간에 돼지를 키웠다. 돼지도 사람처럼 곡물을 먹는다. 사람 먹을 양식도 부족하니 돼지는 똥을 먹일 수밖에 별도리가 없었다. 우리가 어릴 때, 집집마다 키우던 개들은 어린애들 똥을 먹었다. 방에서 애들이 똥을 싸면 어른들은 '워리 워리'하고 개를 부른다. 어느 집 개든 모두 워리다.

동내 개 이름이 왜 모두 '워리'인가? 아는 사람은 알겠지만 원 발음은 '월이月二'다. 개 이름에도 한자가 붙으니 마당쇠나 개똥 쇠보다 개가 양반 축에 드는지는 모르겠으되, 개는 교미 후 보름 달을 두 번 보고 새끼를 낳기 때문에 월이라고 부른다. 암튼 방에 서 '워리 워리'부르면 울 밖에 있던 개들은 용케 알아듣고 방으로 뛰어든다. 때로는 두세 마리가 몰려드는데, 딴 집 개들은 볼기짝 만 얻어맞고 쫓겨나고, 주인 개가 똥 무더기를 독차지하여 허겁 지겁 먹고는 왕골자리 틈새에 낀 똥물까지 알뜰히 핥아먹으면 걸 레질을 할 필요도 없이 깨끗하다. 그러나 어른 똥은 개 차지가 될 수 없다. 개 입맛으로야 어린애 똥보다 맛이 괜찮겠지만 어른 똥 오줌은 농사에 없어서는 아니 될 귀한 거름이었으니 언감생심 개 가 넘볼 수 없었다.

그 시절 어른들은 이웃에 마실을 왔다가도 똥오줌이 마려우면 집에 가서 누고 다시 와서 놀았다. 길을 가다가도 똥오줌이 아무 리 급해도 참고 참았다가 자기 밭에 가서 누었다. 노인들은 심심 풀이로 삼태기를 들고 개똥이나 소똥을 주우러 다녔다. 우리 민 족의 농촌 풍습과 정서, 전례는 남이나 북이나 크게 다르지 않다. 저 마을이 5, 60년대 남녘 농촌과 다르지 않다고 보았을 때, 개들 은 사람의 대변을 먹고 살것이라는 좀 께적지근한 생각이 드는 것 또한 어쩔 수 없다.

암튼 소가 있고 개가 있는 저 마을에도 이제는 희망이 보인다. 수많은 백성을 굶겨 죽인 잔혹한 지도자가 없어졌으니 불가불 무슨 수가 생겨도 생길 것이고, 저 오지 마을에도 변화가 올 것이 분명하다. 을씨년스러운 저 집들은 머잖아 아늑한 기와집으로 개축될 것이고, 전기가 들어와 문명의 혜택을 누릴 것이고, 집 앞뒤 뜰과 밭둑에 복숭아꽃 살구꽃이 흐드러지게 필 것이다. 소는 힘들게 밭을 갈지 않아도 될 것이고, 개는 구정물이나 사람의 대변을 먹지 않고 고급 사료를 먹으며 사랑을 받을 것이다.

그러나 그리되면 사람은 행복하겠지만 밭을 갈지 않고 포식만 하다가 2년 이내에 죽어 인간의 먹잇감이 되어야 하는 소와, 사료를 먹으며 목줄에 매어 살다가 보신탕이 되어야 하는 개도 과연 행복해할 것인지는 나도 모르겠다. 나는 쇠고기와 개고기를 먹는 인간이니까. 하지만 소 값이 폭락하여 사료를 줄이고, 송아지 값이 개 값에도 못 미치는 작금의 남녘 실상으로 보면, 저 마을에 보이는 현재의 소와 개가 훨씬 더 행복하리라고 나는 믿는다.

문학에 속은 사람들

내가 문학에 속았다는 것은 알아차린 것은 등단 20년 뒤였다. 22년간 경영하던 사업을 문학의 꼬임에 빠져 하루아침에 때려치운 지 18년이 되던 해였다. 그러나 이미 강산이 두 번이나 변할 많은 세월이 흘렀고, 되돌아갈 수 없는 먼길을 걸어온 뒤였다. 그때 나는 비로소 문학을 알았고, 전업 작가랍시고 20년간 문학을 하면서 내가 얼마나 철저하게 문학에 속았는지 깨닫게 되었다.

하여, 내가 왜 문학에 속았는지 그 원인을 찾으려고 무진 애를 썼지만 허사였다. 그 과정에서 얻은 것이 단 하나, 기왕 속은 거 속은 만큼 보상받자는 오기였다. 그 오기가 바로 늦게나마 '문학'을 바로 알고 스스로 단련하자는 자강自彊으로의 귀착이었다.

그동안 나는 문학에 속아 겉멋이 들어 거들먹거리고 덤벙대기만 했었음을 이제야 깨달았다. 그러나 문학은 알면 알수록 크고 넓고 오묘하고 끝내 손에 잡히는 것 하나 없이 오리무중이었다. 나는 아직도 내가 추구하고자 하는 문학의 정의를 모른다. 비로소 주위를 돌아보니 나처럼 문학에 속은 사람들이 많았음을 알게 되었다.

우리나라 문단의 등록된 문인만 1만 5천여 명이 넘는다고 한다. 그 많은 문인들 중에 문학에 속지 않고 문학으로 성공한 문인은 과연 몇이나 될까? 나는 감히 말하거니와 손으로 꼽을 정도라고 본다면 맞아 죽을 견해일까? 나도 그 범위에서 벗어나는 부류이지만, 문학에 속지 않고 문학을 추구하는 문인이 있다는 것에 그나마 문학을 배울 희망을 갖게 된다.

문인은 제아무리 잘났다고 으스대도 독자가 인정하지 않으면 문인이 아니다. 그 엄연한 사실을 깨닫지 못했으니 그동안의 내가 참 무안하고 또 부끄럽다. 그러므로 나는 아직 문인이 아니라 '文學人'이다. 문학을 배우는 사람임으로 문학인이 적실適實하지 않을까 생각한다.

「우리가 경제학을 배우는 이유는 경제학자에게 속지 않기 위해서다.」

영국의 여성 경제학자 조안 로빈슨(Joan Robinson 1903－1983)캠브리지대학 교수가 한 말이다. 경제는 가장 작은 가정경제에서부터 국가적 경제, 세계적 경제에 이르기까지 항상 살아서 펄펄 뛰는 생물이다. 단 1분도 멈추지 못한다. 게다가 어디로 뛸지 모르는 오뉴월 메뚜기다. 그래서 누구나 번연히 알면서도 속고 속이면서 경제는 유지된다. 경제는 정도가 없고, 따라서 한도가 없다. 어디가 끝이고 어디가 처음인지도 모른다. 사람의 심장이 멎으면 속절없이 죽듯이 경제가 멎으면 가정이 파탄 나고 나라가 망하고 세계가 공황상태에 빠진다.

문학예술도 이 범주에서 벗어나지 못한다. 문학에도 정도가 없고, 한도가 없다. 어디가 처음이고 어디가 끝인지도 모른다. 그런데도 대부분 문인들은 자신이 정도를 걸었고, 그래서 이만하면 성공했다고 문학에 속아 자신을 속인다. 자신만 속으면 그것으로 끝이겠지만 독자를 속여 문학을 멀리하게 한다.

최근에 그 이름만으로도 서민은 서릿발처럼 느껴지는 법조계에서부터 시작되어 들불처럼 번져 세간을 떠들썩하게 하고, 문단마저 들쑤시는 소위 성추문 me-too 사건도 그렇다. 자신이 경지에 이르렀다는 자만심으로, 그래서 나라면 이 정도쯤은 해도 괜찮다는 자기 속임수에 자기가 넘어간 결과다. 자신만의 문화 권력에 속은 더러운 욕망이다. 사회 곳곳에서 서로 걸고넘어지는 작태가 하도 같잖아서 대체 me-too라는 참뜻이 무엇이고 어디에서 어디까지 해당되는 뜻인지 사전에서 찾아보았다.

me-too: 1 나도. 2 저도. 3 동감. 4 흉내.
형용사: 너도 나도 추종하는 모방. 편승.
타동사: 흉내 내다. 모방하다.

결국 남들이 하는 성희롱과 성추행을 나도 따라서 하였고, 해도 별 탈이 없으니 계속했다. 당한 사람이든 본 사람이든 그것을 누군가가 어떤 계기로 발설, 고발하니까 나도 질세라 유행처럼(?) 따라 했다. 입에 올리기도 더러운 성추행 성폭력도 정도가 없고, 한도가 없고, 처음이 무엇이며 끝이 어디까지인지 알지 못한다.

이 역시 인간이 사는 세상에 살아서 펄펄 뛰는 생물이기 때문이다. 남녀의 관계도 경제학 이론과 마찬가지로 어디로 뛸지 예측할 수 없는 오뉴월 메뚜기다. 언제 어디서 벌어질지 예측할 수 없고, 때와 장소에 따라 상황판단이 불가능하다.

최근 세상에 드러나는 성추행 성폭력 사건은 현재형이 아니라 거의 과거형이다. 그것도 십여 년 또는 그에 가깝도록 오래 묵혔던 더럽고 추잡한 행태의 과거형이다. 당사자들은 그 치욕을 어찌 참고 견디다가 오랜 세월이 흐른 뒤에 세상에 드러낸 것일까?

나도 이제 이쯤 되면 터뜨려도 되겠다는 자신감인지, 세상이 많이 변했다는 변증인지 제삼자로서는 감이 잡히지 않는다. 그래서 더 가슴이 답답하고, 못 먹을 것을 억지로 먹은 듯이 속이 미식거리고 머릿속이 근지럽다.

남자가 성공하려면 세 부리를 잘 놀려야 한다는 속담이 있다. 머리에부터 인체 순서대로 먹이면, 입부리·ㅈ부리·발부리다. 세 부리 중에 특히 ㅈ부리를 잘못 놀리면 순식간에 자신을 망치고 패가망신한다. 단세포 미물에서부터 동식물까지 생식기능이 있다. 다리로 움직이는 동물에 이르면 성의 애착은 죽음을 불사한다. 그 원초적 본능은 종족 번식이다. 그러나 성을 쾌락으로 즐기는 두 발로 걷는 인간의 성적 탐욕은 끝도 한도 없다. 인간이 멸종하지 않는 한 계속될 것이다.

작금의 문화예술계에 드러나는 성추행 미투 사건은 매너리즘에 빠진 예술인들이 무의식적으로 무분별하게 저지른 성적 도착증이라고 나는 생각한다. 특권층의 특성을 지닌 매너리즘의 근성! 매너리즘(mannerism)어법은 원래 일정한 기법이나 형식 따위가 습관적으로 되풀이되면서 독창성과 신선한 맛을 잃는 경향을 말한다. 예술의 창작이나 발상 면에서 우월감으로 독창성을 잃고 자기가 정한 예술이라는 틀에 박혀 습관적으로 되풀이하는 행위의 결과일 것이다.

매너리즘에 빠지면 아집과 고집으로 일관하며 자신이 최고라는 속임수에 넘어간다. 그것이 버릇이 되어 즐기면서 행하는 것에 문제가 있다. 이것은 성추행이나 성폭행을 망라하여 약자를 업신여기는 매너리즘에 빠진 예술인들에게서 흔히 나타나는 성향으로 속속들이 자기만의 예술에 속은 사람들이다.

슬럼프에 빠진다는 말이 있다. 이 말 역시 사회상으로 어디에나 해당되고 따라서 어느 누구에게도 올 수 있는 현상이다. 그런데 문제는 특정인들에게 그것도 문화예술인들이 슬럼프에 빠지면 문제가 생긴다. 역시 자기 분야의 예술에 속은 사람들이다. 결과는 자신을 학대하며 타락하여 망가지고 자살에까지 이른다. 이런 사람들은 그래도 자신만의 희생으로 끝나지만, 슬럼프에 빠져 허우적거리다가 남을 거머잡고 빠져나오려는 사람들에게서 사회적 문제가 발생한다.

대개 이런 사람들은 한때 좀 잘나간다고 거들먹거리다가 슬럼프에 빠진 사람들에게서 볼 수 있는데, 거머잡은 상대가 기진맥진하여 밟고 일어서야 그제서 놓아준다. 이러한 물귀신 작전이 성공하지 못하면 제 밑 들어 남 보이고 공멸한다.

또한 기상천외하게 세간의 이목을 끌려고 돌출행동을 하는 부류도 있다. 더러 재미를 보는 사람도 있지만, 곧 들통이 나서 망신만 당한다. 이런 경우 역시 내가 몸담고 있는 문학계를 놓고 볼 때, 자기만의 문학에 감쪽같이 속아 내가 지금 무슨 짓을 하고 있는지 깨닫지 못하는 사람들이다.

인간은 제아무리 날고 기어도 하늘 아래 있다. 인간이 추구하는 문학과 예술세계는 무궁무진하여 끝도 한도 없다. 예술세계에서 어떻게 내가 최고이며, 나는 정도에 이르렀다고 자만할 수 있는가. 내가 너보다 월등하고 그러므로 너쯤은 갖고 놀아도 된다는 발상이 어디에서 오는가. 모두가 아집이다. 자기만의 예술에 철저하게 속은 알량한 권력에 의한 자만과 아집이다.

「치분척회, 위인지기恥憤惕悔, 爲人之基. 부끄러움과 분노, 두려움과 뉘우침이 사람됨의 바탕이다.」

이덕무(1741~1793)가 선비의 덕목을 924개 항목으로 정리한 책『士小節』에 나오는 말이다. 자기 잘못에 부끄러워할 줄 알고, 불의에 분노할 줄 아는 것이 자강自彊이다. 정신적 육체적으로 강해지는 차원을 넘어 나태와 태만, 무지, 불의와 부정의 유혹을 물리치려는 노력과 의지가 곧 스스로 강해지는 자강이다.

우리가 경제학을 배우는 이유는 경제학자에 속지 않기 위해서다. 문학예술인이 죽을 날까지 문학을 배워야 하는 이유는 문학

에 속지 않기 위해서라는 것을 고희를 넘기면서 비로소 깨닫는
다.

3월에 생각해보는 愛國

2019년은 3·1운동 100주년이며, 상해 임시정부수립 100주년 이다. 그 100년 동안 대한민국 역사는 파란만장했다. 전 세계를 통틀어 이런 격정과 혼란을 겪은 나라는 없을 것이다. 일일이 거론하기에 너무 비참하고, 분통하고, 안타깝고, 울화가 치민다. 자깝스러운 말이지만 나는 그 100년에서 74년을 살았다. 그 삶에서 나는, 아니 우리 국민은 역경을 이겨내며 억척으로 살아 오늘에 이르렀다. 지난 100년 동안에 우리는 잃었던 나라를 되찾고, 나라를 다시 세워 세계 10대 경제대국에 이르렀다. 이런 나라 역시 세계를 통틀어 『대한민국』 외엔 없다.

현재 우리 사는 세계를 둘러보면 배 두드리며 잘 살다가 쫄딱 망한 나라도 많다. 그중 남미 어느 나라는 지폐를 접어 장난감을 만들어 파는 것이 돈 값어치보다 많다는 사진과 기사를 보았다.

돈으로 장난감을 만들어 외국인에게 판다는 것이다. 생닭 한 마리를 사려면 닭 무게보다 곱절이나 많은 지폐를 주어야 한다. 나는 그 기사와 사진을 보고 모골이 송연했다. 그 나라는 석유와 금 광석 매장량이 세계 제일이라고 하니 더욱 그렇다.

국어사전에서 '애국'을 찾아보았다. '애국愛國: 자기 나라를 사랑함.' 참 간단하게도 한문글자 음 그대로 '사랑 愛 나라 國'이다. 나는 감히 말하거니와, 잘 살던 남미의 베네수엘라가 저렇게 쫄딱 망한 것은 집권자와 그 수하들이 나라를 사랑하지 않고 오직 외골수로 민심을 얻기 위해 국민만 사랑했기 때문이라고 생각한다. 땅덩이야 누가 떠가지 못할 것이고, 땅덩이 위의 국민만 잘 먹여주면 천하태평일 줄 알았을 것이다. 그런데 불과 몇 년 사이에 그 땅덩이 위의 국민들이 굶주림과 폭정을 견디다 못해 줄줄이 그 복된 땅을 무리 지어 탈출한다. 조국을 떠나는 사람들에게 애국심이 있을 턱이 없다.

애국심은 어디에서 오는 것일까? 배부르고 등 따시면 애국심이 우러나는 것일까? '우러나다' 참 좋은 우리말이다. 우러나다의 말은 '멸치, 다시마육수가 우러나다' 등 여러 방면에서 쓰이지만, '애국심'은 누가 시켜서 되는 것이 아니고 자기 가슴에서 우러나야 비로소 나라를 사랑하게 된다. 그렇다면 우선 내 나라를 알아야 한다. 그래서 감히 말하지만, '역사를 바로 보고, 바로 알아야 진정한 애국심이 우러난다'고 나는 믿는다. 역사를 비틀어보고, 역사를 부정하는 마음에서 애국심이 우러날 턱이 없다.

나는 과문하여 우리나라 역사를 멀리는 보지 못하지만, 삼국시대 이후부터 대한제국이 일제에 병합되기까지 나라가 망한 원인은 군주가 나라를 사랑하지 않았고, 백성 위에 군림하며 앞을 내다보지 못했기 때문이라고 여겨진다. 나라가 망할 무렵의 군주들은 하나같이 그 행위가 똑같았다. 군주가 백성을 돌보지 않으면 백성은 군주를 버린다. 땅덩이는 그대로 있으니 군주가 누군들 관심이 없다. 그럴수록 백성은 오직 밟고 서 있는 땅만 사랑한다. 나라 사랑과 땅 사랑은 그래서 다르다.

삼국시대의 고구려는 드넓은 중국대륙까지 차지했다. 삼국이 편할 날 없이 싸우다가 신라가 삼국을 통일했지만, 영토는 한반도로 쪼그라들었다. 그 신라가 결국 고려에 흡수되었지만, 나라 이름과 군주만 바뀌었을 그 민족에 그 땅이었다. 그러므로 고구려, 백제, 신라가 멸망했다는 말은 틀린 말이다. 군주가 나라와 백성을 돌보지 않다가 사라진 것이다. 고려가 사라진 것 역시 고려의 멸망이 아니다. 군주가 원나라에 빌붙어 나라와 백성을 사랑하지 않고 현실에 안주한 결과였고, 원나라가 소멸되며 명나라가 생성되는 과정에서 갈팡질팡하다가 국력이 기울었다. 그 과정에서 막강한 신흥세력인 이성계에 의해 나라 이름이 조선으로 바뀐 것이다.

이성계가 역성혁명을 일으켜 고려를 뒤엎자, 不事二君을 외치며 두문동으로 숨어든 고려 충신 72현이 있었다. 이중 공민왕 때 전의판사를 지낸 박침朴忱이 따라 들어온 젊은 선비 황희黃喜를 타일렀다.

"나라는 없어졌을망정 국토와 백성은 그대로 있다. 젊은 너는 나가서 도탄에 빠진 나라와 백성을 구하라."

조선 개국공신 황희가 없었으면, 동양의 르네상스 시대를 연 대왕세종이 없었을 것이고, 세종이 아니었으면 영의정을 18년이나 역임한 조선의 명 제상 황희도 없었을 것이다.

비록 파란만장한 역사일망정 빛나는 반만년 역사의 한반도 땅덩이와 민족을 통째로 일본에 내준 나라가 조선의 다른 이름 '대한제국'이었다. 말도 민족도 다른 나라에 빼앗겼으니 이것이 나라 멸망이다. 섬나라 일본은 오천 년 역사의 한반도와 한민족을 해장술 한 잔 하듯 먹어치웠다.

─한일합방 조약 조인서: 1910년 8월 16일, 통감은 비밀리에 총리대신 이완용에게 합병조약안을 제시하고, 같은 달 22일 이완용과 데라우치 사이에 한일병합조약을 체결했다.

배달민족 오천 년 역사의 나라가 이렇듯이, 해장술로 탁배기 한 잔 꿀꺽 마시듯이 하루아침에 사라졌다. 그렇게 9년이 흐른 뒤 1919년 3월 1일, 경성 탑골공원에서 민족대표 33인이 태극기를 게양하고 대한독립을 만방에 선언하며 한반도는 태극기의 물결이 뒤덮었다. 빼앗긴 나라를 되찾겠다고 독립을 외치며 만세를 부르다가 수많은 백성이 태극기를 가슴에 안고 총 맞아 죽고, 매 맞아 죽고 감옥에 끌려갔다.

열여섯 어린 나이로 독립만세를 부르다 감옥에 끌려간 유관순. 감옥에 갇혀서도, '나라에 바칠 목숨이 하나뿐인 것이 분통하다'며 대한독립의 저항을 멈추지 않았던 유관순은 열여덟 꽃다운 나이에 온몸이 만신창이가 되어 대한독립을 외치며 감옥에서 순국했다.

그 유관순을 두고 어느 대학 여교수가 주장했다던가.

"유관순은 친일파가 만든 우상이고, 허구의 인물이다."

이런 사람이 훈민정음을 써서 대학생을 가르치고, 국적이 대한민국이라는 사실이 믿기지 않는다. 이 사람에게 '愛國'이 무엇이냐고 물어보고 싶다.

또 있다. '이순신은 박정희가 만든 영웅이다.' 일본인이 했음직한 말이지만, 분명 한국인이 한 말이다. 이 사람은 을사오적의 후손일지도 모른다. 만약 이순신이 없었다면, 조선은 그때 이미 일본이 집어삼켰을 것이다. 역사에서 가정은 없지만, 정말 그랬더라면 한반도는 지금까지 일본 열도의 내륙 영토였을지도 모른다. 이런 사람들에게도 물어보고 싶다. 당신의 '조국'은 어디냐고.

도산 안창호 선생은 어느 강연에서나 인재 육성과 교육이 곧 나라 사랑이라고 강조했다. 도산 선생의 교육 강조가 현재에 이르며 이렇게 발전했다. 이를 두고 어떤 사람이 말했다.

"전 정부 때부터 초·중·고 교육을 받은 20대가 제대로 된 민주 교육을 받지 못해서 대통령을 지지하지 않는다."

그 사람은 자기 자랑도 했다.

"나는 유신체제 전에 민주주의 교육을 잘 받은 세대다."

이런 말이 있다. '기념상교순정(起念常教純正: 생각을 일으킴은 언제나 순수하고 바르게 해야 한다). 사람은 생각을 잘 관리해야 한다. 바른 생각, 순수한 마음에서 바른 삶의 자세가 온다. 또 다른 좋은 말이 있다. '출어상사인과(出語常思因果: 말할 때는 항상 원인과 결과를 생각해야 한다). 입에서 나오는 대로 배설하지 말고, 툭 던진 한마디가 상대에게 어떤 반향을 일으킬지 생각해야 한다. 요즘 참 희한하게 말 같지도 않은 말이 어지럽게 많은 세상이다. 이 사람들이 과연 대한민국 국민이 맞는지 의아스럽다. 그러나 적으나마 3월만큼은 '愛國!' 나라를 빼앗긴 세월 일제 강점기 36년을 생각하며, 순국선열을 생각하며 자숙했으면 하는 마음 간절하다.

소협등반대 지리산 종주 산행기

한국소설가협회 등반대에서 지리산 종주 산행계획을 세운 것은 8월 정기산행 때였다. 5년 전 소협 등반대가 설립된 얼마 뒤부터 산행을 하며 가끔 지리산 종주 등반을 화두로 삼기는 했지만, 실천에 옮기기에는 개인 사정 등으로 어려움이 많았다. 그러나 창립 5년이 넘은 제63차 산행에서 11명의 대원이 산행을 하며 지리산 종주 등반을 거론하였고, 구체적인 대화를 나누며 계획을 세우기에 이르렀다. 사실 30km가 넘는 산길을 젊은 세대도 아닌 60대 초반에서 70대 초반인 소협 등반대원들이 도전한다는 것은 어려운 일이었다.

나는 3년 전에 함양 백무동에서 산행을 시작하여 벽소령대피소에서 1박을 했었다. 이튿날 일곱 시간을 걸어 장터목 대피소에서 1박하고, 새벽 다섯 시에 기상하여 천왕봉에 올라 일출을 보고

중산리로 하산한 것이 가장 최근의 지리산 산행이었다. 그러나 그때 나는 60대 중반이었으므로 힘들거나 어려웠다는 생각은 없었다. 하여 체력의 한계를 걱정하는 여성 대원들도 있었지만, 내 생각만 하고는 1,507미터의 노고단에서 시작하여 400~500미터 높이의 크고 작은 능선을 오르내리며 걷는 산행이므로 어지간한 체력이면 산행이 가능하다고 설득했다.

그다음 9월 정기산행에서 지리산 종주 등반의 구체적인 계획을 세웠다. 지리산에서는 야영을 할 수 없다. 지리산은 등반 한 달 전에 대피소 예약을 해야 한다. 때문에 확실한 인원수와 명단이 필요하다. 하여 일주일간의 기간을 두고 등반대 리더 김성달 대원이 신청을 받았는데, 놀랍게도 지리산 종주 자원 신청을 한 대원은 남성 5명, 여성 6명이었다. 그중에 50대가 4명이었고, 60대 후반과 70대 초반이 6명, 무인생으로 80이 목전인 대원이 1명이었다. 모두 소협 등반대 대원으로 5년 이상 함께 등반한 대원이 7~8명이고, 3~4년 등반을 한 대원들이라 안심이 되기는 하지만, 11명의 대원들을 이끌어야 하는 나로서는 걱정 반 기대 반이었다.

일정은 10월 13일 밤 10시 40분 전라선 무궁화호 기차를 타고 가서 새벽 3시에 구례구역에 내려 버스를 타고 성삼재 주차장까지 가는 것이 제1구간이다. 새벽 4시, 성삼재 주차장에서 약 1시간을 걸어 노고단에 도착하여 아침 식사를 하고 6시에 출발하여 연하천 대피소에서 1박이 제2구간이다. 이튿날 아침 6시에 출발하여 장터목 대피소에서 1박 하는 것이 제3구간이다. 이튿날 새벽 5시에 기상하여 천왕봉에 올라 일출을 보고, 장터목 대피소에서 아침을 먹고 백무동으로 하산이 제4구간이다. 1무박 2박4일 지리산 완전종주 산행의 대장정이다. 이 코스는 나도 50대 중반에 했었으니 18년 만의 종주 산행이었다.

첫날

2016년 10월 13일 오후 8시, 전라선 출발역인 용산역에 모여 함께 저녁을 먹기로 했었다. 나는 40여 년 간 산행을 하면서 장거리 산행을 여러 번 했으므로 내 체력 껏 배낭을 꾸려 7시 50분 용산역에 도착했다. 용산역 대합실 매표소 앞으로 가던 나는 깜짝 놀랐다.

등반대원들 몇몇이 모여 있는 가운데 김지연 소협 이사장님과 김호운 상임이사, 최성배 이사가 보였다. 직감으로 전라도 지방의 어느 행사에 참석차 역에 나온 줄 알고 다가가서 인사를 했다. 우리 대원들도 8명이 모여 있었는데, 그제서 알고 보니 이사장님과 상임이사님은 소협등반대 지리산 종주 무사 산행을 기원하는 격려를 겸한 배웅으로 일삼아 용산역까지 나오신 것이었다. 나와 우리 대원들은 감격하여 가슴이 벅찼는데, 이사장님은 내 손을 잡고 무사 산행을 격려하며 금일봉까지 주셨다. 우리 대원들은 이사장님의 배려에 고마워하며 박수로 보답했다. 최성배 이사님은 집이 대전이었으니, 일부러 기차 시간을 바꾸면서 우리와 함께 대전역까지 가게 되었는데, 캔맥주까지 준비해서 우리를 즐겁게 했다.

부대찌개와 수육을 안주로 저녁과 술을 마신 등반대원 11명과 최성배 이사는 10시 40분 전남 구례구행 열차를 탔다. 자리에 앉자마자 맥주를 마시며 대화를 나누기도 하고, 일부 여성 대원들과 술을 피하는 대원들은 이내 의자에 기대앉으며 잠을 청했다. 새벽 3시경에 구례구역에 도착하면 즉시 산행 일정이 시작되므로 잠을 자야 한다.

자는 둥 마는 둥 구례구역에 도착하니 14일 새벽 3시 20분이었다. 대원들은 서둘러 역을 나와야 했다. 지리산 성삼재행 버스가 3시 30분에 출발한다는 것이다. 한밤중 잠이 덜 깬 멍한 상태로 버스에 올라 인원 점검을 하고 나는 이내 잠이 들었다. 잠결에도 버스가 급커브 꼬불꼬불한 급경사 산길을 올라가고 있음을 느낄 수 있었다.

비몽사몽 간에 지리산 성삼재 버스 종점에 내려보니 4시 30분이다. 날씨마저 흐렸는지 별빛 하나 보이지 않는 짙은 어둠이다. 산행 리더 김성달 대원이 일행을 불러 모았다. 대원들 모두 어둠 속이지만 산행의 기대감으로 활기찼으나 박유하 대원은 차멀미를 했다면서 괴로워했다. 평소 멀쩡하던 사람도 차가 급커브 회전을 자주 하면서 뒤흔들어 놓으면 속이 울렁거리고 구역질이 나게 마련이다. 그렇지만 새벽공기를 마시며 걸으면 속이 가라앉을 것이라고 위로하며 랜턴을 준비해주었다.

동작 빠른 등산객들은 이미 랜턴을 번쩍거리며 줄줄이 산행을 시작하고, 우리 일행도 주차장을 벗어나 산행길에 올랐다. 나도 성삼재 이 길은 초행이다. 길은 넓고 완만하여 걷기 편하다. 별빛도 없는 어둠 속에서 많은 등산객들이 랜턴을 번쩍이며 걷는다. 우리 일행들이 어디쯤 가고 있는지 확인할 수도 없다. 그러나 노고단까지는 외길이므로 대원들이 흩어질 염려는 없으니 각자 나름대로 걷는다. 노고단 대피소까지 직선 길로 2.6km. 밤길이라 한 시간 이상 걸어야 한다.

등에 진 배낭이 점점 무거워진다. 아무리 짐을 줄여도 사흘 먹을 먹거리가 가득한 배낭은 걸음에 버겁다. 중간중간에서 일행을 만날 수 있다. 하나둘 만나서 배낭을 벗어놓고 쉬다 보면 일행이 합쳐지기도 한다. 그러나 또 이내 어둠 속으로 각자 흩어진다. 체력 나름대로 걷기 때문에 통제를 하지 못한다. 등에 땀이 흐르도록 걷다 보니 동쪽 하늘에 여명이 비추고 앞이 아스라이 트인다. 그래도 랜턴은 끌 수 없다. 한참 걷다 보니 갈림길이 나온다. 좌회전을 하면 노고단까지 편한 길로 1.8km, 직진하면 험하고 비탈진 길 600m라는 이정표가 있다. 갈림길에서 대원들을 기다려 의중을 물어 지름길을 택했다.

랜턴을 꺼도 걸을 수 있을 만큼 날이 밝았다. 고산지대의 키 작은 나무들과 숲이 눈에 들어온다. 저만큼 앞에 노고단 철탑이 보이고 그 밑에 노고단 대피소가 보인다. 대원들 모습이 하나둘 보인다. 모두 고만고만한 간격으로 걸었나 보다. 가야 할 길이 천리지만, 제1차 정거장을 보자 모두 얼굴에 웃음꽃이 핀다. 서둘러 걸어 대피소에 도착했다. 첫눈에 띄는 것이 대피소 앞에 이상한 모양의 안내판이다. 〈여기는 노고할매 탐방안내소입니다〉노고할매를 만나서 안내를 받고 싶지만 우선 아침부터 먹고 볼 일이다.

대피소 취사장은 이미 먼저 도착한 등산객들로 북새통이다. 매콤한 라면 냄새, 꽁치 김치찌개 냄새, 구수한 누룽지 냄새가 배고픈 속을 홀라당 뒤집어놓는다. 나는 참지 못하고 옆자리의 등산객들이 먹는 라면 국물을 한 국자 얻어 속을 달랬다. 참치를 넣고 끓인 라면 국물이 천하 일미다. 우리도 서둘러 버너를 피우고 물을 데운다. 서로 짐을 덜려고 다투어 햇반이며 라면을 꺼내 놓는다. 끓는 물에 햇반 다섯 개를 넣고 데운다. 버너는 세 개다. 라면을 끓이고 누룽지를 삶는다. 박유하 대원은 속이 가라앉지 않는다며 누룽지 숭늉만 마신다. 걸으려면 먹어야 한다고 다그치지만, 속에서 안 받으면 어쩔 수 없다. 김웅기 대원과 김성달 리더가 지고 온 소주를 반주로 간단하게 아침을 해결했다.

둘째 날

식사를 끝내고 각자 배낭을 점검한다. 가장 고령인 이명재 대원의 배낭에 햇반이 12개나 들었다. 젊고 튼실한 강천식 대원의 배낭에 갈라 넣고 무거운 여성 대원들 배낭도 챙긴다. 배낭을 꾸리고 나니 아침 6시 30분, 마침내 지리산 종주 산행을 시작한다. 성삼재에서 새벽부터 2.6km 한 시간 이상 걸었지만 정작 산행은 이제부터다. 제1박 연하천 대피소까지 11km. 내 걸음으로 7~8시간이지만 70대 이상의 여성 대원들의 걸음으로는 10시간 이상 걸어야 할 것이다.

넓고 완만한 비탈길을 10여 분 걸어 노고단 정상 밑 천왕봉 등산로 입구에 도착했다. 해발 1,517m 노고단 정상까지 약 300미터, 나는 오래전이지만 정상을 몇 번 올랐으므로 포기했지만 김웅기, 강천식 대원은 올라갔고, 여성 대원들도 체력을 아끼기 위해 정상 등반을 포기했다.

아침 7시, 마침내 노고단에서 백무동까지 33km 3일간의 대장정이 시작된다. 역시 각자 나름대로 출발한다. 산들바람이지만 10월의 바람이 싸늘하게 옷깃을 파고든다. 모두 발걸음이 싱싱하다. 가장 고령인 이명재 대원이 앞장서 긴 다리로 성큼성큼 걷는다. 야트막한 노고단 능선들이 우줄우줄 펼쳐져 있다. 등산로는 평지나 다름없지만 길은 좁다. 등산로와 숲에 도토리가 지천이다. 금년은 도토리 풍년이라 서울 근교 산에도 도토리가 많다.

걷다 보면 중간중간에서 인사하는 등산객이 더러 있다. 어제 밤에 용산역에서부터 같이 기차를 타고 온 사람들이다. 우리는 그들을 모르지만, 그들은 단체 등산객인 우리를 알고 있다. 30분쯤 걷자 내리막길이 있고 이내 오르막길이 나타난다. 1차 휴식시간이다. 선두와 후미가 별 차이 없이 도착하여 초콜릿 등 간식을 먹으며 쉰다. 모두 즐거운 표정으로 웃고 농담도 푸짐하다.

10분쯤 쉬고 산행을 계속한다. 걸음이 빠른 류담 대원이 앞장서서 내닫는다. 그 뒤를 이명재 대원이 따르고 나는 중간에서 걷는다. 후미 리더는 김성달, 박지연 대원이다. 앞에 닥치는 산봉우리가 점점 높아지고 길이 험해진다. 산봉우리에 올라 둘러보면 아득히 펼쳐지는 산 능선이다. 오직 하늘과 산이다. 참 이상한 것이 깊은 산이라 그런지 새가 없다. 계속 걸어도 새소리가 들리지 않는다.

2시간이 지나면서부터 각자 체력대로 걷기 때문에 누가 어디쯤 가고 있는지 알 길이 없어 핸드폰 문자로 위치를 확인한다. 구름이 많이 끼어 햇빛은 없지만 덥다. 그러나 바람이 불어 겉옷을 벗으면 춥다. 목요일 평일이라 등산객이 별로 없다. 쉼터에서 만나는 등산객이 거의 서울에서 함께 출발한 사람들이다. 등산로 후미진 지역마다 반달가슴곰 출몰표지판이 있고, 먹이를 주지 말라는 등 주의사항이 적혀있다.

임걸령을 지나 삼도봉에 도착했다. 11시 5분, 4시간을 걸었다. 삼도봉은 전남, 전북, 경상남도 3개도 접경지역으로 해발 1,550미터의 봉우리다. 선두 류담 대원과 김웅기, 강천식, 황혜련, 유선희 대원에 이어 박유하, 이명재, 백종선, 김성달, 박지연 대원이 속속 도착하여 단체 사진을 찍고, 개개인 포즈를 잡으며 사진을 찍는다. 간식을 먹으며 편하게 쉰다. 서울 근교 산행이라면 하산했을 시간이지만, 장엄한 산세에 취했는지 지리산 정기를 받았는지 대원들 모두 싱싱하고 즐겁다.

화개재에서 점심을 먹기로 하고 다시 걷는다. 출발은 함께지만 걸음은 다르다. 역시 류담 대원은 어느새 보이지 않는다. 나도 걸음이 빠르지만 내 페이스대로 걸을 수 없이 보조를 맞추어야 한다. 길은 점점 험해진다. 겉보기에는 토산 같지만 속살인 등산로는 바위가 울퉁불퉁 험한 돌길이다. 돌부리에 걸려 넘어지기라도 하면 어디가 깨져도 호되게 깨질 것이다.

혼자 걸으면 많은 생각이 떠오른다. 평소에 모르던 아득히 먼 옛날의 기억이 생생하게 재생되고, 돌이키고 싶지 않은 언짢았던 일들도 알알이 되새겨진다. 어쩔 수 없이 자신을 속속들이 들여다보며 반성하는 계기가 되기도 한다. 그래서 홀로 걷는 산행이 알차다. 때때로는 작업 중인 작품을 되새기며 새로운 구상을 하기도 한다. 후미 대원들에게 전화로 확인한다. 모든 대원들이 점점 지치고 있음을 알 수 있다.

류담 대원은 화개재에 도착했다는 문자가 온다. 후미는 아직 멀었다. 걸음을 재촉하여 화개재에 도착했다. 김웅기, 유선희, 황혜련 대원이 먼저 와있다. 화개재는 넓은 분지다. 야생화를 심어서 봄이면 원추리꽃을 비롯한 야생화가 만발한 아름다운 곳이다.

화개재는 1,318미터인데, 옛날 전라도 남원 사람들이 화개 장터에 가려면 넘어야 하던 고개였다. 화개에서 노고단까지 6.3km, 연하천까지 4.2km라는 이정표가 있다. 우리는 6.3km를 걸었고, 점심을 먹은 뒤에 4.2km 걸어야 제1박지 연하천에 도착한다. 후미로 이명재 대원과 백종선, 김성달, 박지연 대원이 도착하여 오찬이 벌어진다. 노고단 취사장에서 데워온 햇반과 미국산

켄터키 소시지 한 개씩이 점심이다. 이명재 대원이 지고 온 소담주, 박유하 대원이 지고 온 복분자주, 내가 담은 버찌술을 반주로 꿀맛 같은 점심을 먹는다. 나는 햇반 3개쯤은 먹어야 배가 차지만 하나로 허기만 달래야 한다. 대원들 모두 초콜릿을 비롯한 간식을 준비해서 그나마 다행이다.

등산객을 배려해서인지 나무로 시설물을 잘 설치해놓아서 점심을 먹고 모두 눕거나 편히 기대앉아 피로를 푼다. 지역이 분지라서 바람도 없고 날씨도 포근하여 잠이 저절로 온다. 간밤에 3시간도 못 잤다. 그러나 잠들면 일어나기 더 어렵다. 먹은 것이 자위가 돌기도 전에 각자 배낭을 챙기고 오후 산행을 시작한다. 4.2km를 더 걸어야 오늘 산행이 끝난다. 누가 대신 걸어줄 사람도 없다. 오직 내 두 다리를 믿을 뿐이다. 그저 걷고 또 걷는다. 걷다 지치면 하늘을 보고 산을 둘러본다. 천지사방이 오직 산 산 산이다.

지리산은 금강산, 한라산과 더불어 삼신산三神山의 하나로 알려져 왔으며, 신라 5악중 남악으로 '어리석은 사람[愚者]이 머물면 지혜로운 사람[智者]으로 달라진다 해서 지리산智異山'이라 불린다. 지리산은 백두산의 맥이 반도를 타고 내려와 이곳까지 이어졌다는 뜻에서 두류산이라고 불리고, 불가佛家에서 깨달음을 얻은 높은 스님의 처소를 가리키는 '방장'의 그 깊은 의미를 빌어 방장산方丈山이라고도 하였다.

지리산국립공원은 1967년 12월 29일 우리나라 최초의 국립공원으로 지정된 곳으로 경상남도 하동군, 산청군, 함양군, 전라남도 구례군, 전라북도 남원시 등 3개 도, 5개 시, 군, 15개 읍, 면에 걸쳐 있는 곳으로 그 면적이 440.517㎢에 이르고 있으며, 이를 환산하면 무려 1억 3천 평이 넘는 면적이 된다. 이는 계룡산국립공원의 7배이고 여의도 면적의 52배 정도로 20개 국립공원 가운데서 육지 면적만으로는 가장 넓다. 지리산은 남한에서 두 번째로 높은 봉우리인 천왕봉天王峰: 1,915.4m을 비롯하여 제석봉帝釋峰: 1,806m, 반야봉盤若峰: 1,732m, 노고단老姑壇: 1,507m 등 10여 개의 고산 준봉이 줄지어 있고 천왕봉에서 노고단까지 이르는 주능선의 거리가 25.5㎞로서 60리가 넘고, 지리산의 둘레는 320㎞로서 800리나 된다.

점심을 먹고 한 시간 넘게 걸었는데 이정표는 연하천 대피소가 3㎞남았다고 알려준다. 식곤증으로 맥이 풀리기도 했지만, 대원들의 체력은 한계점에 이른 듯하여 겁이 난다. 게다가 등산로는 오르내림이 심하고 내디뎌야 하는 발새도 험하다. 류담 대원을 비롯한 서너 명은 앞선 듯하고, 나는 가운데 있을 것이다. 박유하, 유선희, 황혜련 대원은 내 뒤 가까이 따를 것이지만 후미 이명재, 백종선, 박지연 대원은 김성달 리더가 이끌 것이다.

7시간을 걸었다. 천천히 걸었지만 나도 이제 지친다. 내가 이 정도면 류담, 강천식, 김웅기, 김성달 대원 외의 다섯 명은 죽지 못해 걸을 것이다. 안타깝지만 대신해줄 수도 없는 속수무책이다. 오직 자기와의 싸움일 뿐이다. 누구도 대신할 수 없기는 우리네 작가들의 글쓰기와 똑같다. 체력이 다하면 오기로 걸어야 한다. 오기마저 사그라들면 주저앉을 뿐이다. 주저앉으면 죽는다. 전화로 김성달 대원에게 이명재 대원의 상태를 확인한다. 의외로 좀 지치기는 했어도 무릎은 양호한 상태라고 한다. 그렇다면 오기로 걸을 수 있다. 후미와 선두는 한 시간 이상 차이가 날 것이다.

이정표는 연하천이 1km 남았다고 한다. 내 걸음으로 9시간을 걸었다. 아직 거의 1시간 걸어야 하는데, 류담 대원은 연하천에 도착했다는 문자가 온다. 은근히 약이 오른다. 아무리 자기 다리라지만 혼자 그렇게 가도 되는가 싶다. 그러나 성격상 차분하게 앉아 기다리지 못한다면 걷는 수밖에 없을 것이다. 후미는 아직 2km 뒤에 있다.

능선을 올라와 보니 연하천 대피소가 보인다. 비탈길을 내려 뛴다. 내 다리는 아직 건장하다. 20여 년 만에 보는 연하천 대피소는 많이 변했다. 대피소 건물도 크고 주변이 잘 정리되었다.

50대 후반 단풍철에 왔었는데, 30여 명이 잘 수 있는 대피소는 앉을 자리도 없이 꽉 찼다. 날이 어두워져서 저녁을 해 먹고 막사를 들여다보니 남녀 등산객이 콩나물시루처럼 빼곡하다. 눕기는 커녕 앉을 자리도 없다. 내가 대피소를 둘러보니 막사 뒤켠 처마 밑에 장작더미가 있다. 장작더미 위에서 세 사람은 잘 수 있을 것 같았다. 편히 잘 수 있는 자리를 잡았으니 우리 일행 다섯은 어둠 속에서 술을 취하도록 마시고 셋이 장작더미 위로 올라갔다. 장작을 평하게 고르고는 침낭에 들어가 잠이 들었다.

　　요란한 천둥소리에 깨어보니 가을비가 청승맞게 추적추적 내리고 있었다. 1인용 텐트에서 꼬부리고 자던 일행 두 사람이 바닥이 질퍽해지자 장작더미 위로 피난을 왔다. 새벽 3시였는데, 우리 일행 다섯은 장작더미 위에서 침낭을 쓰고 앉아 밤을 새웠다. 비는 아침까지 미운 놈 치근대듯 내렸었다.

　　그랬던 연하천 대피소가 궁궐처럼 변했고, 장작이 아닌 기름보일러를 쓰는 듯했다. 시간은 5시가 넘었다. 먼저 도착한 류담, 김웅기, 강천식 대원과 어둡기 전에 저녁준비를 해야 한다. 후미는 아직 1시간 후에 도착할 것이다. 버너 2개를 켜서 햇반을 데우고 라면을 끓인다.

　　어둑할 무렵 유선희, 박유하, 황혜련, 김성달, 박지연 대원이 도착한다. 이명재, 백종선 대원도 곧 도착할 것이라고 한다. 나는 비로소 길게 안도의 한숨을 내쉬었다. 모두 배가 고파 라면과 햇반을 먹고, 김성달 대원의 버너로 누룽지를 끓인다. 누가 여자 아니랄까봐 여성 대원들은 누룽지를 좋아한다. 정신없이 먹다 보니 후미 두 대원이 도착한다. 6시 20분. 11시간을 걸어 도착했다. 장하다! 참 장하다! 80세를 두 달 남짓 앞둔 노익장 이명재 선생님이 정말 장하다. 덥석 업어주고 싶지만 키가 나보다 한 뼘은 커서 엄두가 나지 않는다. 그저 마음속으로 고마울 뿐이다.

11명 대원 모두 무사 도착했으니 축배를 들어야 한다. 유선희 대원이 지고 온 양주 조니워커로 내가 건배를 청한다.

"소협등반대, 지리산종주 무사 산행을 위하여!"

술맛이 그야말로 감로주다. 이 즐거움! 이 맛에 고생을 비싼 돈 주고 사서 한다. 스스로 생각해도 자신이 대견스러울 것이다. 나와 김성달, 황혜련 대원 외에 하루에 10시간 이상 걸어본 대원은 없다. 각자 자신의 체력에 자신감이 충만할 것이다.

연하천 대피소에 물은 충분하다. 개울물도 흐르고 파이프에서도 물이 콸콸 쏟아진다. 그러나 대피소에서는 환경문제로 비누는 물론 치약도 쓰지 못한다. 맨칫솔로 양치를 하고 흐르는 물에 세수를 한다. 얼음처럼 찬물에 정신이 번쩍 든다. 각자 침소로 들어간다. 남녀가 방이 다르다. 우리 남자 5명은 침상이 2층이다. 담요 한 장에 스치로폼 깔개 한 장이 침구다. 간밤에 잠을 설치고, 하루 온종일 걸어 피곤해서 금방 잠이 들것 같았는데 의외로 잠이 오지 않는다. 긴장이 풀리고 너무 피곤하여 잠이 달아난 모양이다. 늦게 도착한 등산객이 속속 들어오고, 피로에 지친 남자들의 코를 고는 소리에 잠이 오지 않는다. 10시가 넘어 잠이 들었나 보다.

셋째 날

첫새벽부터 일어나 산행 준비를 하는 등산객들 때문에 4시에 잠이 깨었다. 복도에 나가서 배낭을 꾸려도 될 것을 왜 4, 50여 명이 자는 침실에서 덜걱거리고 부스럭대는지 이해를 할 수 없어 구시렁거리다가 일어나보니 네댓 사람이 그런 짓을 하고 있다. 옆에 자던 김성달 대원이 따라 일어나서 소리를 질렀다.

"잠 좀 잡시다. 배낭은 나가서 꾸리시오!"

그제서 모두 복도로 나간다. 그루잠을 달게 자고 일어나니 5시다. 배낭을 들고나와 아침준비를 한다. 산에 오면 취사와 설거지까지 남자들이 해야 한다. 햇반을 데우고 라면을 끓인다. 여성들 아침은 역시 누룽지다. 누룽지는 가볍기도 하지만 끓이면 불어나 식사로 훌륭하다. 하지만 여자니까 그렇지, 남자들은 얼큰하고 짭짤한 라면이 최고다. 술이 모자라 아끼려고 했지만 김웅기, 강천식 대원이 우선 먹기는 곶감이 달다면서 술병 모가지를 비튼다. 하긴 내 생각도 그렇다.

아침을 먹고 나서 낮에 먹을 햇반을 데우고 즉석 카레와 짜장을 데워야 한다. 대피소 취사장 외에서는 버너를 피울 수 없다. 햇반이 나오기 전에는 장거리 산행에 며칠 먹을 쌀이며 반찬거리를 지고 산에 올라와야 했다. 한데 이제는 엄청 편해졌다. 간단한 햇반에 찌개꺼리가 아닌 라면, 즉석에서 데워 밥에 비벼 먹는 카레, 짜장이 있다. 그것도 무거우면 가벼운 돈만 주머니에 넣고 오면 된다. 좀 비싸기는 하지만 대피소 매점에 햇반이며 라면을 판다. 그러나 금년 11월부터 쓰레기 문제로 대피소 매점에서 음식물을 일절 판매하지 않는다고 안내문을 써 붙였다.

6시 30분에 하룻밤 신세 진 연하천 대피소에서 출발한다. 오늘 밤 숙박할 장터목 대피소까지 13km다. 어제와 비슷한 거리지만 오늘 코스는 등산로가 험한 데다 대원들이 어제 이미 지쳐 있어 나는 속으로 걱정이 태산이다. 대원들 표정도 어제와 달리 어둡다. 걸어야 할 13km에 기가 질린 표정들이 역력하다. 특히 이명재 대원이 걱정이다. 중간에서 하산할 수도 있지만 네다섯 시간 걸어야 할 초행의 하산 길도 만만찮다.

아침 발걸음은 가볍다. 더구나 연하천에서 형제봉까지는 등산로가 험하지 않고 심한 오르내림도 아니다. 형제봉을 지나 벽소령대피소까지 3시간을 걸었다. 아직은 모두 체력이 있어 거의 동시에 벽소령에 도착했다. 점심 먹을 햇반이 모자라 대피소 매점에서 다섯 개를 샀다. 매점에서 사면 전자레인지에 데워준다.

13일 밤부터 같이 기차를 타고 와서 산행을 시작한 남자 등산객을 어제부터 중간중간에 자주 보았었는데, 벽소령에서 다시 만났다. 50대 초반일 그 사람은 이름이 김세환이라고 하는데 조치원에서 기차를 탔다고 했다. 제법 실팍한 체구의 그 사람은 자기 몸피 절반 정도 크기의 배낭을 지고 양손에 스틱을 짚었다. 쉬면서 나를 보고 말했다.

"봐하니 연세가 많으신데 스틱도 없이 잘 걸으십니다."

칭찬을 하기에 나는 대답했다.

"눈썹도 무겁고 불알까지 떼어버리고 싶을 지경인데 무거운 스틱을 왜 들고 다닙니까?"

"아닙니다. 스틱을 짚으면 걷기가 훨씬 수월합니다."

그러나 나는 그러려니 여기며 같이 걷기도 했는데, 자기는 해마다 봄가을에 혼자 지리산 종주를 한다고 했다. 나도 저 나이 때는 그랬다고 자위하지만, 나처럼 산을 사랑하는 사람임에는 틀림없다고 생각되었다.

강천식 대원이 자기 배낭에 들었던 국산양주 윈저를 꺼내 마시자고 했다. 나는 기겁을 하고 달려들어 빼앗았다. 남은 술은 윈 저와 내 배낭에 들은 삼홉짜리 버찌술이 전부다. 버찌술은 점심 에 먹어야 한다. 여기서 윈저를 먹어치우면 오늘 저녁에 마실 술 은 없다. 하루종일 걸어 피곤한데 술이 없으면 피로가 풀리지 않 을 것이다. 대원들은 내 설명에 수긍했지만 입맛을 다시며 아쉬 워했다.

나와 김성달 대원은 대피소에서 술을 팔지 않는다는 것을 알 고 적당하게 준비해 왔지만 김웅기, 강천식 대원은 대피소에서 사 먹을 생각이었으니 술은 턱없이 모자란다. 나는 꿍꿍이속이 있어 동행한 김세환 씨에게 말을 걸었다. 저렇게 큰 배낭에는 틀 림없이 술이 있을 것이라는 생각으로 변죽을 울리는데, 성미 급 한 김웅기 대원이 무턱대고 불쑥 나섰다.

"선생님, 혹시 알콜 있으십니까?"

나는 김이 빠져 멍해졌는데, 김세환 씨는 배낭을 열며 대답했 다.

"예, 있습니다. 한 병 드리지요."

우리 대원들은 탄성을 지르며 박수를 쳤다. 그가 꺼낸 술은 '참'이라는 난생 처음보는 술이었는데 삼홉짜리 소주였다. 김웅 기 대원은 술병을 들고 껑충껑충 뛰었다. 소주 삼홉은 11명 대원 들이 한 모금씩 마실 양이지만 술이 그렇게도 절실하기는 난생처음이었다. 감로주를 나누어 마시고 이명재 대원에게 물었다.

"선생님, 어떻게 하시겠습니까? 내려가시려면 여기서 백무동까지 6.5킬로입니다."

"아직은 괜찮은데, 몇 킬로 남았지요?"

김성달 대원이 대답했다.

"10킬로 남았습니다. 내려가도 6.5킬로니까 생각해 보세요."

이것은 난제였다. 오늘 여정은 10km지만 내일 하산할 길이 6km가 넘는다. 그렇다고 이미 지치고 다리에 이상이 오는 최고령 대원을 혼자 내려보낼 수도 없다. 우리는 다만 본인 의중에 따를 뿐이다. 곰곰이 생각하다가 결심을 하고 대답했다.

"아직은 갈만하니 가봅시다."

우리는 모두 박수를 쳤다. 그렇다! 가는 데까지 가보는 것이다. 10시 30분에 출발했다. 평지에서 10km는 3시간이면 걷지만 지친 체력으로 험한 등산로는 한 시간에 1.5km도 못 걷는다. 그러나 아직 시간은 많다. 해지기 전에는 장터목 대피소에 도착할 수 있을 것이다. 각기 자기 페이스대로 걷다가 12시가 되면 선두는 그 자리에서 후미를 기다려 점심을 먹기로 했다. 류담 대원은 바람처럼 사라지고 유선희, 박유하, 황혜련, 김웅기 대원이 내 앞서 걷는다. 나는 이명재 대원이 걱정돼서 뒤에 처진다. 길은 여전히 험하고 높은 산봉우리가 앞에 줄줄이 보인다. 박유하 대원은 내리막길이 무섭다고 했다. 내려간 만큼 다시 올라가야 하기 때문이다.

숲과 나무들은 누렇게 또는 검붉게 단풍이 들었지만 아직 떨어지지는 않았다. 가끔 등산객이 내 앞을 질러가지만 마주 오는 사람은 별로 많지 않다. 어제는 구름이 많았는데 오늘은 화창한 가을 날씨다. 내 그림자가 오른쪽 뒤에서 조용하게 따라올 뿐 높은 산 숲속에 오직 나 혼자다. 저만큼 앞에 김웅기 대원이 보인다. 나를 보고는 서서 기다린다. 능선을 오른쪽으로 끼고 서향의 길로 들어선다. 엇비스듬한 비탈이 흙산이고 습기가 많다. 이런 지역에 당귀가 자생한다. 살펴보니 아니나 다를까, 길 5미터쯤 밑에 당귀싹이 보인다. 내려가서 나무 꼬챙이를 꺾어 후벼 파보니 2년생으로 제법 굵다. 뇌두를 잡고 당기자 잔뿌리는 끊어지고 뽑힌다. 200g은 넘게 크다. 그 밑에 또 하나는 김웅기 대원이 캔다. 이만하면 하산해서 즉석 당귀주를 제조할 수 있다.

한참 걷다가 뒤에 인기척이 있어 돌아보니 후미리더 김성달, 박지연 대원이다.

"이명재 선생님 어디쯤 와?"

"한참 뒤에 있어요. 강천식 대원을 붙였어요. 백종선 선생두 천천히 가겠다구 해서 세 사람이니 걱정마세요."

"이명재 선생님 무릎은 어때?"

"힘들어하지만 무릎은 괜찮대요."

그러면 다행이다. 무릎이 고장 나면 걸을 수 없다. 힘들면 쉬엄쉬엄 걸으면 된다. 세 사람은 휭허케 앞서지만 나는 후미 세 사람과 멀리 떨어질 수는 없다. 류담, 유선희, 박유하, 황혜련 대원은 12시가 되어 쉬고 있다는 문자가 온다. 20분쯤 가니 선두 대원들이 있다. 전망이 좋고 자리도 넓어 점심 먹기 딱 좋은 자리다. 30여 분 뒤에 도착할 후미 세 사람만 남고 8명이 먼저 점심을 먹기로 했다. 햇반을 따고 카레와 자장을 뜯어 비벼 먹는다. 김치는 강천식 배낭에 있어 반찬이 없다. 누군가 깻잎장아찌를 내놓아 한 잎씩 나누어 먹는다.

나는 버찌술을 꺼냈다. 종이컵에 한 모금씩 따라준다. 아까워 혓바닥으로 음미한다. 버찌향이 기막히다. 햇반에 자장을 비빈 밥맛도 꿀맛이다. 하지만 햇반 하나로는 뱃속에 기별만 할 뿐이다. 병에 남은 후미 세 사람 분 버찌술병을 들고 냄새를 맡지만 마실 수는 없다.

점심을 먹은 김웅기 대원이 후미 마중을 간다. 배낭이라도 받아주면 한결 수월할 것이다. 한참 뒤에 김웅기 대원이 앞뒤에 배낭을 지고 온다. 그 뒤에 세 사람이 따른다. 우리는 모두 박수를 쳤다. 술병을 본 강천식 대원은 달려들어 이명제, 백종선 대원에게 권하지만 싫다고 하자, 얼씨구 하고 벌컥 병나발을 불어버린다. 3인분을 혼자 마셨다. 점심을 먹고 나니 노곤하게 맥이 풀린다. 그러나 축 처지면 낭패다. 재촉하여 배낭을 챙기고 출발한다. 이명재 대원은 무릎은 괜찮지만 다리가 아프다고 한다. 그렇다면 천천히 쉬면서 걸으면 늦더라도 갈 수 있을 것이다. 협회 신입회원인 강천식 대원에게 당부한다.

"길은 외길이고 잠자리도 보장되었으니 선생님 모시고 쉬엄쉬엄 오시게."

그는 흔쾌히 대답했고, 백종선 대원도 같이 가겠다고 한다.

출발은 함께 하지만 금방 헤어진다. 선두와는 장터목에서 만날 것이다. 2시간을 걸어 세석대피소에 도착하니 김웅기 대원이 기다리고 있다. 선두는 30분 전에 떠났다고 한다. 길동무 김세환 씨가 라면을 끓여 점심을 먹다가 소주를 한 컵 따라준다. 하이고, 이렇게 고마울 수가! 소주 맛을 음미하며 서너 모금에 마신다. 술은 역시 소주다! 강천식에게 전화를 걸어 위치를 확인한다. 산속이라 어딘지 모르지만 쉬엄쉬엄 가고 있으니 걱정마라고 한다. 세 사람 모두 별 이상은 없고, 이명재 대원이 많이 지쳐있지만, 무릎과 다리는 이상 없다고 한다. 안심이 되기는 하지만 걱정을 하지 않을 수 없다.

김웅기 대원은 출발하지만 나는 같이 갈 수 없다. 후미를 기다려 볼 참이다. 세석평전은 분지로서 엄청 넓다. 봄이면 진달래,

철쭉을 비롯한 야생화가 천국을 이루는 아름다운 곳이다. 식수대는 취사장에서 빤히 내려다보이는 백여 미터 아래 있다. 칫솔을 들고 샘터로 간다. 식수대는 세 개의 파이프에서 물이 철철 흐른다. 우선 양치를 하고 머리를 감았다. 비누는 없지만 이틀 못 감은 머리가 시원하다. 내친김에 등산화를 벗고 발도 씻었다. 이틀 밤 못 씻은 발이다. 그저 발이 보배다. 68kg 내 몸뚱이를 지탱하며 묵묵히 걸어주는 대견한 발이다.

발을 닦고 등산화를 신는데, 중산리 쪽에서 헬기가 날아온다. 가슴이 덜컥 떨어진다. 이명재 대원이 쓰러져서 헬기를 불렀을지도 모른다는 생각이 번개처럼 스친다. 허둥지둥 대피소로 올라가는데, 헬기는 대피소 상공에서 머물더니 갈고리가 달린 줄을 내린다. 헬기는 대피소 확장공사 자재를 옮기는 작업을 하러 날아온 것이었다. 헬기 굉음과 프로펠러 바람에 정신이 하나도 없다. 더 기다리고 싶어도 가야 한다.

촛대봉을 향하여 올라간다. 돌을 다져 닦은 길은 넓고 편하다. 촛대봉에 올라 강찬식에게 전화를 한다. 어디냐고 물었더니, 위치는 모르겠고, 이명재 선생님이 길가에 누워 잠이 들었다고 한다. 이런 세상에…! 다리는 이상 없지만 많이 지쳐서 5분마다 쉬어간다고 한다. 성질이 천하태평인 강천식 대원을 붙인 것이 천만다행이다. 강천식 별명이 '노자老子'다. 소나기가 쏟아져도, 벌떼가 달려들어도 뛰지 않는 성격이다. 게다가 나이뿐만 아니라 문단 대선배님을 소홀히 할 수는 없을 것이다. 백종선 대원이 보조를 맞춰 걷고 있다니 다행이다. 세석에서 장터목까지 3.6km, 시간은 3시 20분이다. 세석에서 장터목까지 길은 그리 험하지 않으니 늦더라도 올 것이다. 생각 같아서는 쫓아가서 덥석 업고 오고 싶지만 마음뿐이다. 기다려도 소용없을 것 같아 걷기에 속도를 내보지만 내 다리도 이제 내 마음대로 움직여주지 못한다. 오르막길은 넓적다리가 아파 열 걸음 이상 걸을 수 없다.

2시간을 걸어 연하봉에 도착했다. 장터목까지 0.8km 남았다. 시간은 4시 35분, 선두 류담 대원은 벌써 한 시간 전에 장터목 대피소에 도착했다는 문자가 왔다. 연하봉에서 내려가는 길은 완만한 흙길이다. 해가 뒤에 있으니, 내 그림자가 길게 앞서간다. 고개를 돌리면 선그라스 낀 모습까지 선명하게 그림자에 비춘다. 참으로 오랜만에 내 뒷모습을 본다. 노란 석양의 그림자는 길고 그 모습은 슬프다. 내가 걷는지 그림자가 걷는지 알 수 없다. 아무렴 어떠랴! 오직 걸을 뿐이다.

장터목 대피소가 내려다보이는 내리막길이다. 건축물 자재가 널린 헬기장 마당을 지나 대피소 앞에 이르렀다. 김웅기, 김성달, 박지연, 박유하, 유선희, 황혜련 대원들은 30분 전인 5시게 도착했다고 한다. 그들은 10시간을 걸어 도착했고, 나는 11시간을 걸었다. 김성달 리더가 강천식에게 전화를 건다. 세석을 지나 촛대봉을 넘고 있단다. 그렇다면 지금까지 속도를 보아 2시간 이상 걸어야 한다.

먼저 도착한 김성달 리더가 대피소 바로 밑의 좋은 식탁을 잡아놓았다. 숙소에서 쉬고 있는 여성 대원들을 불러내 저녁준비를 한다. 라면에 햄과 소시지를 넣고 끓이고, 내 큰 코펠에는 햇반 5개를 넣고 데운다. 또 하나의 버너에 누룽지도 끓인다. 류담, 박유하 대원은 누룽지만 먹는다. 취사장에서 자리 잡은 식탁으로 나와 보니 지는 해, 일몰이 그야말로 장관이다. 구름 한 점 없는 맑은 하늘의 일몰! 장터목의 일몰은 일생에 꼭 한번은 보아야 할 장관이다.

등산객들의 함성에 놀라 왼쪽을 보니, 세상에…! 쟁반 같은 보름달이 떠오른다. 오늘이 10월 14일, 음력은 9월 14일이다. 만월의 월출과 일몰을 한자리에 앉아 감상하는 황홀한 순간이다. 이것은 행운이다! 일생에 다시 볼 수 없는 행운이다! 어둠이 짙어지며 해가 빠진 서쪽 산 능선은 거대한 황금덩어리! 왼쪽 허공에 뜬 둥근달은 점점 찬란한 빛을 발한다. 이틀간 산행의 피로가 한꺼번에 풀린다. 나는 장터목 대피소에 열 번 이상 왔었다. 일몰은 번번이 보았지만 월출과 일몰의 장관을 동시에 보기는 처음이다. 내 평생 한 번 뿐일 아름다운 광경이다.

김성달 대원과 김웅기 대원이 코펠과 햇반을 들고 나오다가 일몰을 보고 환성을 지른다. 월출과 일몰을 감상하고 식사를 시작한다. 라면 맛이 그야말로 사람 죽인다. 그러나 라면 국물이 목에 걸린다. 술! 술! 국산양주 원저는 간천식 배낭에 들었다. 라면이 아무리 맛있어도 술이 없으면 넘어가지 않는다. 김웅기 대원이 참지 못하고 등산객들 식사 자리를 기웃거린다. 술 동냥을 하는 모양이지만, 해발 1,900미터까지 지고 올라온 귀한 술을 덥석 내줄 등산객은 없을 것이다. 한참 기웃거리더니 소주 한 컵을 동냥질해 온다. 여성들에게 먼저 권했지만 남자들을 위하여 사양한다. 김성달 대원과 셋이 공평하게 한 모금씩 나누어 마신다. 술로 목을 터놓으니 그제서 라면이 넘어간다.

정신없이 먹다 보니 7시가 넘었다. 아이쿠, 이명재! 이 노인네 지금 어디쯤 오고 있을까? 김웅기가 전화를 건다. 연하봉에 앉아 쉬고 있단다. 그렇다면 800미터 남았다. 김웅기 대원이 배낭이라도 받아 오겠다며 마중을 나간다. 우리는 초조하게 앉아 기다린다. 바람이 차지만 여성 대원들도 걱정이 돼서 들어가 쉬지 못하고 기다린다. 맞은편 내리막길 숲속에 랜턴 빛이 번들거릴 때마다 기대를 걸지만 번번이 아니다.

김웅기 대원이 출발한 지도 한 시간이 되어간다. 8시가 넘었다. 아무래도 뭔 일이 났다. 하도 갑갑해서 나도 마중을 나간다.

랜턴을 비추며 오르막길을 거의 올라갔을 때, 자만큼 네 사람이 내려온다. 우리 후미다. 턱밑까지 매달렸던 가슴이 추르르 내려앉는다. 이명재 대원은 정신은 말짱하지만 몸은 탈진상태다. 나는 우선 무릎이 어떠냐고 물었다. 무릎이 고장 났다면 내일 내려갈 수 없다. 무릎은 괜찮다고 한다. 김웅기 대원이 배낭 두 개를 앞뒤로 메고, 나는 깅천식 대원의 배낭을 받아 메었다. 이명재 대원이 강찬식 대원의 어깨를 의지해서 비탈길을 내려간다. 그러나 이내 쉬어가자고 한다. 평지에 내려오자 혼자 걷는데, 절룩거리지 않는 것을 보면 다리에 이상은 없는 것 같아 안심이다.

여성 대원들이 박수로 맞이한다. 8시 30분이다. 후미는 13시간을 걸어 무사히 도착했다. 이명재 대원은 새로 끓인 라면과 햇반을 몇 술 뜨다가 못 먹겠다고 한다. 너무 지치면 입맛도 달아나게 마련이지만 그래도 내일을 생각해서 먹어야 한다. 그러나 쉬면서 마른 누룽지를 먹어 요기를 했다면서 들어가 쉬겠다고 한다. 애초에 종주를 말리지 못한 내 죄가 크다. 차라리 쉬는 게 보약일 수도 있어 김성달 대원이 숙소로 안내했다.

김웅기 대원이 서둘러 강천식 배낭에서 양주를 꺼낸다. 구세주가 따로 없다. 여성 대원들은 한 모금씩 마시고는 쉬겠다며 숙소로 들어가고 우리 넷은 둥근 달을 안주로 양주를 마신다. 강천식 대원이 오후 산행 상황을 이야기한다. 이명재 대원은 점심을 먹고 출발하면서부터 힘들어 했다고 한다. 처음에는 10분마다 쉬더니 나중에는 5분마다 쉬는데, 두 번이나 잠이 들어 차마 깨울 수 없어 기다려야 했다. 갑갑했던 백종선 대원은 노래를 불렀다.

"해는 저서 어두운데 찾아오는 사람 없어…."

휘영청 밝은 달을 쳐다보며 노래를 부르다가 울었다든가. 그래도 여자가 있어 한결 위안이 되더라고 강찬식 대원이 고마워했다. 그는 이명재 대원은 참 인내심이 강하고, 침착하고, 지극히 조심스럽게 몸을 아끼더라고 했다. 두 사람에게 미안해서 무리해 걸었더라면 중간에 쓰러졌을 것이다. 그것을 알기에 강천식 대원도 12시 전에는 들어갈 수 있을 각오로 느긋하게 지켰다고 했다.

강원도 원주에 사는 신입회원 강천식 대원을 김성달 대원이 꼬셔냈다든가. 암튼 강천식 대원이 아니었으면 큰일날 뻔한 산행이었다. 술이 턱없이 부족하지만 어쩔 수 없다. 김웅기 대원이 또 여기저기 기웃거리며 술 동냥을 하지만 남아도는 술이 있을 턱이 없다. 김성달 대원과 강천식 대원은 설거지를 하고, 나는 대장이니까 양치질을 하고 스카프를 빨아 얼굴을 닦고 숙소로 들어갔다.

잠자리는 다행으로 1층이다. 모포를 깔고 덮고 누웠다. 어제오늘 무사 산행이 참 고맙다. 장터목 대피소에 자는 등산객들 중에 무인생 79세 노인은 평론가이며 소설가인 이명재 우리 대원밖에 없을 것이다. 대피소에 방명록이 있다면 기록해두고 싶도록 대견하다. 길게 기지개를 펴니 행복하다. 70대 초반인 남은 내 생에서 이런 행복을 몇 번이나 더 만끽할 수 있을까. 몸과 마음이 행복하면 잠이 저절로 오게 마련이다. 이틀 밤 설친 잠이 한꺼번에 올 것이다.

넷째 날

새벽 4시 30분, 김성달 대원이 일출을 보러 가자며 깨운다. 김웅기, 강천식 대원은 일어나지만 나는 엄두가 나지 않는다. 사실 천왕봉 일출은 3년 전에도 보았고, 그전에도 대여섯 번은 보았었다. 이명재 대원도 일어났지만 왕복 두 시간은 걸린다는 말에 질겁을 한다. 몸이 풀리셨느냐고 물었더니 거뜬하다고 한다. 다리가 뻐근하기는 하지만 하산길 내리막은 자신 있다고 말한다. 이제 맘 푹 놓고 그루잠을 잘 수 있겠다.

일어나보니 6시다. 김성달 대원 배낭에 넣어둔 버너와 코펠, 먹거리를 지고 취사장으로 나간다. 여성 대원들도 하나 둘 나오는데, 일출을 보러간 사람은 역시 류담 대원뿐이다. 샘터는 한참 아래 있다. 자바라를 들고 샘터에 가서 스카프를 적셔 고양이 세수하듯 얼굴을 닦는다. 시원해서 정신이 번쩍 든다.

그저 아침저녁 라면에 햇반, 누룽지다. 라면을 끓이고 햇반을 데우는데 천왕봉에 올라갔던 대원들이 내려온다. 식사 준비는 되었으니 식탁에 나가 아침을 먹는다. 이명재 대원도 햇반 하나를 거뜬히 비운다. 그제야 남아있던 불안감마저 사그라진다. 소협등반대 대원들은 전원 무사히 하산할 것이다.

7시 30분, 식사를 마친 여성 대원들과 이명재 대원은 먼저 출발하게 한다. 김웅기, 강찬식 대원도 먼저 내려가고 나와 김성달, 박지연 대원은 남아 설거지를 하고 버너와 코펠을 챙긴다. 취사도구를 준비한 사람은 김성달 대원과 나 뿐이기에 뒤처리는 항상 우리다. '한국소설가협회 등반대 지리산종주 산행' 현수막을 들고 인증샷을 찍는다. 오전 8시, 하룻밤 푹 재워준 장터목 대피소를 뒤로하고 백무동 하산 길에 들어선다. 백무동까지 6.5km. 내리막길이라 3시간이면 도착할 것이다.

어느 산이든 하산 길은 가파르기 마련이지만 백무동 하산 길은 급경사가 많다. 한 시간쯤 내려오자 이명재, 유선희, 박유하, 황혜련, 백종선 대원이 쉬고 있다. 컨디션이 어떠냐고 물었더니, 이명재 대원은 내려갈만 하다고 하였고, 여성 대원들은 안 갈 수 없으니 기를 쓰고 간다고 하여 한바탕 웃었다.

다시 한 시간쯤 내려오며 선두를 기다리게 하고는 전원이 모여 사진을 찍고, 모두 배낭을 털어 마지막 간식을 먹는다. 10시 30분에 다시 걷는다. 이제는 각자 자기 페이스 나름으로 걸어 백무동에 도착하기로 한다. 서로 말은 안 하지만 모두 지칠 대로 지쳤다. 연이틀 간 하루에 13km씩 걸었다. 평지 길로 계산하면 하루에 39km씩 걸은 셈이다. 70대 초반과 70대 후반의 노인이 남성 3명, 여성 4명이다.

이것은 기적이라고 말할 수밖에 없다. 가장 고령인 이명재 대원과 박유하, 유선희 대원은 등반대장의 감언이설에 사기당했다고 지청구를 먹인다. 사실 나는 사기를 쳤다. 3년 전에는 벽소령에서 1박하고 장터목까지 9km를 7시간에 걸었으니 절반의 종주였다. 노고단에서부터 천왕봉까지 완전 종주는 20여 년 전에 했었다. 그때 나는 50대 후반이었으니 지리산 등산로가 그렇게 험했다는 기억은 없었다. 내 감언이설에 기름을 부은 사람이 류담 대원이다. 10여 년 전에 지리산 종주를 했다면서, 1,500미터 노고단에서부터 4, 500미터 높이의 크고 작은 산 능선을 오르내리는 산행이므로 어지간한 체력이면 할 수 있다고 부추겼다. 이론상으로 그 말이 맞다. 서울 불암산이 600여 미터다. 우리 대원들이 자주 오르던 불암산보다 얕은 봉우리를 오르내리는 것은 어렵지 않다. 9월 산행에서 그렇게 지리산 종주산행 계획이 이루어졌었다.

11시 30분, 류담 대원이 백무동에 도착했다는 문자가 온다. 좀 더 내려오니 이명재, 강천식, 김웅기 대원이 씩씩하게 걷고 있다. 우리는 앞서거니 뒤서거니 백무동에 도착하였다. 12시 10분이다. 후미 8명도 곧 도착할 것이다. 버스터미널에 가서 서울행 버스 시간을 알아보았다. 2시 40분발 동서울행 버스를 예매했다.

식당을 잡아놓고 앉아 기다리는데 후미 8명이 한꺼번에 도착한다. 나는 길게 한숨을 토해내며 비로소 나흘간의 긴장을 풀었다. 우리는 기어이 해냈다! 내가 걸어보아도 참 어려운 산행을 무사히 해냈다. 우리 11명 대원은 모두 밝게 웃으며 서로를 격려하고 축하했다. 특히 79세의 이명재 대원은 지리산 완전 종주 역사상 가장 고령의 등반자로 기록될 수 있을 것이다. 이명재 대원이 스스로 감격하며 말했다.

"내가 생각해도 참 엄청난 일을 해냈다. 모르고 대들었으니 망정이지 그렇게 어려울 줄 알았으면 엄두도 내지 못했을 것이다."

맞는 말이다. 우리는 서둘러 음식을 주문했다. 사흘간 체력을 소모하며 못 먹은 삼겹살을 시키고 우선 소주를 주문했다. 술 역시 사흘간 감질나게 목만 추겼을 뿐이다. 나는 어제 캔 당귀를 찧어 식탁에 놓고 소주병으로 짓이겼다. 대원들이 대체 뭐하는 거냐고 물었다. 되들이 주전자를 청해서 당귀를 넣고 소주 5병을 부었다. 한참 흔들고 잔에 따라 맛을 본다. 진한 당귀 향과 달콤한 소주 맛이 사람 잡는다. 모두 한 잔씩 채우고 건배를 했다.

"한국소설가협회의 무궁한 발전과 등반대원들의 건강을 위하여!"

술맛을 본 대원들은 함성을 지른다. 생 당귀술을 난생처음 마셔본 사람들의 탄성이다. 술은 향도 짙을뿐더러 맛이 꿀을 탄 듯이 달다. 당귀를 믹서로 갈았더라면 맛과 향이 더 진할 것이다.

삼겹살이 구워지고 대원들은 걸신들린 듯이 먹는다. 껍질이 붙은 국산 삼겹살 맛도 기막히다. 주전자가 비고, 나머지 당귀를 짓이겨 넣고 다시 소주 5병을 부었다. 사흘간 제대로 먹지 못한 대원들은 정신없이 먹는다. 이런, 먹다 보니 2시가 넘었다. 2시 40분차 타기는 틀렸다. 김성달 대원이 터미널에 가서 3시 40분차로 표를 바꾸어 왔는데, 2만 몇 천원을 손해 보았다. 차표를 내가 끊었으니 손해 본 돈은 내가 물어내야 한다.

즐거운 식사가 끝나자, 이명재 대원이 식대를 계산하겠다고 일어선다. 삼겹살 15인분과 소주 11병, 맥주 2병이다. 식대가 만만찮아 말렸지만 굳이 계산하겠다며 말했다.

"힘들고 고생은 했지만 내가 이런 경험을 한 것은 큰 보람이었습니다. 평생 잊지 못할 겁니다. 특히 강천식과 백종선 선생 신세를 많이 졌고, 소협등반대 여러분 덕분입니다. 고맙습니다."

고마운 건 오히려 나다. 우리는 모두 박수로 받아들였다.

박유하 대원이 말했다.

"내년 봄 진달래 필 때 다시 옵시다!"

유선희 대원은 질겁을 했고, 모든 대원들이 좋다고 한다. 내년의 절반 종주를 다짐하며 서울행 버스에 올랐다. 나흘간의 긴장과 피로에 지친 데다 술을 마셨으니 대원들은 모두 이내 잠이 들었다.

버스가 동서울터미널에 도착하자, 8시 30분이다. 해단식을 하자고 했지만 모두 그냥 가자고 한다. 강천식 대원은 원주까지 가야 한다. 우리 대원들은 이별의 인사도 간단히, 서둘러 헤어졌다.

1무박 2박 4일, 지리산 완전종주! 참으로 아름다운 동행, 즐거운 산행이었다.

소금장수 김두원

글머리에

1960년대 중반까지만 해도 산골 마을에는 지게에 소금과 새우
젓 독을 지고 다니며 파는 소금장수와 새우젓장수가 있었다. 주
로 아낙네들을 상대로 장사를 하던 소금장수와 새우젓장수들은
마을마다 다니며 염문을 뿌리기도 하여 얘깃거리가 되기도 했다.
기억에 아련하던 그 소금장수가 일으킨 사건을 어느 신문에서 읽
었다. 비록 일개 소금장수의 100여 년 전 사건이었지만, 지금 돌
이켜보아도 귀감이 될 만하여 그의 재판기록을 찾아보고 짧은 글
을 써보았다.

1910년 3월 15일자 대한매일신보에 다음과 같은 기사가 실렸
다.

—함경남도 원산항에 거하는 소금장수 김두원씨가 소금값 5191원을 추심 할 차로 작년 겨울에 가쓰라[桂太郎] 일본 총리와 소네[曾禰] 통감과 중의원 의장에 장서長書를 제정하였는데, 지금까지 어떠한 조치도 없으므로 본월 7일에 또 장서와 증거되는 신문을 동봉하여 가쓰라 총리와 소네 통감과 중의원 의장으로 보내고 소금값을 속히 보내라고 독촉하였다더라.

소금장수 김두원은 1899년부터 1920년까지 20년이 넘도록 일본 정부에 소금값을 물어내라고 집요하게 탄원하여 한국은 물론 일본까지 이름을 떨친 장사꾼이며 항일투사이기도 한 인물이었다.

김두원은 원산을 거점으로 동해안 일대의 소금공장을 상대로 소금 도매업을 하는 거상巨商이었다. 당시 우리나라 소금생산은 모두 바닷물을 끓여 수분을 증발시키는 방식으로 자염煮鹽이라 했는데, 일손이 많고 연료비도 많이 들어 소금값이 엄청나게 비쌌다.

하여 어지간한 자본으로는 소금 도매상을 엄두도 못 낼 터였는데, 일찍이 장사에 눈을 뜨고 사업수완이 있던 김두원은 짧은 기간에 많은 돈을 모았다. 그는 처음엔 소금을 지게에 지고 산골을 누비며 소금을 팔던 전형적인 소금장수였다. 소금 등짐을 지고 발품으로 돈을 모으기 시작한 김두원은 5년 만에 고향 원산에 소금 소매상을 냈다.

　직접 등짐 소금장수를 했던 김두원은 소금 소매상을 내면서 동료 등짐장수들을 모집하여 소금을 대주고 값으로 받아 오는 곡물도 받아 곡물 도소매상도 함께 운영했다. 상술이 뛰어난 김두원은 불과 10여 년 만에 거금을 벌었다. 소금 거래에 통달한 그는 마흔다섯이 되던 1894년부터 소매상을 가족에게 맡기고는 도매상을 시작했다.

　주로 동해안 소금공장을 거점으로 도매상을 하던 김두원은 1899년 5월 경상북도 장기군(포항)으로 내려가 친분이 있던 모포항 김쌍동의 객주에 거처를 정하고는 소금을 매집하기 시작했다. 소금생산 양이 워낙 딸리므로 김장철 소금을 확보하자면 초여름부터 서둘러야 충분한 양을 비축할 수 있음이었다. 자금이 넉넉하던 그는 규모가 큰 소금공장마다 선금을 주어 독점하다시피 하니, 한 달 남짓 만에 1100여 섬을 사들여 객주 창고가 가득 차게 되었다. 그는 의외로 빨리 객주 창고가 차자, 원산 자신의 도매상으로 소금을 옮기기로 작정했다. 매입 원가만 5,200원이 넘으니, 원산 도매상에서 김장철에 팔면 1만 원은 받을 수 있을 양이었다.

　유난히 무덥던 초복 무렵 어느 날 저녁답이었다. 김두원은 객주 주인 김쌍동과 마주 앉아 술을 마시며 부탁했다. 김쌍동은 김두원보다 두 살이 연배였지만, 그는 깍듯이 형님으로 대접하던 터였다.

"성님, 창고두 이제 가득 찼구, 돈두 떨어졌으니 물건을 일단 원산으로 날라야 겠수. 내 점포에다 물건을 옮기구 돈을 더 마련해서 올 테니, 싣고 갈 배를 알아봐 주시우."

"창고가 찼으니 그 수밖에 더 있겠는가. 배는 내가 수소문해 볼 테니 걱정말게. 그나저나 달장간만에 엄청 매집했네그려. 암튼 자네 수완은 알만하네."

"그게 다 돈의 조화가 아니겠수? 장마 전에 물량을 확보 하려니 공장에 선금을 주구, 공장일꾼들 술값두 더러 던져주구 한 결과라우. 뱃속에 있던 애두. '아나 돈 받아라' 하면 툭 튀어 나온다구 하잖우?"

"허긴 그려. 왜눔, 양눔, 조선눔 할 것 없이 돈이라면 호랭이 수염두 뽑으려구 달려드는 세상인데 말해 뭘 하겠나."

"왜 아니겠수, 성님. 백정눔이래두 돈만 있으면 종을 부리는 세상이니, 돈이 양반이우. 나두 이제 한 5년만 더 장사하구는 들어앉아 턱짓으로 종을 부리며 살아볼 요량이우."

"그려, 잘 생각했네. 나이 들면 이제 힘이 들어서두 못할 짓이지."

두 사람은 죽이 맞아 서로 주거니 받거니 밤이 깊는 줄도 모르고 술잔을 기울였다.

이튿날 한낮이었다. 김두원이 어제 마신 술이 덜 깨어 멍한 정신으로 객주 뒷마당 평상에 앉아 부채질을 하고 있을 때, 주인 김쌍동이 헐레벌떡 들어왔다.

"이보게, 아우님. 배를 구했네. 내일이래두 당장 떠날 수 있는 배를 구했다니까."

김두원은 반가워 벌떡 일어났다. 소금 1,100여 가마를 싣고 가려면 제법 큰 화륜선을 구해야 할 판이라 걱정을 하던 참이었다.

"그래요? 아니, 성님. 화륜선이 포구에 들어왔단 말이우?"

"그렇다니까. 일본 화륜선인데, 울릉도에서 어제 저녁때 들어왔다네. 내가 자네 얘기를 했더니, 그러잖아두 원산에 들어가려던 참이었다면서 운임두 싸게 받겠다구 했다네."

김두원은 일본 화륜선이라는 말에 잠시 뜨악했지만, 조선 화륜선은 워낙 구하기 어렵던 터라 잘 되었다 싶었다.

"원산에 가려던 참이었다면 잘 되었수. 어디 한번 만나봅시다."

두 사람은 즉시 포구에 정박한 일본 선박으로 갔다. 선장실에서 수인사를 나눈 김두원이 물었다. 김두원과 김쌍동은 장사꾼으로 일본 말을 웬만큼 할 줄 알았다.

"배가 원산으로 갈 참이었다구 했는데, 원산에는 뭘 하러 가시오?"

선장은 일본 시마네현에 사는 기무라 긴노스케라고 했는데, 동생이 항해사라고 소개했다.

"우리는 시마네현에서 소금을 싣고 울릉도에 가서 팔고 어제 여기에 들어왔소. 내일 원산에 가서 수산물을 매집해서 시마네로 돌아갈 참이었소이다."

"그렇다면 잘되었소이다. 운임은 얼마를 드리면 되겠소?"

기무라 형제는 서로 눈짓을 하고는 선장이 받았다.

"원산으로 간다면 운임을 감해 드릴 수는 있소. 한데, 한 가지 제안이 있소이다."

"제안이라니, 뭔 제안을 한단 말이오?"

"사실은 우리도 소금무역을 합니다. 우리 일본은 조선처럼 자염이 아니라 천일염인데, 바닷물을 햇볕에 증발시켜 소금을 만드는 방법이오. 그리하여 소금값이 조선보다는 싸지만, 수송하는 비용이 있어 별 이득은 없소이다. 이번에 우리가 시마네에서 소금을 싣고 울릉도에 가니, 벌떼처럼 달려들어 소금 한 배가 금방 동이 납디다."

"아니, 소금을 사려구 사람들이 벌떼처럼 달려들더란 말이우?"

동생이라는 항해사가 받았다.

"그렇다니까요. 지금 울릉도에 때아닌 온갖 고기떼가 밀려들어 어선마다 만선을 이루는데, 소금이 없어 고기가 썩어나는 지경이오. 울릉도 사람들은 우리더러 빨리 가서 소금을 싣고 오라고 성화를 댔소이다."

선장이 거들고 나섰다.

"그래서 우리가 일본으로 돌아가 소금을 사오려고 했지만, 일본은 지금 장마철이라 천일염을 생산할 수 없소이다. 해서 원산으로 가려던 참이었소. 한데, 김 상이 소금을 울릉도에 가서 팔면 이윤도 많을뿐더러 배를 대자마자 팔릴 것이니 날짜도 걸릴 것이 없소이다. 어떻소이까? 우리가 울릉도까지 수송해 줄테니, 이윤이 많이 나면 운송비나 넉넉히 주시오."

김두원은 듣고 보니 솔깃했다. 전에도 서너 번 울릉도에 소금을 싣고 가서 판 적이 있었다. 때가 여름이라는 것이 좀 마음에 걸리기는 했지만, 바닷고기라는 것들이 시도 때도 없이 밀려들기도 한다는 것을 익히 아는지라 은근히 구미가 당겼다.

김두원이 골똘히 생각하자, 선장이 부추겼다.

"김 상의 소금은 어차피 김장철에나 팔릴 것이 아닙니까? 울릉도 왕복에 넉넉잡고 5일이면 한탕 장사가 끝나는데, 한탕하고 나서 다시 소금을 매집해도 김장철 장사는 지장이 없을 것 아니겠소?"

김두원도 사실 그 생각을 골똘히 하던 참이었다. 울릉도에서 모두 팔아 곱절의 이윤을 남긴다면, 지금부터 다시 소금을 매집해도 1천 석은 몰라도 7~8백 석은 사들일 자신이 있었다. 곰곰이 생각하던 그는 옆에 앉은 김쌍동에게 물었다.

"성님은 어떻게 생각하시우?"

"그렇게 된다면 좋겠지만, 지금 한여름인데 아무리 울릉도라지만 고기떼가 계속 밀려들겠는가? 물때란 것이 워낙 예민해서 하루 이틀 만에 고기가 자취를 감추기도 한다네."

기무라 선장이 벌컥하며 대들었다.

"지금 울릉도에 삼치와 고등어떼가 밀려들어 부산, 목포, 서해에서까지 어선들이 몰려와 북새통이란 말이오. 나도 물때와 고기떼를 남만큼 아는데, 앞으로 보름 동안은 울릉도에 고기떼가 밀려들 것이오. 우리는 보고 온 것을 사실대로 말했을 뿐이니, 김상 생각대로 하시오."

남해와 서해의 고깃배까지 몰려든다는 말에 김두원은 그만 혹해서 말했다.

"좋소이다. 내일 아침에 일찍 물건을 선적할 테니 준비해 주시오. 성님은 선적할 인부들을 모집해 주시우."

이튿날 오전 10시, 김두원은 기무라 긴노스케의 화륜선 시마마루島根丸호에 소금 1088섬을 싣고 울릉도로 떠났다. 모포 포구를 출항할 때는 멀쩡하던 날이 바다 한가운데로 들어가자 폭우가 쏟아지며 파도가 높아지기 시작했다. 김두원은 소금 운반선을 자주 타기는 했지만, 심한 풍랑을 만나기는 난생처음이어서 배멀미가 나기 시작하여 정신을 못 차릴 지경이었다. 먹은 것들을 모조리 쏟아내다 못해 쓰디쓴 똥물까지 토해내고는 기진해서 쓰러졌는데, 어느덧 날이 저물고 있었다. 김두원이 점차 정신을 차리고는 갑판으로 나와 보니 장대처럼 쏟아지던 빗줄기가 가늘어지고 파도도 가라앉고 있었다.

비죽이 웃으며 지켜보던 선장이 말했다.

"이제 좀 견딜 만하시오?"

"너울이 가라앉으니 좀 살만합니다. 헌데, 울릉도는 아직 멀었소이까?"

"이제 다 왔소이다. 풍랑이 없었으면 해 질 녘에 도착했을 터인데 많이 늦었소이다. 저기 멀리 보이는 불빛이 울릉도 포구 등대랍니다."

김두원은 선장이 손가락질하는 쪽을 보았다. 칠흑 같은 어둠 속에 멀리 등잔불만 한 불빛이 가물가물 보였다.

"배 타기가 이렇게 힘들어서야 원 황금덩이를 준대도 다시는 못 타겠소. 헌데, 선장님은 어찌 그리 멀쩡하시우?"

"이런 풍랑은 아무것도 아니외다. 일 년에 열 달은 배에서 사는데 멀미를 하면 어떻게 합니까? 이제 곧 입항할 것이니 들어가 좀 쉬시오."

"아닌 게 아니라 서 있을 힘도 없소이다."

김두원은 선실로 들어가 누웠다. 아직도 머리가 어지럽지만 속이 쓰리고 배가 고파 죽을 지경이었다. 그가 어렴풋이 잠이 들었을 때, 선장이 들어와 깨웠다.

"김 상, 그만 일어나시오. 입항했소이다."

김두원은 벌떡 일어나 선장의 뒤를 따라 나갔다. 아직도 보슬비가 내리고 있었는데, 사위는 죽은 듯이 적막했다.

"시장하실 터인데, 우리 배에는 먹을 것도 시원찮으니 포구에 내려가 식사를 하시는 게 어떻소?."

그러잖아도 배가 고파 얼큰한 생선국이 먹고 싶던 김두원은 얼른 대답했다.

"같이 내려갑시다. 저녁은 내가 사리다."

"아니외다. 우리는 배에서 먹을 테니, 식사하시고 여관에 들어 편히 쉬시오. 소금은 내일 아침 일찍 배에서 경매를 부치면 금방 팔릴 것이외다."

김두원은 어서 배를 벗어나고 싶던 참이라 쾌히 받았다.

"그리하겠소. 그럼 편히 쉬시오."

그는 배에서 내려 몇 걸음 걷다가 우뚝 멈추었다. 왜놈들이 혹시 밤중에 배를 몰고 도주한다면…! 그러나 이내 고개를 저었다. 선적항과 선박 영업증을 확인하였고, 선장의 심성으로 보아도 그럴 사람은 아니라는 생각이 들어 배를 한번 돌아보고는 전에 묵은 적이 있던 여관으로 갔다. 우선 방을 잡아놓고는 생선국을 잘 끓이는 집을 찾아가 반주를 곁들여 저녁을 먹으며 주인에게 물었다.

"요새 울릉도에 고기떼가 밀려온다는데, 그게 사실이오?"

밤이 늦어 가게를 정리하다가 손님을 받은 주인 아낙은 뚱하게 대꾸했다.

"며칠 전까지는 그랬지만, 어제오늘 비가 오구 너울이 심해 고깃배가 못 나갔으니 난 모르겠수."

고기떼가 밀려온다는 것만은 사실이라 그는 느긋하게 식사를 하고는 여관으로 돌아와 그대로 곯아떨어져 잤다.

김두원이 잠에서 깬 것은 붐하게 동이 트는 새벽이었다. 소변을 보고 너무 이른 것 같아 다시 잠자리에 누워 잠시 뒤척이다가 일어났다. 그는 불현듯 불안한 느낌이 들어 아직 어둑스레한 포구로 나갔다.

비는 그쳤지만 먹구름이 잔뜩 끼어서 어둑한 포구에 크고 작은 어선이 꽉 들어찼는데, 소금을 실은 화륜선은 보이지 않았다. 그는 정신이 번쩍 들어 두리번거렸다. 배를 댄 곳이 여기가 아닌가 싶어 좌우로 뛰어다녀보아도 덩치가 큰 화륜선은 보이지 않았다. 불같이 열이 오른 그는 간밤에 배를 댔던 자리를 확인하고는 주변 사람들에게 물었다.

"여러분들 중에 혹시, 간밤에 여기 정박했던 일본 화륜선을 보신 분이 있소이까?"

어선을 손질하던 몇몇 어부들과 주위 사람들은 모두 멍한 얼굴로 김두원을 바라보기만 했다. 얼굴이 하얗게 질린 그가 다시 목청을 높여 물었다.

"어젯밤 열 시경에 바로 여기 일본 배가 들어와 정박했습니다. 보신 분이 없으십니까?"

제법 큰 발동 어선에서 쉰 줄의 어부가 부두로 올라서며 말했다.

"간밤에 들어온 화륜선은 한식경 쯤 있다가 되돌아 나가더이다. 헌데, 왜그러시우?"

김두원은 그 자리에 털썩 주저앉았다. 머릿속이 싸하게 식어가고 온몸에 맥이 풀리며 눈앞이 캄캄해졌다.

날이 밝으면서부터 다시 폭우가 쏟아지기 시작하였고, 집채 같은 파도가 울릉도를 삼킬 듯이 밀려와 덮치곤 하였다. 50평생 굶기를 밥 먹듯 하며 모은 돈을 하룻밤에 도둑맞은 김두원은 술집에 들어앉아 술을 퍼마시며 황소 영각켜는 소리로 울다가 곯아떨어졌다.

비는 사흘 동안 계속 내렸고, 바다도 덩달아 미친 듯이 들끓었다. 김두원은 이제 술 마실 돈은커녕 밥값도 떨어졌다. 전에 소금 거래를 하던 소금집 주인이 밥은 먹여 주었지만 그는 나흘 만에 울화와 분노에 지치고 술에 곯아 초주검이 되어 있었다.

닷새째 되던 날 장기군 모포로 나가는 배가 있어 타고 나온 김두원은 고향인 원산에서부터 동해안 일대를 돌며 기무라 형제의 화륜선 시마마루호를 수소문했지만 오리무중이었다. 동해와 서해의 포구마다 돌아보아도 일본 화륜선이 정박한 흔적은 찾을 수 없었다.

도적놈 기무라 긴노스케를 잡아 소금을 되돌려 받기는 틀렸다고 생각한 그는 경성으로 올라갔다. 지인들을 찾아다니며 조언을 들은 그는 대한제국 정부와 일본 공사관에 탄원서를 제출했다. 탄원서를 접수한 정부에서는 우선 진상을 조사한 결과 김두원의 주장이 사실임을 확인하였고, 외무대신 박제순이 일본공사 하야시에게 직접 진상조사를 요청했다.

대한제국 정부의 공식 수사 의뢰를 받은 일본공사는 시마네현 사법당국에 통보하였다. 한 달 만에 결과보고를 받았는데 모든 것이 사실로 확인되었다. 그러나 기무라 형제는 다른 사기 사건으로 검거되어 이미 징역을 살고 있었다.

일본공사 하야시는 대한제국 정부에 공식문서로 유감을 표하면서, '기무라 형제는 사법처리 되어 구금되었지만, 현존재산은 물론 은닉한 재산도 없어 변상할 형편이 되지 못한다'며 소금값 환수는 불가능하다고 통보했다. 하지만 김두원에게는 '구휼금' 명목으로 일금 500원이 송금될 것이라고 덧붙였다.

정부의 통보를 받은 김두원은 소금값 원금 5,200원을 모두 받아야 하겠다며 구휼금 수취를 완강히 거부했다. 김두원이 워낙 강하게 대들자, 정부에서도 더이상 손쓸 방법이 없어 변호사를 대주었다. 그는 변호사의 협조로 일본 정부에 고발장과 탄원서를 보내고 일본 공사관을 찾아가 공사와의 면담을 요청했다. 연이틀이나 찾아가 면담을 요청했지만, 일본공사 하야시는 면담할 수 없다는 것을 공식적으로 통보했다.

이에 분개한 김두원은 일본 공사관 앞에서 목을 매달아 자결을 시도했다. 그러나 일본 공사관 경호 순사에게 발견되어 목숨은 건졌지만, 그날로 유치장에 수감 되었다. 이를 알게 된 정부에서는 도둑맞은 피해자인 김두원을 풀어주게 하고는 일본 정부에 소송을 하는 것은 무리라고 설득했다. 사실 일본인이 도둑질을 했다고 해서 그 변상을 일본 정부에 한다는 것은 법적으로나 상식적으로도 온당한 주장은 아니었다.

그렇게 4년이 흐른 1903년 어느 날이었다. 그날도 일본 공사관을 찾아갔던 김두원은 마침 인력거를 타고 나오는 하야시 공사와 마주쳤다. 수십 번 찾아가도 만날 수 없던 일본공사를 만난 김두원은 그동안의 억울한 서러움이 북받쳐 인력거 채를 잡고 눈물을 뿌리며 호소했다. 그러나 하야시는 외면하며 호통을 쳤고, 경호 순사들이 달려들어 제지했다. 김두원은 참고 참았던 분노가 폭발하여 순사들을 뿌리치고는 인력거를 힘껏 밀치며 외쳤다.

"네가 무슨 공사냐? 너희 나라는 백성들 도둑질을 권장하느냐? 그러고도 동양의 일등 국가라고 자랑하느냐? 개만도 못한 인간들이다!"

인력거는 쓰러져 하야시는 땅바닥에 나뒹굴었고, 김두원은 순사들에게 잡혀 발버둥 치며 악을 썼다. 면상이 까지는 등 부상을 당한 하야시는 순사들의 부축을 받으며 공사관으로 들어갔다.

김두원은 순사들에게 잡혀 경찰서에 수감되었다. 대한제국 황제도 쩔쩔매는 일본공사를 쓰러트려 부상을 입혔으니, 경성시내는 그 이튿날 발칵 뒤집혔다. 〈대한매일신보〉〈황성신문〉〈경향

신문〉 등 신문사들은 앞다투어 김두원의 의기를 칭송했다. 이때부터 김두원은 '항일운동'의 상징 인물로 떠올랐지만, 이 사건으로 징역 1년의 실형을 받고 수감되었다.

김두원이 1년의 형기를 마치고 나왔을 때는 을사늑약乙巳勒約이 조인된 후였다. 소금값을 받기 위해 다시 전의를 불태우던 김두원은 종로거리에서 을사늑약의 원흉으로 소문난 박제순과 한창수를 만났다. 그는 내무대신 박제순을 서너 번 만난 적이 있었으므로 단박 울화가 치밀어 앞을 막아서며 거칠게 꾸짖었다.

"지금 경성에 호랑이가 없거늘, 벌건 대낮에 무엇이 무서워 총칼을 찬 일본 헌병과 순사 놈들 호위를 받으며 나다니느냐? 나라의 대신으로 백성의 생명과 재산을 보호할 생각은 않고 나라 거덜 낼 궁리만 하고 다니느냐?"

김두원은 그 자리에서 일본 순사들에게 잡혀 경찰서에 끌려갔다. 이튿날 각 신문은 그의 의기를 대서특필했다. 그러나 김두원은 조정 대신을 모독한 죄로 다시 재판을 받고 거제도에 유배되었다. 조정에서는 골칫거리인 그를 멀리 섬으로 귀양을 보낸 것이었다.

김두원의 투쟁은 그의 나이 71세가 되던 1920년까지 계속되었다. 그해 5월 25일, 그는 총독부에 다시 탄원서를 냈다. 소금값을 배상할 수 없으면 인천, 진남포, 군산 등 3개 항구의 소금 전매권을 달라고 청구했다. 1905년 을사늑약 이후 이태 뒤인 1907년, 경기도 주안에 처음으로 일본식 천일염 염전이 설치된 후 서해안 일대의 자염 염전은 급속히 천일염 염전으로 바뀌어 소금생산이 활발하던 시기였다. 이 사실은 5월 27일자 동아일보에 실리면서 세상에 알려졌는데, 그 이후 김두원에 대한 신문 기사도 기록도 없다.

당시 뜻있는 인사들은 김두원을 두고, '백절불굴의 항일투사'라는 평가도 했지만, 그의 소금값 반환 투쟁을 항일투쟁으로 보기에는 무리라는 반론도 있었다. 하지만 김두원은 개인으로서 20년이 넘는 세월 동안 일본 정부를 상대로 투쟁을 계속한 항일정신의 본보기였다는 사실은 인정해야 할 것이다.

현대에 한국은 물론 세계 여러 나라에서 유행하는 '1인 시위'를 김두원은 100년 전에 20년이 넘게 실행했으니, 가히 1인 시위의 선구자라고 할 수 있을 것이다.

제3부

자작 시

소설을 쓰면서 힘들 때마다 시를 생각하곤 했었다. 나는 우리나라 고시조와 詩聖이라 일컫는 이백, 두보, 도연명, 백거이 등 중국 唐代의 시를 많이 읽었다. 그 시문학이 내 문학의 바탕이었다. 하여, 시를 지어보려고 애를 써보았지만 시창작이 소설창작보다 어렵다는 것을 번번이 느끼곤 했었다.

하지만 때때로 소설 쓰기가 지겨워지면 시를 지어보았다. 한데 참 이상하다. 소설은 '쓴다'고 하면 어색하지 않은데, '시'는 쓴다고 하면 왠지 어색하다. 하여 나는 시를 짓는다고 말한다. 틈틈이 지은 시 몇 편을 2017년 조선일보 신춘문예에 응모했었다. 당연히 떨어졌는데, 〈문학과 죄송〉출판사에서 신춘문예 낙선 시 중에 우수작을 뽑아 시집을 내는데, 내 시 한 편이 선정되었다. 『2017 신춘문예 낙선시집』이었다. 시 제목이 「어른으로 가는 길」이었다.

어른으로 가는 길

나는 소월을 모른다
보지 못했으니까.
나는 소월의 시를 안다
읽었으니까.

나는 아홉 살 때
소월의 시를 읽으며 눈물을 흘렸다.
주먹으로 눈물을 훔치고 알았다
슬프지 않아도 눈물이 난다는 것을.

나는 아홉 살 때
삼국지를 읽고 어른이 되었다.
어른이 되면서 알았다
나이를 먹지 않아도 어른이 된다는 것을.

어른으로 이순을 넘어 살다가
고희에 비로소 아홉 살로 돌아간다.
소월의 시를 읽고
삼국지를 다시 읽으며 어른이 되고 싶어서.

가을 湖水

청옥 빛 호수에
白鳥 한 자웅 한가로워라
백조 지나간 수면에
만산홍엽 아름다운 산 잠겼어라.

가을바람 스산히 불어
빨간 낙엽 물에 뜨고
낙엽 사이로
이지러진 노란 조각달 빠졌어라.

백조가 조각달 먹으러 자맥질하고
물에 잠긴 산자락 이지러졌어라
이내
산을 보듬는 호수.

아름다운 사람

한창 어수선하던 스무 살 어름
누군가 내게 물었다
네게서 가장 아름다운 사람은 누구냐?
아름다운 사람 없었으니 없다고 대답했다.

지금 생각해도
그게 꿈인지 생시인지
갈래지 못하는데

죽을 수도 없이 서른 해를 살다가
비로소 그 사람을 알았다.
반세기 전 할아버지 환갑날
첫돌배기 나를 안고 찍은 사진 속의 어머니!

다섯 살 때 저세상에 가신 어머니가
내게서 으뜸 아름다운 사람이라는 것을
지천명을 넘기고 알았다
내 기억에 없는 어머니!

사진 속 맑게 웃는 어머니를 보고 알았다

세상 모든 어머니가
아름답다는 것을
아름다운 그 사람.

장에 가는 아부지

말 가웃 서리태 자루
지게에 지고
시오리길 걸어 장에 가는 아부지
오늘 저녁에는
고등어자반 구이 먹을 수 있네.

눈 빠지게 기다려도
오지 않는 아부지
막걸리에 잔뜩 취해 해동무 해서
비척비척 걸어오는 지게 목발에
자반 대가리만 달랑 매달려 있네.

엄니 성화에
아부지 하는 말
양지 녘에 앉아 아슴아슴 졸다 보니
도둑괭이란 놈이 외상으로 넬름 먹고 가더라네
세상에서 젤로 얄밉던 아부지.

새가 운다네

새는
아름다운 봄날
임 그리워 노래 불러도
사람들은 운다네.

새가
알에서 깬 새끼들에게
어미 목소리 가르치려 노래해도
사람들은 운다네.

그래도 울어라 새야
울어야 봄이 오고
울어야
새끼도 노래를 부르지

양쪽 날개로 힘차게 나는
새야
울어라 새야
새야, 어여쁜 새야.

고마움

내가 늘 고마운 건
살아있기 때문이다
오늘도 고마운 건
사랑하고 싶은 것들이
많기 때문이다

지금도 고마운 건
내일이 있기 때문이다.
내일도
보아야 할 것들이 있고
보고 알아야 할 것들이 많고
고마워해야 할 것들이 많기 때문이다.

그 많은 것들이
고마워한 나를 고마워하고
어우러 고마우며 살다 보면
고마운 나날이 되는 거지

오늘

오늘도
오늘을 사랑한다.
오늘이 있어
내일도 모래도
어김없이 오는 오늘이기에 사랑한다.

오늘은 살아온 날에서 가장 늙은 날이고
살아갈 날들에서 가장 젊은 오늘이다
퍽 오래 전
어머니가 나를 낳으시던
그날도 오늘이었던 것처럼
오늘도
오늘을
어머니처럼 사랑한다.

애각설이 타령

길로나 길로나 가다가
동전 한 푼을 주웠네
주운 돈을 뭐할까
떡이나 한쪽 사먹지
무슨 떡을 먹을까

동글납작 송편떡
네모 반듯 절편떡
알록달록 기장떡
몽실몽실 인절미
길쭉 벌름 개피떡
잘 넘어 간다 꿀떡

먹고나 보니 동물세
동무 줄 게 뭐 있나
잇똥이나 긁어줄까

작년에 왔던 애각설이
멀끔 커서 또 왔네

그믐께 황혼녘

그믐께
황혼녘은 슬프다
빛이 사위는 해가
안간힘으로 달구는
서녘 하늘이
아름다워 슬프다.

온종일
낮잠에서 깬 눈썹달이
노랗게 꽃단장 하고
새파랗게
되살아나는 개밥바라기에
눈인사 찡긋할 때 황홀하다.

그믐께
황혼녘에 죽는 사람은 좋겠다
해동갑해서
눈썹달 동무해서
개밥바라기 전송받으며
저승에 가니까.

기다림

삶은 기다림이다
기다림 없는 삶은 없다
기다림은 행복이다.
기다림 없는 행복은 허상이다
기다림에는
기쁨도 슬픔도 분노도 살을 에는 아픔도 있다.
그래도
기다림이 있어 삶은 행복하다

기다림에는
욕망이 있어 즐겁다
욕망이 없는 기다림은 허상이다.
기다림의 보람은 오직
스스로 만든 행복이다.

제4부

월남전 통신

나는 18개월간 월남전에 참전하면서 두 여인과 한 여자 어린이와 편지를 주고받았다. 두 여인은 내 고향 영월에 살고 있었다. 김성희 씨는 강원일보에 실린 칼럼을 보고 첫 편지를 보냈는데, 영월 대한중석 상동광업소 총무과 직원이었다. 대한석탄공사 영월광업소 총무과 직원이던 김진희 씨도 강원일보에 쓴 칼럼을 보고 글에 공감하여 편지를 보냈는데, 답장이 와서 펜팔을 했다. 서울 창신동에 사는 여자 어린이는 부대로 온 위문편지를 보고 답장을 했는데, 매주 위문편지를 보내서 답장해 주기에 감당하기 어려울 지경이었다.

　당시 강원일보사에서는 한 달에 네댓 번씩 강원일보를 내게 보내주곤 해서 고마웠다. 가끔이나마 고향 소식을 알게 되어 기쁘던 기억이 생생하다. 파월장병들에게는 전국 각지의 초등학교,

중고등학교 학생들의 위문편지가 각 부대의 중대마다 매일 수십 통씩 배달되었다. 그 편지를 소대마다 나누어 주었다.

영월 고향의 두 여인은 계절마다 아람다운 소식이며 꽃잎을 편지에 동봉하여 보내주곤 했는데, 내게는 큰 낙이며 보람이었다. 더구나 두 여인이 우리나라 대기업 대한중석과 대한석탄공사 총무과 직원이었으니, 그 편지의 내용이 아름답고 품위가 있었다. 그 편지 중에서 몇 편을 소개하는데, 내가 두 여인에게 보낸 편지들은 볼 수도 없고 기억에도 없으니 안타깝다.

나는 1968년 7월 10일 파월 18개월 만에 귀국하였다. 귀국하여 두 여인에게 귀국했음을 편지로 알리고 만나고 싶다는 뜻을 전했다. 두 여인은 16개월간 구구절절 마음을 나누었던 터라 만나자고 했다. 먼저 영월군 상동면 대한중석 총무과에 근무하는 김성희 씨를 찾아갔다. 이미 사진으로 보아 낯이 익은 김성희 씨를 어제 만났던 여인처럼 살며시 안으며 첫인사를 했다. 키가 나와 엇비슷한 김성희 씨는 반갑다며 눈물을 글썽이기도 하여 나를 감동시켰다. 잠시 뒤에 함께 사진을 찍어 내게 보냈던 그녀 친구와 셋이 저녁을 먹으며 많은 이야기를 나누었다. 그날이 1968년 7월 20일, 미국의 달 착륙선 아폴로 11호가 달에 착륙한 날이었다. 당시는 집집마다 TV가 없던 시절이었으니, 고급식당으로 TV

가 있던 그 식당은 초만원을 이루었던 기억이 난다.

  56년 전 월남전에서 받은 편지들을 내가 지금까지 간직하고 있었다는 것이 참 희한하다. 소설가로 등단하여 1992년부터 전업 작가로 소설을 쓰면서 언젠가 내 자전적 에세이집을 낸다면, 전쟁 중의 펜팔 편지들을 함께 실어보겠다는 생각을 하기는 했었다. 이제 그 실행을 하게 되어 감개가 새롭다. 두 여인은 나와 엇비슷한 나이다. 어디에 살아 있던 내 책을 본다면, 연락이 되어 만나고 싶은 생각이 간절하다. 20대 중반에 만났던 두 여인. 머리가 백발일 여든이 되어가는 늙은이들의 해후를 기대해 본다.

월남전 통신의 추억

- 김행자 씨 편지
- 김성희 씨 편지
- 권영옥 양 편지

■ 김행자 씨 편지

편지 말미에 '희 드림, 또는 囍가'라고 했던 김행자 씨는 대한
석탄공사 영월광업소 총무과 직원이었다. 1966년 당시 대한석공
영월광업소와 정선광업소 소재지 영월과 정선은 강아지가 5백
원짜리 지폐를 물고 다닌다는 말이 있을 정도로 경제가 활성화되
었던 시절이었다.

김행자 씨 첫 편지가 67년 5월 8일 이었으니, 내가 월남전에 파
병된 지 3개월 만이었다. 강원일보에서 내가 입대 전부터 관심이
있었던 석탄 활용에 대한 어떤 문제를 퀴즈형식으로 공모했었는
데, 김행자 씨가 응모하여 당선이 되었다는 기사를 보았다. 영월
마차리는 우리 형님이 65년 독일 광부로 파견되기 전에 근무했던
곳이라 나도 자주 갔던 광업소 사택 지역이라서 반가워 편지를
보냈는데, 고향 까마귀라 반갑다는 답장이 왔다. 그때부터 68년
7월까지 20여 통의 편지를 주고 받았다. 그중 67년 9월, 이디오피
아 셀라시에 황제가 한국을 방문한 신문기사를 편지로 보내주어
전우들과 돌려보며 감동했던 기억이 생생하다.

그중 편지 10통을 소개한다. 구구절절 아름다운 문장과 계절
에 따른 꽃과 단풍잎을 동봉하여 고형의 그리움을 달래주곤 했었
다. 워낙 오랜 세월이 흘러 당시 나는 어떤 문장의 편지를 보냈었

는지는 기억에 없지만, 월남에서도 매월 『현대문학』을 받아 보았으니, 그런대로 문장이 재미도 있어 펜팔을 계속했을 것으로 여긴다.

당시는 통신 수단이 오직 편지뿐이어서 남의 연애편지 몰래 뜯어보는 것이 쏠쏠한 재미였던 기억이 난다. 성냥개비에 침을 발라 편지 봉한 부분에 끼우고 살살 돌리면 흔적없이 열린다. 도둑 편지를 읽고 다시 풀로 붙이면 감쪽같곤 했었다. 그런 느낌과 재미를 되살리며 57년 전에 주고받은 편지를 감상하는 것도 별다른 맛일 것 같아 감히 책 말미에 올려보았다.

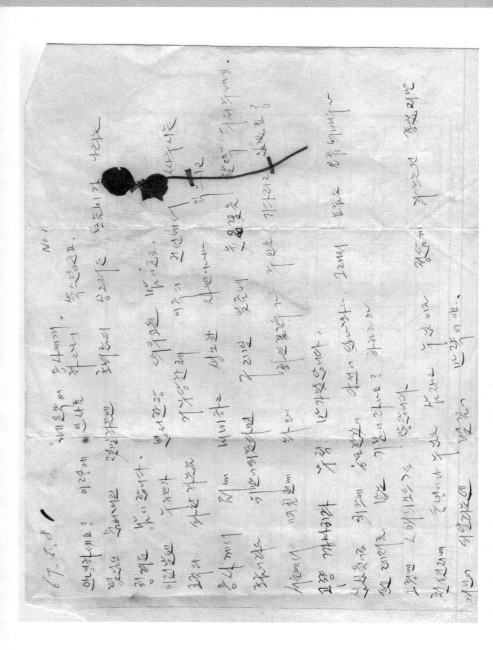

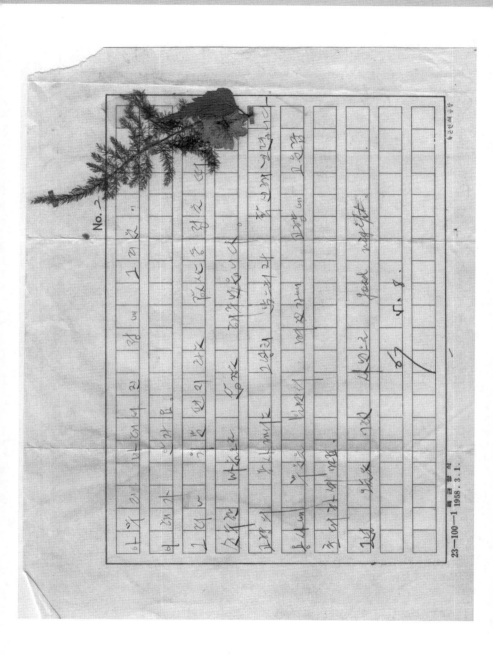

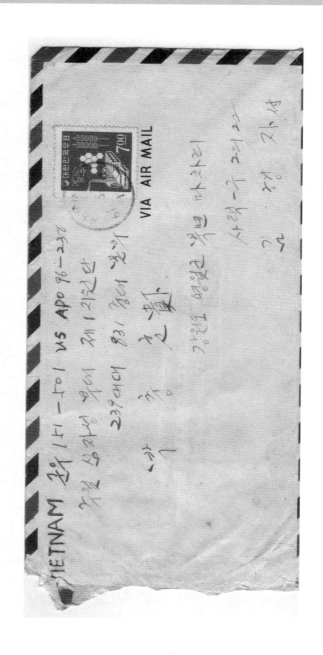

69.6.7

To My loneli

그간 안녕하세요?
갑뜩 그리뿌리 하는가!
한줄기 「소나기」라도 놀아젔으면 하는
마슴에 외로움이 연발 갈러럼 고요히
흐르는 10시 10분요.
지금 「월남전선」 이라는 기록영화를 보고
왔읍니다.
고국의 향수어린 사연에 괴로워 하는
용사들은 본마 전 희리꽉을 느꼈어요
래서 이중께 모든것을 외면하고
오늘밤엔 버리란 사연이나
라는거요.
이만하서 그에 게으슴을 용서 해주시
겠는? 용사께서는 월남내 그
다리를 잃게 된다구요?
이거 되겠읍니까? 이거 안됩니다. 하하하
그몬에 감싼쌓 후회로 버리기 싫어요.

아뷰를 위하서 생과 사의
갈럼깁에 치럇한 「나」를 박견한다면
앞다운 인생 대벽에서더 버로리를 누
나리 없을가요?
나뷰를 뭇나는 월남인들에게 평화를
배주시고 개선가도 힘차게
귀곡각 그날을 위하너그건 용기를

가리세여우줄.
봄에 동붕한 꽃읔늘 버화기 아니리 ——

우리집 앞마당에 별꽃분네 라합니다.

노랗게 퇴색하여 갈물 오신가봐요.

전 누구에게나 첫 사연에

ㄴ내옆그리까지를 읽기않는답니다.

라금 이시간에도 고국에 어머님들이

정안수 떠놓고 아들에 무은 강주로

빌고 왔겠죠.

1던 고향 하늘에서 소리도 무는 강주

를 빌면서 ㄴ내옆그리까지에 사연따나

했었는 빌겠습니다.

오늘밤에 이런사연으로 Good night.

　　　67. 6. 17. 真希 가.

3　　　　　to Braille men　　　　　6ㄱㄱ 12

서신내 안녕하십니까?

편대울 라는 순간 충흔씨에 원망스런

모습에 어리는군요.

해와 달이 들아가면 일기에 보듬이 빠붙는

상황에 천러를 느껴버리는 구어린 그런 선율에

만족하야 하는 기쁩니다.

식기답은 엉크러인 인정의 꽃봉에서

인간과 인간의 순수한 마음은 연 연한

코스모스 꽃 신리는 보르겠어요.

그래서 오늘도 이렇게 파아란 근기를

수놓아 봅니다.

고국에 날씨는 리우카면 광씨가 감기건

현싱은 화가 32° 훅 넘는 무더위랍니다.

아무리 경렬은 북사는 것수언 러I앙.

타오르 바다을 들어이고 했음서

우르익은 철측도 이래 라(열측 교화는가 봅니다.

오늘도 어느 어른은 떵나세 먼긴 사연을

리의이 배린더 마음에 무덥을 느꼈답니다.

라선 사엽가는 훗리는 인응이에요.

무언가 가슴을 벅을 라라리 슬으붙을 않.

요묘리 일기 강에 하루을 기올하서

웃을수 있는것은 오늘 하루을 후회없는 이

가버린가 때문이 책요?

흘러버린 세월을 되돌아보서 읽기에

는 훗응은 리워 봅니다.

빛속에 리애 했던 무리게 빛 류을

아회위 하면서 — 이값! 징신도 묽은

안녕을 고합니다.

건강은 빈센서 휴가.　　　67. 7. 21

69. 9. 2

곡에 힣가을# 소식을 전라며 -

... 두라비 우는소리 가슴에와 스밀때 리나라
여름은 ... 아쉬워하며 이렇게 뜨
가을을 ... 이렇게 .... 습니다.

... 안녕하셔요? ... 사과드립니다.
... 긴 여름을 ... 서울에서 보냈어요.
이제 추석을 ... 손님들 ... 가버리고
... 조용해진 ... 들려라 ...

그곳에 날씨가 어련기 ... 때요,
이곳에 초가을 ... 제법 ... 날씨랍니다.
추석달은 ... 가운데 ... 가라앉고
가을 가슴은 ... 푸르기만 ...

... 고향에 ... 그리고 ...
... 태어나 ... 인간이기에 ...
... 누려두 ... 앉을까요?
이런거게 ... 그리우 ... 계절에
노두구에서 ... 다정한 ... 사연들을 기다리는
마음이 ... 리나와나.

하늘과 ... 이메서 ... 피르은
... 이맘에 ... 가을라음에
... 피아노 ... 근흔을 ...
... 는 ... 피아노 ... 가두...
... 운 ... 울리옳은가요?
... 이란 ... 아름다운 대크럭은
... 정속에 사랑 ...
... 이성으로서의 ... 정숙이란 단어가
나에게는 ... 들리나요? 아루 ...
... 비춘건 ... 부탁드리며 이번엔 "나"을

310 시간으로 엮은 말과 글

공기 돼옵니다. 와! 균형균이 맞다고요.
나에 온명은 _숯_ 흙 요.
일본이름이라 버려리겠다 갖다주신 말 하씨
이름은 _金復命_.

영화나 창의에서 눈에저 라은 이름은 아니랍니다.
ㅇ명가울 보세다 라은 정비씨쓴 이름이요.
그렇라보다는 _진희_ 가 한대 갔줄이
풍기자 _않대요?_

이제 어색한 초가울에 단어들록
_낯_ 는란 시간이 돼나옵군요.
_낮_ 를 쌔뉴로 정신도 _부_ good luck
_언_ 남에게 사랑이 관까오서 남라이문을 _됐어요._
_ㄴ_ 이다 면이 다 라는날 라메다랑 _그랴국실갓._
하타리 우랑은 기대래 오며 건강합니다 _끝_

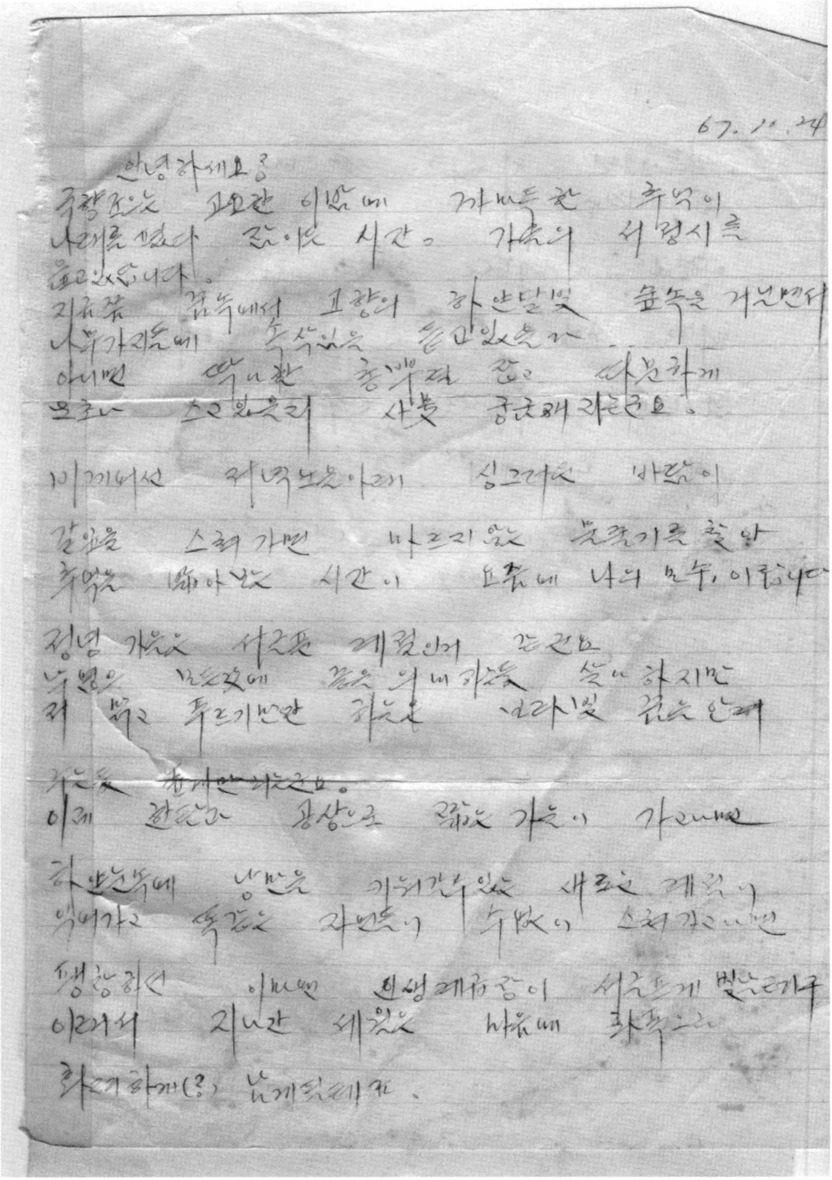

안녕하세요 ?

...

가을이 되면 어렴풋이 옛 때문은 추억을
읊어내리는 그래도.

이렇게 쓸데없는 독백은 하게 되나 봅니다.

버리고 주었던 낙엽은 꽃이 르러니

잠이 들어야 하겠지만. 신의 중용은

고정아른 느끼면서 끝없이 추억을

불러 오겠니다.   ㅇㅇ 년
                    1967. 10. 23.   ＊ 10시 30분에 추억

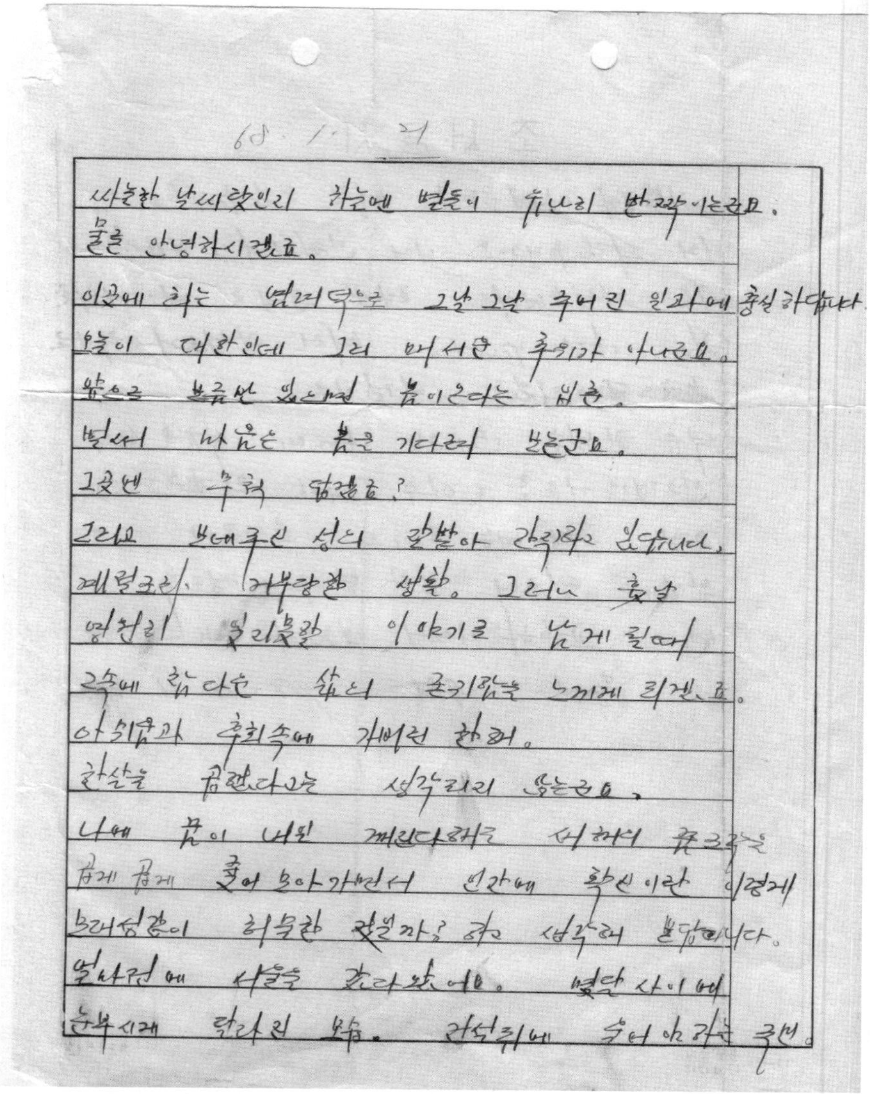

68. 1. 21

싸늘한 날씨탓인지 하늘엔 별들이 유난히 반짝이는군요.
물론 안녕하시겠죠.
이곳에 하는 염려덕으로 그날 그날 주어진 일과에 충실하답니다.
오늘이 대한인데 그리 매서운 추위가 아니군요.
앞으로 보름만 있으면 봄이온다는 입춘.
벌써 마음은 봄을 기다려 보는군요.
그곳엔 무척 덥겠죠?
그래요 보내주신 성의 잘받아 간직하고 있답니다.
제멋대로, 허부당한 생활. 그러나 훗날
영원히 잊지못할 이야기로 남게될때
그속에 참다운 삶의 즐거움을 느끼게 되겠죠.
아쉬움과 후회속에 가버린 한해.
한살을 곱했다고는 생각되지 않는군요.
나에 꿈이 너무 깨진다해도 새해의 꿈조각을
곱게 곱게 줏어 모아가면서 인간에 확신이란 이렇게
보래성없이 허무한 것일까? 하고 생각해 본답니다.
얼마전에 서울을 다녀왔어요. 몇달 사이에
눈부시게 달라진 모습. 과석지에 숨어 아직은 국민.

조 서 용 지

기쁨보다 어떤 분노가 버럭 돋보입니다.
이거 되겠습니까? 니리 아됩니다. 하하하고
이곳 광영소에서는 레광 몰래로 권기에의록
하고 야단이 났습니다. 여러 광영소가 럭라로
분즉 달체리 있는 신건 이죠。

석유 한병을 안사오는 나그에 석유을 쓰니
안으겼겠어요? (아주 (내가 회 같고요 :)

22날 새레에는 훈씨에 소낭등이
안안이 영국이 원한 별써을 멸르를
번ㅡ 고릉하는가 베어 염처하는 마음으로
Good night。 1968。 1。 21 休사

No. 촛불은 밤에 ---

이밤도 따라아픔에 경건한 기도가 있기에
안녕하리라 믿습니다.
결빙하는가 하이얀 코가고 련선러럼
고요는 밤이라합니다.
이런밤에 꽃처럼 엄나면들이 눈속에
피소아 버슴이 우슨래 라는고.
이제 가버린 계련이기에 아쉬움을 한
품밖으론 넋느가의 계초에 남면을
반겨 해 보입니다.
삼변한 길 걸러 그러나 병사들에 가슴속에도
품의 더사랑 음라는 버리고 우리에라면 품의
대화가 열리어 갈런데요?
오고라 나선에서 서로에 이렇거룩 항없으리며
생각되는고요. 러움우리 피츠춘에 연속니고은
비바라이 옵박기에 흔에 그런했든 듣고싶었었습니다.
그러 우이에 하다고선 항우었는게으로
어라피 이각은 한폼에서 모라 버국두었것.
김각는 가리게 너래품 기국하느리 한녹슬고요.
가바라리움은 흔에 그 장을 대한
감업스리 음사은 위해 품으로 버숨으
건강하기 바랍니다.

1968. 2. 10. 壽永

주님께 칸다드리며......... 68. 3. 2

밝아오고 동이트로 라룩가가고 원검의 한거속에
<환경이 순의오고기에 주님께 칸다드립니다.
리라 이시간 묻은 안녕하시겠죠.

요구에 분! 렁밤 버려으러 분씨릴로.
눈비우에 더으린 쁘다가 계속되는가 겠더니
소눅기이우에 한낫높비러 나려 대야린 X~ mas을
정강개 젠답니다. 깊으기다리는 바쁘에 실망부다는
기버린 계령에 아십없이 어렁입니다.

신곱르라기엔 아직잔석이넣으가 쎄수란가선 주믿라리면
파릇 파릇 둘아나은 어려 낙득은 3원의 흔품속에
푼 거리가고 린나봐요.
오늘는 렇산의 러벨 대사륨오. 이건 분이린 넘이강
하게강 거려다녀 렁리안 어러디러의
그마8운 게령에 리분입니다.

라가가가 란긎의 <이미리>가 옥리오리아에 어라긿됭
9H 그리 알낙속 오넜슬지요.
옴늘을 온늘을 아다 온라리 가음벅한 가뱀을
같이 나눅옥 인었답니다.

란령엁비에 3. 그5의 쓰라린 기엌룬 희비란데
쳉강개 라는룬오. 이건 어우던란 다령에
인취란 메션라 버렸답니다.
둫벅이 으리으고 라리. 렁디 르기학슨
다리 란석 란디리 느켜옥 영다에 낙득옥

연말하니 없을한 나눔이 라는군요.
그러나 기쁨위에오는 라력감...
일나서 붉은 시간속에서 향우방은 달려가
리효랬나하 흔스세기에 모데 사련등은 흔적없
24습니다.
앞으로 '후세들의 사명에 씨비하니 검성은
모아 엽분한 바에 나눔 보데가가 이젠에요.
흠세!
시까간 분밧의 각당은 느거운을 공상속에
기새는 남 이번 하룻밤는 눈에 세워 편법없을
사람은 인생을 모른다는 고레의 하이
　생각카와 라는군요.
어디선가 닭이 분흔리게 배게 윤여대는밤!
성당에 종소리가 흔리 새벽버지국 언라오요라.
다시간, 겸러한 사눈으로 두른 보이 눈다
　흠세! 꿀뮴에 고향의 내눔 대뽁었나
기뻐되양　보데드림니다.
　건강을 빌걸움니다.

　네원 크크바에 툰은 뉴비하머,
　1918. 3. 11 흔국버지 苦 가.

68 3.7   봄의 추억없는 들으리 .....

청자빛 하늘위에 보라빛 꿈을 헤아려 보는
시간 이랍니다. 이밤도 안녕하시젰죠.
리유욤 그곳에 봄은 어디까지나 왔는가? 라고
우리 궁금하겠군요.

해바다 래련이면 봄오리라는 길들.
래주두어 관회엔 벗꽃이 래련은 쌓고 다른지음을
자랑하고 있답니다.

길든 색해로 해감는 봄의 형태!
나무가리 사이를 속삭이며 지나가는 바람소리고
헌가닥 희방적 함께하는 래련이기에 희리 한
봄을 량식하는 바슴로 달리다 행복의 심면으로
이득히 끌르고싶은 바슴이 더러가는가 봅니다.

진단러러러 라는 여라른티바슴. 이것은 병원 깨요?,
앉든 여라리 래련이다, 이런 래련의 특천은
형태에 하롱 커리엔 여라든에 우별전이 출천인
봄을 이루고 있다.

밝게 트인낲 너리기에 태양이 눈내신 오후.
우해극 향가엔 래갈기 생활에 곡한 별곤을
들어히 우호운사고 진분리를 받소 / 여그람으로
그리든 사람에게로 슬프고 출천고 감사른 사탄을
보네고 있다드.
봄이여!
낲방운의 라라는 소리를 들으며 봄를 바라는
가이에 전리 되갔네♡

오늘 나대로에 인생관(?)을 써주고 싶군요.
인생이란 혼자온것이 아무것도 아니요
보기위해서 주주를 노력하면서 개배나라
죽므(?)로 ... 아니라 보람속에 있다고
해냉(?)다, 한 생각이 와서 쓰는군요.
그래서 보람은 느껴가며 흔대에게 널위는
한 한가지(?)니까 한가 ... 하는가에도,
그 향수식(?) 같듭딱

‖

4월 6~6일까리 감출판 되랑이
찬성하는 단총래가 국년에 배려
외려하과 면린다는군요.
그때 흔대에 ... 끼리 흔께
하기로 맣죠.

나는 빛현의 다멸이 없으니 여기서 버린
심히야 ... 걸거바노.
힁라빚 배원아라 졀에가는 님님
안녕은 빛버린더 6X. 3. 27 흥갸.

※ 사진 란 받고 보았읍니다.

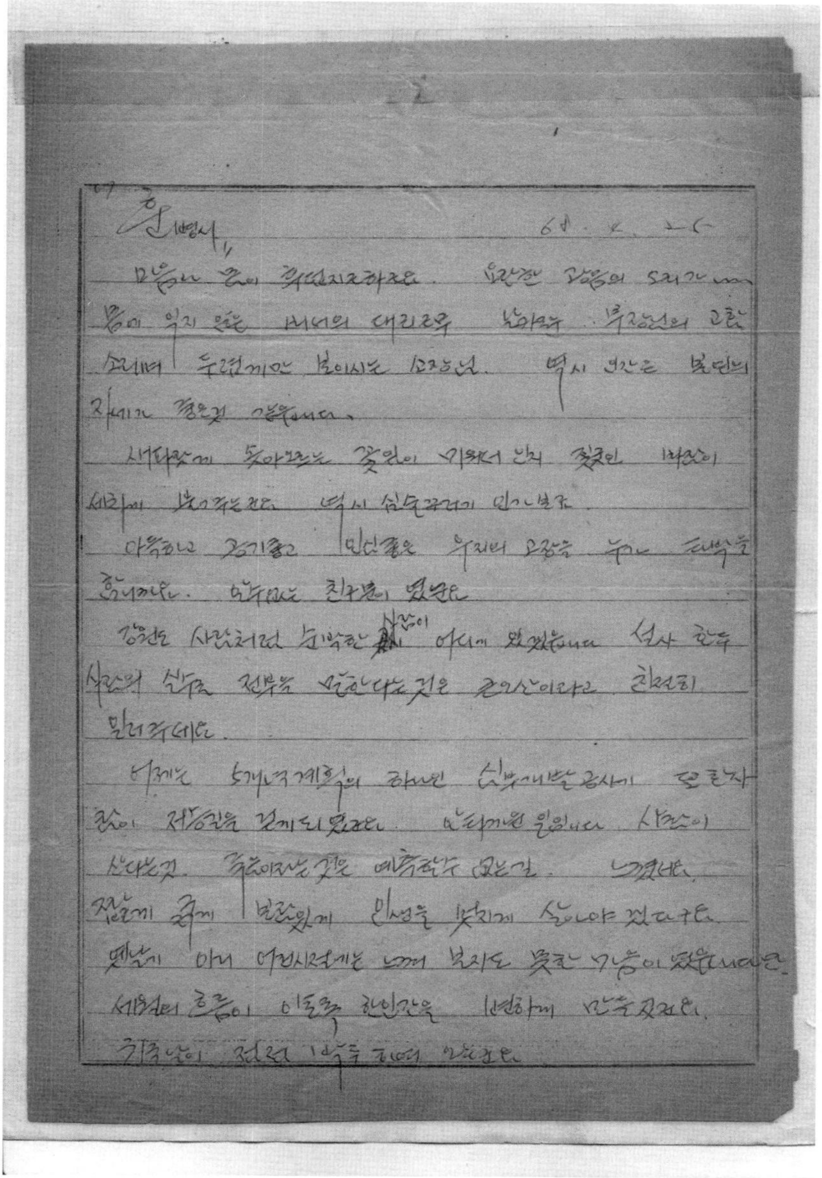

셀라시에皇帝 入京

共産侵略격퇴의 恩人
友好관계 더욱두터이

朴大統領
환영사

셀라시에
到着성명

參戰碑 제막식 참

어제 青瓦臺서 훈장·晚

到着聲明

歡迎辭지

■ 김성희 씨 편지

　김성희 씨는 대한중석 영월 상동광업소 자재과 직원이었는데. 강원일보에 실린 칼럼을 보고 편지를 보냈었다. 그 글이 어떤 내용이었는지는 기억에 없지만 문장이 참 아름다웠다. 영월군 상동면 대한중석 소재지는 예부터 구래리九來里라는 동네인데, 풍광이 하도 아름다워 한 번 보면 아홉 번 오게 된다는 동네였다. 그 마을에 1967년에 아파트가 들어선다는 편지를 보고 기절을 할 만큼 놀랐던 기억이 생생하다. 꼴두바위 구래리에 아파트라니! 내 고향 영월은 67년부터 그렇게 변하고 있었다.

　김성희 씨는 마음이 여리고 아름다운 여인이었다. 내가 68년 7월에 귀국하여 상동에 만나러 찾아갔을 때, 살며시 안아주자 눈물을 글썽이던 모습이 지금도 눈에 선하다. 김성희 씨와는 귀국하여 군 복무 잔여기간 5개월을 강원도 동해안 대진에서 근무할 때도 편지를 주고 받았었다. 지금 생각해도 아름다운 시절이었다. 나보다 한 살 아래였던 김성희 씨! 머리가 하얀 노인이 되었을 스물네 살의 그녀를 보고싶다.

한 병사께 드립니다.

한병사! 지금 고처의 하늘은 마냥 맑고 푸르답니다.

한병이 모습은 붉으신 이의 바람에 한들거린 코스모스 선가에 위치 가있는 신선으로 이름이 내리는 青葉을 새로운 보았답니다. 한병사! 제각으로 어떻게 있었나요. 제게께 소식을 넘었나오 무엇지우 번지 쪽 뻗치 넘치안답니다. 고처의 消息이 그리워지고, 또 장사의 거기나는 한 병사께 한 情으로서 마음의 이나 고향이 멀어지려 그 서럽지 않고 신혼으로 있었습니다.

한병사! 고향이 멀치 이신가요. 마음를 보건것이요 벗같이 고향까지나게만 날이두 보건다 온게요. 아무로 한병사께서 개선장군이 되서 화려한 임무를 끝맞어 오는날까지의 마음의 벗이 되드럼까요.

그럼 이만 끝까요. 안녕히 계십시오.

1967. 9. 26.

희 드림.

67. 10. 2

김 병장님께

밝게 개인 드높은 가을에
가을 향화 내음이 풍기는군요

서귀포를 추하고 세계의 선물님을 위하여 광영되고도 참은
김 병장님께
이 기쁨으로 조그만 혹이 가슴의 안정을 찾지마나
청춘과 있으면 무한한 기쁨으로 생각하고...

그의 고장의 명소인 "갈두바위" 비전과
사람들이 그의 변함없는 조촐함을 자랑하고
그들을 보더라도 놀랄만한 건축 이웃도 하고

이런 평향한 신날
이저 상상 같다 동동 아파트가 생긴다구...
이웃 사람들은 놀라시던 고로 최악대보답니다.

김 병장님! 함하나 왔으면 그리운 故國
에 충울하기도 하겠으나...
깊이아나마 변함없는 Pen friend
가 되어 다정히 사귀고 싶습니다.

김 병장님의 행운을 빌며 여기 마치며

(성희드림)

보 초도가 위정좋고 항노화
USAPO, CO HG 라우엣인자일

1967. 10. 25

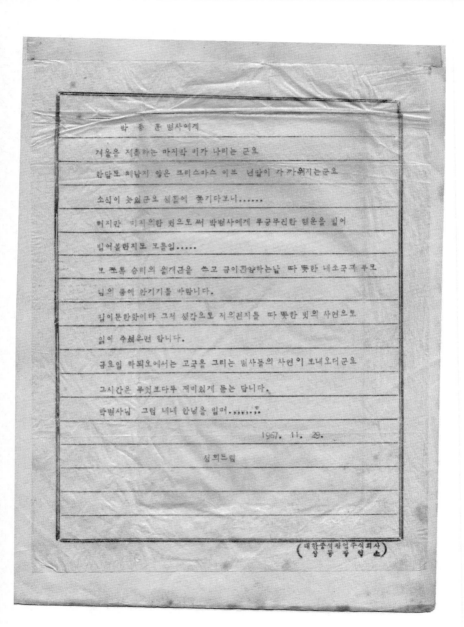

328 시간으로 엮은 말과 글

Merry Christmas
and Best Wishes for
a Happy New Year

무

순

을

빌

면

서

정희

60. 2. 5

"훈 변호사께 드립니다.

계속 ○○평서 .... 오늘도 ○○그름 ○○이요.
○○○한 ○○에 ○○웃음이 ○○○ ○○게
○○하건요.
○○○○ ○○ ○○○이 ○○○합니다.

○○ ○○○께 ○○한 ○○씨가 계속 ○○○○.
○○이 ○○로 ○○에 ○ ○○○을 ○○○○
○○에 ○○○인 ○○을 ○○○한○○지는 ○○.

○○○ 최초선을 ○○ ○○지요.
○○○ ○○○○ ○○○을 ○○○ ○○○는
○○○ ○○○ 보내드리려 합니다.

그리고. ○○○을 ○○드리려 ○○합니다 ○○도 ○○○ ○○
을 ...

○○○ ○○ ○○○. ○○시 ○○○○ ○○○ ○○○
니다. ○○에서 ○○○이 ○○ ○○○ ○○니다
○○ ○○ ○○이라
○○○ ○○이 ○○○ ○○○○.

현 병사에게 드립니다,

무더운 날씨에 하루하루 ... 원 ... 하루하루 ... 군인생활기간에 ... 하루를 ...

현병사!

...

...

현병사!

...

현병사!

...

...

현병사!

...

...

1968. 3. 16

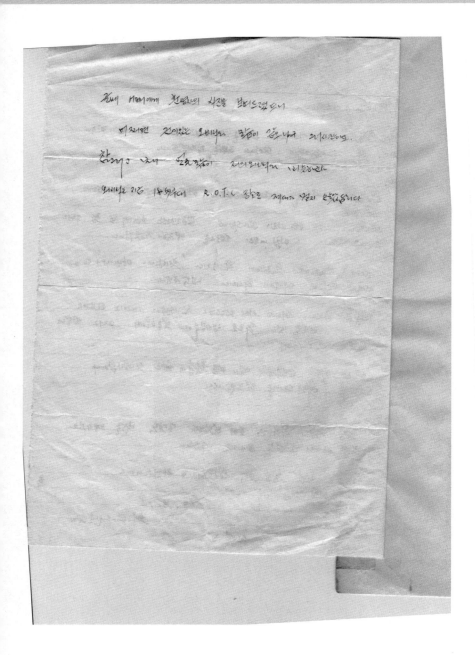

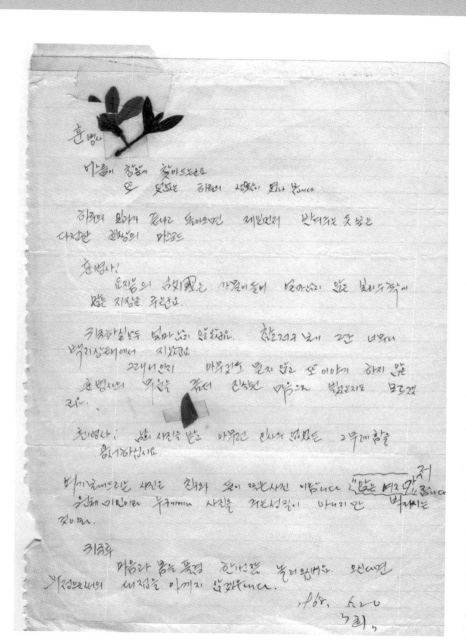

훈 병사

가을이 창밖에 찾아드는군요
또 무럭오는 하로의 시작이 되나 봅니다

하로의 일과가 끝나고 돌아오면 제일먼저 반겨주는 듯 싶은
다정한 햇님의 마음도

훈병사!
윤지숭의 심치를은 가끔 이슬비 맞아가는 없는 빛이 두둑이
맞은 지장을 주군요.

귀국할날도 얼마 남지 않았지요. 한글기가 벌써 간 나머지
부리상태에서 지냈군요.
22일밤만이 마무것도 묻지 않고 또 이야기 하지 않은
훈병사의 마음을 좀더 친숙한 마음으로 받았는지도 모르겠
군요.

훈병사! 답의 사진을 받고 아무런 인사도 없었든 그무레 함을
용서하십시요.

보기 싫어 버리는 사진은 친구와 옷이 괜찮은 사진 입니다 "없는 거지 만" 잘라니다
언제 기억이나 누구에게 사진을 저번성격이 아니지 만 버려지는
것이다.

끝으로
마음과 몸의 풍경 한번껏 놀러왔답니다. 오신애
정말로서의 새정을 아끼지 않겠읍니다.

                                              '68. 6.20
                                                그희 ,

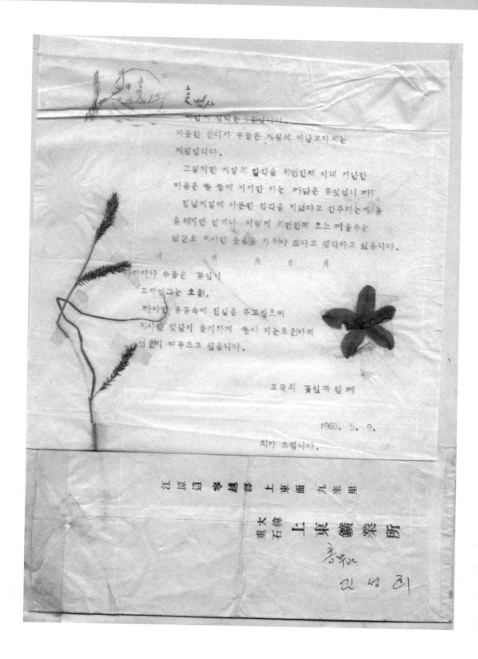

행사

지난 계절은 5월입니다.

따뜻한 잔디가 푸르른 계절에 마남교차로는
계절입니다.

그렇지만 계절의 감각을 외면한채 이내 가난한
마음은 쓸쓸해 지기만 하는 까닭은 무엇입니까?
징닝계절에 아둔한 감각을 지녔다고 간주하는게 좋
을테지만 언제나 이렇게 외면한채 흐느껴울수는
없군요 희사란 웃음을 키워야 겠다고 생각하고 있읍니다.

라시아 수줍은 꽃잎이
고개옆그는 오월,
까아만 동동속에 진심을 주고받으며
희사란 햇살이 즐기차게 쏟아 지는호원아래
엄 원히 머무르고 싶읍니다.

고국의 꽃잎과 함께

1968. 5. 9.

희가 드립니다.

江原道 孝越郡 上東面 九来里

重大 石韓 上東礦業所

홍무소

진상히

새해에도 복된 해가
되기를 진심으로 축원하며

선기

군우 155 — 100
제 1668 부대 제3대대 본부
병 장 박 종 훈

With all good wishes
for Christmas and the New Year
* * *

■ 초등학교 4학년이던 권영옥 양 편지

우리 중대로 온 학생들 위문편지를 보고 글이 하도 깜찍해서 답장을 보냈는데, 14개월간 편지를 주고 받았다. 20여 통의 편지를 받았지만, 아무래도 어린 학생 편지라서 알뜰히 챙기지 못하여 대여섯 통이 남아 있었다.

권영옥 양이 당시 여남은 살이었으니, 이제는 예순 중반 초로의 할머니가 되었을 것이다. 당시 서울 충신동에 살았으니 지금도 서울 어디에 살고 있을 것이다. 내가 귀국할 때 예쁜 월남 소녀 인형을 사다가 선물로 보내주었었다. 어떻게 인연이 되어 내 책과 책에 실린 자신의 편지와 어릴적 사진을 본다면 틀림없이 연락이 올 것으로 기대해 본다.

추억은 아름답다. 아름다운 추억을 되새기며 행여나 하는 기대감 또한 즐겁고 아름답다. 늘 아름답게 사는 것 또한 행복이 아닐까 생각한다.

저의 편지 들을 읽으시고 답장을 보내주서서 대단히 감사합니다

지금 저는 저의 답장을 기다리다시는 봄이 오게게에게 편지를 쓰고 있어요

그러나 여 태극에서 동아저서가는 편해 두는 덕분에 광개하라고 믿을건 없

허 잘 알았습니다

그런데 들어가서 씨 께서 저의 어린 꿈을 무래 땅에

피어나게 해 주셨 습니다 저의 어린 꿈 이란 월 높에서 답장이

오 는 것이 합니다 그러나 이 중아자 씨 께서 저의 어린 꿈이 이무래

땅에 피어나게 해 주신 씨 엄 이지요

어머!

전쟁때 가 정신 없이 이이이어 기간 하다가 보니 저의 자랑만

하고 있군요 그런데 중아 씨 께는 어 떻게 생기시었을까?

꿈부 엄다가 미남일 는 씨 씨 도 못 생겼을

군우 151 - 501USAD096-238

주월 십자성 부대 제 1 건무지원단   VIA AIR MAIL

239대대 831 중대 HQ

상병 박흥흔 본.

PAR AVION

서울 특별시 종로구 충신동 195번지
8통 1반

권 영옥

67 9. 20

아참 정말 재야 할흔늘 못써서 엄늘 형 미안 싸 ㅣ혀혀
훈아저씨! 화내시지 마셔욤? 벙ㅅ 흠오참 외가아셔 마음의햔 ㅣ내
사원기가 머려 순소 항장길 모러장이 롤엾었어대홈?
이꺼가 여지긴 미은형쇄을 젔죠?
이이큐 버가 ㅡㅡㅡ 바음ㅡㅡㅡ 있겐 안까부터 보너
잘이야기를 못썼잖?
그럼 처음으로 우리 두버의 만관이 혼방(제약)
우이의말쏨은 훈아러씨께어 오빼 주친 엄치을 우리넘버
아빠 또는 언너그빼 은엄 바 저익추가 쩐지 을 휙고 있덴터!
훈아러씨의 불명 돌타리 머세 러ㅡ 룬이 써어저 있자.
은익구가 패깊을 잡고 쳤있답니다.
다음욱의의 ㅡㅡㅡ 말쏨으는 가셀마두에!
두번째 만쏨으로는 가셀마두에! 럼

훈아저씨에게

POST CARD

STAMP

아저씨 그간 몸건강히 안녕 하셨어요.
저의 집도 부모님을 비롯해서 모두 살
있답니다. 훈아저씨가 저의편지를
잘 쓴아 보았다니 제마음이 오이어
한없이 기쁩어요. 제니는
12살이고 5학년 이랍니다
여기는 전남지방과 경상도에는
비가 한방울도 안와 근가뭄을 만
났답니다 그런이됐어 잘
받아 보세요 그럼 안녕....

훈 아저씨께

To: 서울 에서

옥 이가.

Kang Kang Sul Leya' Korean version of bride and seek moonlight
shining of their shoulders, girls playing hand in hand all the night

쓸면 은빛이 어긋을명 어리가 있어 이만 전을 줄렸어요?

Christmas Greetings
and best wishes
for a
Happy New Year

훈 아저씨 께.

아저씨! 즐거운 크리스마스 와
또한 새해를 많이 하시길----
복이오 웃만 모아 받겠어요.

1967. 12. 16

서울에서 명숙 이가.

고향을 그리는 춘아저씨께   68. 1.   (1)

춘아저씨 그동안 안녕 하십니까? 크리스마스 카드와 편지 잘 받아 보았어요?
그리고 춘아저씨 께서도 카드와 편지를 잘받아 보셨다니 제마음이 기뻤고요?
그런데 제가 카드와 편지를 배고 나서는 춘아저씨 한테 서는 먼저 카드가 오더니
다음에는 편지가 왔어요? 그래서 저는 춘아저씨 께서 배주신 카드와 편지를
들다 기쁘게 잘받아 보았어요? 잘 그리고 답장이 늦어진것은 카드와 편지를 장께
받고 했기 때문이더라요? 어이가 그리고 춘아저씨 정호오직이 있어요?
북한네 가뿐 외의전이 애인이 북한죽인통들 강제로 끌고가서 남파네 더막
이야기를 거의와 비밀와 거짓선전 을하여 이남에 간첩을 보내서 정화으런
이남을 들안라 온몸에 떨게 만들었어요?
그런 어렸랍 이북에서 온니는 우기 간첩이 우리나라의 수도인 서울까지 침범
하였다고 사람말에요? 그리고 더욱 북서한것은 우기 간첩들 이영이 박대통령게서
살고게신 청와데까지 침범하려고 하였어요?
저는 이사실을 듣고 와서귀가 밖에도 나가지 못하고 노종일 집에서만 있었어요?
하나 이렇게 무서인 이야기만 하니까? 제마음 양속속에 있는것 같아요.
춘아저씨 우리그만 말에요? 상양고럽고 명랑하고 많은 이야기를 해요? 네!
그런데 춘아저씨 께서 반번이 되있다가 오신다니 그패음 우리 와라 함바으는
가장 아니운 어름이없네요? 아주 더취 방각만해도 웃어서 딱이 나는것 같아요.
어형 자 이제 부터 살살이 욱이가 되겠어요?
자그럼 이제 부터 ┴ ⊻ ⊻ 욱의 막을 올리겠습니다.
            사회 살살이 욱 (양)   남장료 30천.
그럼네 춘아저씨 처음 장만...! 이욱을 춘아저씨 친구분이 보더 달라고 하시면
알아오를 봇네요... 네! 우리 처각접 말하고!
그럼 ┴ ┴ ┴ 를 시작하겠습니다.
방청객 여러분 안녕 하십니까? 그리고 라디오를 듣고 게신 청지자 여러분
대안이 많아 합니다. 그럼네 이름들 여러분들께 소개 하겠습니다.
제이름은 여러분이 버러나도 잘알고게신 살살이 욱이 옵니다.   희
~ 와~ 제가 가율 웃겠어   ~춘지아비오~   호호호   망
~ 와~ 정말제가 가율 웃겠어   아이구 버러이야.

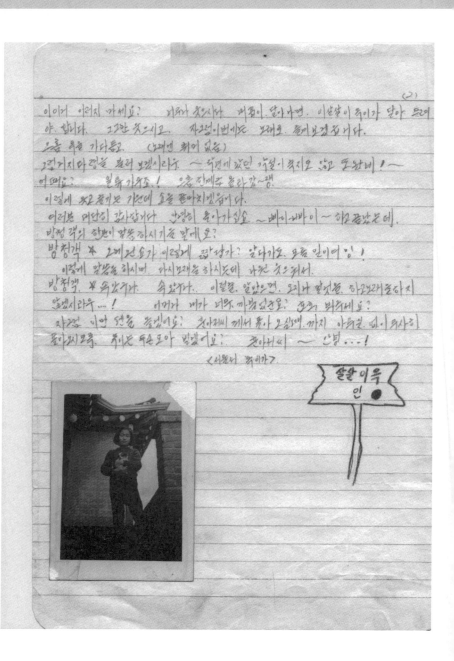

이거 이러지 마세요? 거짓 웃으시다 미움이 달아나면. 이분들이 죽이가 달아 드려
야. 합니다. 그만 웃으시고. 자경이번에도 그래요 웃어보겠죠거니다.
오늘 욕은 가다로요. (그러면 웃어 있음)
2.거지다경을 흘려 넘깁시라구. ~ 옆면에 있던 가설이 죽이로 없고 돈탈비! ~
어머요? 원효가주죠! 오늘 잘해주 흘라갈~쟁
이렇게 ☆☆ 웃기로 가는데 오늘 끝아지겠읍니다.
여러분 며안이 감사합거다 반갑히 욕아가십소 ~빼이빠이~ 하오 끝났오데.
방청격의 잠이 깜뜩하시기로 받네오?
방청객 ✱ 그레건요가 이렇게 짧강가? 알다가요. 오늘 일이어잉!
   이렇게 맘씀을 하시며 아시그래을 하시옷데 가전 웃으워서.
방청객 ✱ 웃았거나. 웃았거나. 이렇멸. 알았으면. 외나 방것은 하오그래흐하지
알겠시라우…! 여머가 빠가 더욱 까법싶은오? 죽으 바귀네요?
   자경 이반 언을 좋입가오! 첫아재비 께서 흑사 오십세. 까지 아뭐건 댁이 외사리
운아지고록. 취은 옥은로아 림벴더오? 첫아버씨 ~ 나벙…!
                                        〈서원너 옥히가〉